西塘的心思

任林举 ◎ 著

长 春 出 版 社

全国百佳图书出版单位

图书在版编目（CIP）数据

西塘的心思 / 任林举著. -- 长春 : 长春出版社,
2025. 1. -- ISBN 978-7-5445-7637-6

Ⅰ. I267

中国国家版本馆CIP数据核字第2024LX8058号

西塘的心思

著　　者　任林举
责任编辑　李春芳
封面设计　宁荣刚

出版发行　长春出版社
总 编 室　0431-88563443
市场营销　0431-88561180
网络营销　0431-88587345
地　　址　吉林省长春市南关区长春大街309号
邮　　编　130041
网　　址　www.cccbs.net

制　　版　长春出版社美术设计制作中心
印　　刷　长春天行健印刷有限公司

开　　本　880mm×1230mm　1/32
字　　数　199千字
印　　张　10.25
版　　次　2025年1月第1版
印　　次　2025年1月第1次印刷
定　　价　59.80元

目 录

瑞雪丰年

　　年关之前的那场雪，下得着实有一点儿狂狷，只是挥手之间，便已繁花漫天。成瓣成朵的冰雪之花，如蝶如舞，如纷然凋谢的素梅，尽着劲儿地向下飘洒。虽然无声也无杳，却还是让人清晰地感觉到了一种静谧的奢华与铺张。

　　不知道躲在天幕背后的操控者怀着怎样的一种心绪和意愿，竟不惜动用如此绚丽的词语进行着声势浩大的渲染。其真正的用心，或许正如人们久久的期待，极其深远，又极其良苦，即所谓的祥瑞之兆吧。如果是祝福，这无边无际的播撒所展现的又将是怎样一种博大、敦厚的情怀！

　　春天的脚步已经渐行渐近，尽管原野上的荒草与兀然而立的树木仍处于雪的掩埋或映衬之下，但远观那些树木的梢头竟已有了隐约萌动的绿意。

　　每年的这个时候，我都要如期踏上归乡之路，去看望老母，与弟弟妹妹们团聚。因为我的脚步总是循着内心的渴望和情感的坐标，所以，在这样的季节、这样的时刻走在归乡的路上，我其实并不太清楚自己与春天究竟是迎面而行，还是保持着同向。不管是哪种情况，对我来说都不重要。我关心的是春天将近时那些春天之外的事情，我将再一次跨过那道时间的门槛儿，进入一个仅属于自己的私密之地——与"他者"无关的乡情和亲情，一一面对那些我既熟悉又陌生、既背离又向往的面孔和场景。

一、母亲

母亲的老，似是显现于突然之间。

我一直认为自己还没有老，所以对于老，心里一直没有建立起清晰的概念，想来一定不只是行动稍微迟缓、脸上又多几道皱纹那么简单。对于母亲，我感觉最大的变化就是不再像年轻时那样"刚强"。她年轻时我还"小"或更加年轻，那时家境贫寒。我在外求学或工作，因为要刻意节省路费和额外的消耗，所以并不能保证所有的节假日都能回去看望母亲。那时，我就哪儿也不去，只是躲在集体宿舍里给母亲写信，在时间和空间的屏障之外，向她描述我学习或工作上的"顺利"以及生活和际遇上的"平安"。几页信纸、一张邮票就行使了"见字如面"的使命。如此这般，似乎就真的"免"了彼此间的"牵挂"。但像春节这样的年之大关，总还是要有一次团聚的。亲人见面，也不似现在人们那样大呼小叫地抒情或拥抱，除了久别重逢时目光中瞬间闪射的热切与光亮外，大部分时间我和母亲都只是沉浸在无声的微笑与平静的喜悦之中，她以她的节制和冷静向我传递一种朴素的信念，让我坚信我们所拥有的快乐和财富一样，是不能挥霍的，只有"细水"才能"长流"。

于是，每当我们离别，她从我身后丢过来的那句"走吧，我不惦记你"！就有了异常独特的含义。我会把那句"坚硬"的话当作抵挡风雨的外衣，紧紧地裹在身上，咬紧牙关，为她创造出种种"不惦记"或不用惦记的理由。

如今，她再也没有当初那样的"刚强"了。如果有一些日子，我不能从没头没脑的忙碌中抽出时间来给她打个电话，她就会坐立不安，在客厅里一圈儿又一圈儿地转，边转边对妹妹说，又像是在喃喃自语："你大哥没打电话来吧？"直到妹妹看透她的心思，将我的电话拨通，她才会从那种无所适从的状态中转过神来，幽幽的几句话，简简单单的一番叮嘱之后，方可重归以往的安然。而每当我出现在她面前时，她再也不会像以往那样装作若无其事了。她的目光，从对我上下打量开始，就再也不肯离开我的左右。我知道，她已经在很多个孤单寂寞的夜晚或白昼把堆积在心里的情感——捻成了两束柔软的目光，专等我出现时向我抛来，仿佛两条无形的绳索，将我和她自己紧紧系在一起。也许只有这样，她才能够在内心里确认，我确实已经在她的现实之中，此刻，我不会再同以往一样，转眼从她的视线里消失。不仅是目光，只要我在她的身边，她的脚步也会常常不由自主地随着我的移动而移动，我到了哪里，她就跟到哪里，那情形就如一个三岁的孩童跟定了大人一样，怯怯地，无声地，也异常坚定地。已经好几年没有听她说过"我不惦记你"的"老话"了，想必是这些年，她也无力再保持那种"刚强"的形象了。母亲老了，老得孩童般温柔、孩童般脆弱。

传统的"小年"刚过，我还没来得及考虑回家的事情，母亲就急着让妹妹给我打来电话，叮嘱我回家时别给她带钱，也别啰里啰唆地带其他什么东西。我理解她的言外之意，转译过来可能就是："我什么都不稀罕，只要你人回来就行。"

放下电话好一会儿，我才从生硬、麻木的工作状态中回转过来。反应迟钝，似乎已是我许多年来所呈现出的一种常态。事业、生活、情感等领域里的诸多错位，让我不得不经常从一种状态转换到另一种状态，而这种不断的转换和"穿梭"，不但没有把我磨炼得更加润滑、灵敏，反而因为过于频繁地"操作"和"磨损"，在意识和思维里生出了斑斑"锈迹"，越来越难以在各种状态间转换自如。当我暂时放下眼前的杂事与杂念，凝聚心神想一想母亲所处的情境、心思和愿望，替母亲盘点一下她生命里的存储和盈余，突然有一些感伤，感觉到为人父母的不易与可怜。

"你站在桥上看风景，看风景的人在楼上看你；明月装饰了你的窗子，你装饰了别人的梦。"人生中的某些事情，怎么看都像一场执迷不悟的暗恋。每当我想起卞之琳的那首诗，就会想到天下父母对于子女的那份一往情深、一去难返的爱与情感，自然而然也想到母亲。在我的认知当中，母亲的可怜甚于天下其他父母，不仅仅因为她更加敏感、细腻，还因为她的命，苦如黄连或比黄连更苦。她这一生啊，3 岁失去了父亲；4 岁失去了母亲；8 岁失去了亲人的照料与家庭；13 岁失去了最疼爱自己的哥哥；45 岁失去了丈夫……到了最后，还能剩下些什么呢？她一生没有工作和所谓的事业，她全部的事业就是养育五个子女。到了晚年，因为几次迁居，连证明自己身份的户口也弄丢了。在这里我没有兴趣谴责某个机构或某个环节的失误，母亲的户口底档确实没有了，找不到，也补不上了，因此也就不能领取身份证，她现在竟然成了一个没有"身份"的人。她在这个世上唯一的身份就是五个子女的母亲，她在这个世上活着或存在的唯一理由，就是盼望着一年一次或很少几次见她自己的子女一面，而她的子女大部分时间被其他的事情追着，被其他的人追着，心思、情感以及关注的目光俱在"别处"，并没有凝注于她。

尽管每年的春节我都会放弃一切游玩和出行的机会，赶回去看望母亲，陪着她一起过年、一起守岁，尽管我现在已经走在去看望母亲的路上，但我还是觉得自己是一个"身份"可疑的人。像一个忘恩负义的人，本应该让自己的母亲晚年不再忍受思念之苦，却将少得可怜的关怀和探望当作引以为傲的"孝心"和慰藉；也像一个自私自利的小人，本来是为了获取自己心灵和情感的安慰，填补自己心中的缺憾，却俨然长了一双翅膀，忽来忽走地闪现于母亲面前，扮演着雪中送炭和抚平思念的爱之天使。我的心是愧疚的，但奔向母亲的脚步却是急切的。

在晚年信了基督的母亲每天除了听经、祷告，大部分时间保持独处，不沾电脑，不看电视，不与众人"是是非非""张长李短"。当我真正到达母亲身边时，便什么也不用说，什么也不再想了，当然什么也都不需要做，只要静静地陪她坐上一会儿，就能感觉到异常的幸福和美妙。似乎只有在她跟前，我才能完全处于一种静的状态，平静、安静、宁静。她本身就是一个很静的"场"，广袤、空旷、包容、祥和如冬天里覆盖着皑皑白雪的原野，让人无法浮躁也无法逃脱。

当弟弟妹妹们情绪热烈地打牌、收看春晚节目时，我总会特意陪母亲单独待一会儿。断断续续地说一些话，看着她慢条斯理地摆弄自己那些东西：毛巾、手帕、围巾、床品等等一些小物件，一样样地数，一样样地叠，一样样地摆，方方正正，齐齐整整，有条不紊，像是怀着一种珍惜的情绪梳理着往昔的岁月，投入、忘情、不厌其烦。那些物品，都是我这些年陆续给她带去以供日用"不起眼"的小东西，如今看上去依然簇新如初。看着看着，就有泪水悄悄涌入我的双眼，看着看着，我仿佛就穿越了时光隧道，抵达了岁月的另一端。呈现在我眼前的，已经不再是一位白发苍苍的老人，分明是一个埋头摆弄自己心爱的糖纸、沉醉于"过家家"的小女孩儿。

只可惜，与母亲独处的时光总是那样少，相对我所拥有的全部时间，大约只能占到种子之于粮食的比例。然而，这些短暂的时光正是因为有限，所以更显珍贵。也许终会有那么一天，母亲要离开我们，这些时光在我的生命里，在我的心里，就能如种子一样，发芽生长，铺满回忆。

二、逻辑

一进客厅就进入了另一个空间、另一种氛围。那才是过年的味道，人丁往来，群情热烈，各样物品堆积如山……

兄妹五人，五个家庭，十多号人，来自于各行各业、各个领域，拥有着各种身份。大家因为共同的亲情聚到一处时，虽然都放下了平日里一向保持的身份特性、生存状态和行为方式，各挂了一张笑脸以求大同，但其不自觉的衣着、言语、做派和所带的"年货"，还是在不知不觉间把一个"五花八门"的大"社会"搬进了我们这个小小的家庭。

我在家里排行老大，自然对家庭的责任和基本生活问题考虑得更多一些。曾一度贫寒的家境，使我的消费观念始终处于飞不起来的"爬行"状态，再加上我的工作一直是经营一种摸不着看不见且毫无特色的"电"，所以我每年给家里带去的年货也就毫无特色可言。无非是一些毛巾、香皂、衣服、鞋子、米、面、粮、油之类的日常生活用品，只要保证母亲平日里有的吃、有的用，不会挨饿受冻我就心安。尽管年内单位普遍降了薪酬，工资折去一小半，物价又逐步攀升，但对母亲的孝心却不能随之而降，只要有我自己用的，就得有母亲用的。但总体上说，我置办的东西，仍然属于费力气而不值钱的那个类型。尽管摆在地上一大片，却没有一样能让人眼睛发亮、刮目相看。不管别人怎么看，我自己心里是有谱儿的。家是一棵树，我不关心它到底能不能开出悦人眼目的花朵，只愿它不缺肥缺水，枝繁叶茂、常青不衰。

小弟弟工作在银行系统，工资奖金不多，但他相信钱可以作为等价物交换到任何商品，所以每年都会攥一把钱塞给母亲，母亲执意不受，他就笑嘻嘻地说："那我就给你开个户存上吧。"他说存就存，虽然没人打探他到底给母亲存了多少钱，但在他工作的工商银行的客户名单里肯定有一个代表母亲的隐形名字。以小弟弟的说法，这就是双赢。在家，尽了自己的孝心；于公，又尽了自己的职责。单位的钱生了钱，母亲的钱也生了钱，这不就是繁荣吗？看他说得兴高采烈，我们还真以为中国的经济发展与母亲这笔存款有着极大的关系呢。

小妹妹一家虽然住在城里，却因妹夫的工作涉农，就让他们的年货里保持了农村的特色。年前，妹夫特意骑着他那比自行车大不了多少的摩托，跑到乡下东跑西窜，高价收来一点纯粹的土产：土鸡、土鹅、黏豆包……拿回来往地板上一扔，晚辈们就领会了他的意思，赶紧把那些冻得硬邦邦的东西放在一个合适的地方。接下来，他就无声地坐在那里，在大家高谈阔论时做一个倾听者。偶尔，触景生情插进一句硬邦邦的议论，便语惊四座："妈的，这年头儿就是欺软怕硬，良民谁都欺，恶官欺，刁民也欺；刁民却谁都怕，良民怕，政府更怕……"

大妹夫是一名基层的铁路工人，前些年国企兴给职工搞福利，单位分什么就往家里拿什么；但现在也和大多国企一样，发放的东西都是光费力气不值钱的了。这两年，因为单位反"腐败"，领导就不再给职工搞福利了。这事，想来也不怪领导，无名又无利的，还要担着违反规定的风险，谁还去做那"冤大头"的事情！每到年关，就只给基层不能回家过年的工人发一点可乐、啤酒什么的，权当慰问品。这样，大妹夫的贡献也就只有那一箱可乐或啤酒了。如果讲贡献，大妹妹一家的这一箱饮料也是在贡献之外又多出来的。这些年，因为大妹妹下岗失业，就在家里作为全职主妇照顾母亲。人家把整个人都献出来做了贡献，别人还有谁敢站出来与她比贡献呢？在所有的礼物之中，又有什么比这更加昂贵？

家里最牛的是二弟。小时候因为不爱读书，很早就告别了学习生涯，经过多年的摸爬滚打终于当上了个体老板。应该说，与大多数经商者比，他的运气还是很差的。这些年，由于知识水平有限、社会背景空缺，又没有办法把银行的钱骗到手里当作自己的钱花，所以一直没能把生意做强、做大，相对来说，他赚的只是一些辛苦钱或者说血汗钱。二弟虽然钱赚得不多，但花钱的能力和水平却和当下的很多老板们一样，是超一流的。你看看人家弄回来的年货，那才叫上档次。尽管数量不多，却样样精致，不是可以叫作"山珍"，就是可以称作"海味"。二弟坐的车是好的，穿的衣服是有来头的，用的手机是最时尚的……总之，从一应吃用、消费中都能够体现出他是一个"很讲究"的人。保持这种高调的消费状态，已经成为他不可更改的生存惯性。在生意低潮时，家里人的钱都被他借去用于生意和花销了，就连勒紧腰带过日子的小妹妹也把自己仅存的两万元钱让他拿去"应急"。但结果是"此去二百里，一欠三五年"，只见他人来人去光鲜依旧，却永远不提还钱的事儿。其间，作为长兄的我催促了他几次，却惹得他老大不高兴。以他的看法，这钱放在我们的手里也没什么用，钱就那么闲置着还叫钱吗？钱不就是得给那些会花的人用在有用之处吗？最后，一句话砸到我的头上，让我也不知道应该说什么好了。二弟似平静又似愤愤然地说："等我赚了很多钱，我十倍还给你们。"为了这句话，我们一面觉得自己的小气和不高尚，一面心怀幻想地盼着赶快有一个结果，就算是没有十倍的回报，能回个老本儿也好啊。可是等啊等，等了多年也没见有个回音。后来，据说他的生意已经相当不错，但见了二弟仍然谁也不敢提还钱的事情。现在，我们是深刻理解了各大银行为什么那么惧怕手握贷款大笔欠债的老板们了，原来是怕惹人家不开心，连个面也难以见上。

因为二弟很少直接给母亲钱，所以母亲就一直认为他日子过得很是艰难。每次家人团聚，母亲都会特意为二弟祷告一番。在母亲心里，二弟仍然是一个被生活压迫得透不过气来的可怜人，所以她就很虔诚地求她的神将她的儿子从重压下解救出来："神啊，求您免了我们的债，如同我们免了人的债……"其实二弟也真的不容易，只要他能够轻松快乐且光鲜地生活下去，总是我们内心最真实的愿望。于是，我也不由自主地随着母亲的意愿在心里默祷："愿二弟不会因为债务的压力而失去生活的快乐，也愿天下负债的人都不要因为债务而受到人的逼迫。"

三、雪野

除夕那天傍晚，小弟的一个朋友从我家路过，顺便捎来了一样"新鲜东西"。一个不大的黑色小袋子，里面装着一些看起来蓬蓬松松的物件儿，打开一看，原来是几只野生的鸟儿。那些美丽的精灵，虽然早已经失去生命的气息，花花绿绿的羽毛经过百般蹂躏也稍显零乱，但仍能感觉到它们曾经的鲜活、灵动和楚楚可怜。这些鸟儿对我来说，并不陌生，确切地说，都曾熟悉得提头知尾，除了两只麻雀，其余都是我小时候能够经常见到的"铁雀儿"。如果在四十年前，这些"物儿"几乎遍地都是，多得令人烦恼，农民们甚至想尽了办法也不知道如何驱逐那些不速之客对自己的骚扰，更何须像现在这样，如此刻意、如此紧张、如此心惊胆战地保护一番？

四十年前的乡村，鸟兽们集群巨大，四时不断，与人们分庭抗礼，互不相让，共同分享着大地上的粮食及一切可食之物。那时，在土地上劳作的人们，还常常被那些飞禽走兽所欺。本来，由于耕作手段落后，土地上的出产就不丰足，却还要遭受各种动物轮流、反复地搜刮和袭扰。一片弱弱的农田，从春到秋，有虫来过，有鼠来过，有兔来过，有小鸟来过，有大雁、天鹅来过，有鹌鹑来过，有鸭来过，也有野鸡、猪、獾来过，最后人们在冬天到来之前把有幸留存下来的粮食匆匆收回，储到仓里，精打细算，小心取用，以便顺利地度过漫长而寒冷的冬天。

冬天，是一种宁静和纯净的艺术。似乎有一个"极简派"的油画家，执着地挥动画笔，整整一个冬天，都在按照自己的喜好和风格，不停地在那里创作。纯而又纯的白色补上了又褪去，褪去了又补上，直到下一年的春天，他的画卷上才有其他的颜色出现。其实，早在第一场雪下过之后，那幅画就有了最初的轮廓。曾经的草原、农田、村落等等一切事物都被整合到了一处，没有边界，且格调统一。若仅仅如此，怕也是太枯涩、太沉寂了，所以就有必要在其间注入一些活气，于是，各种各样生动活泼的鸟兽也被安排到了画儿里。它们有时很安静，只偶尔从画面上掠过或占据画面的一角、一部分，像是点缀；有时却毫无节制或近于疯狂地充满整个画面，成为唯一的主题。如果要给那幅画取一个形象的题目，我能想到的就是——《雪野》。

那时，人在雪野里行走是不会感觉到寂寞的，有时甚至"枝蔓"横生，惊心动魄。走着走着，就会有一只野兔从脚下窜出，像箭一样，挟裹着雪雾飞快地在视野中变小、消失，只在平整的雪地上留下一串间距很大的足印。走着走着，心跳还没有趋于平稳，突然又有一只色彩斑斓的山鸡从眼前起飞，像一道移动的虹，迅速远去。有时它们几乎是贴着人的鼻尖儿飞过，距离近得甚至能够感觉到从它们翅膀上扑打出来的气流。走着走着，你又会发现，脚前的雪已经被某个动物挖开或刨开，有一堆枯黄的碎草叶从雪里突出出来，不用猜，其间定然躲着一只或两只专心觅食的鹌鹑。这时，如果手中有一只小小的扣网，一伸手，就会将它们收进网中逮个正着。

一般情况下，狼与狐等动物，特别是狼，因为体型较大容易暴露目标，多数会昼伏夜出，与人类两相回避，很少能迎面碰上。假如真的遭遇，对于单独的一个人来说，多半是凶多吉少了。至于"铁雀儿"，只要一抬头，随时都能够在天空看到它们的身影，有时是三五成群，有时是几十、几百成群，有时甚至是成千上万只结成大群，如云般不停地在天空里翻滚。当大鸟群从头上飞过时，你会感觉到有一个巨大的影子乌云般覆盖过来，鸟儿们飞过时翅羽与空气摩擦的声音和质地不同的鸣叫声交织在一起，尖利而汹涌，仿佛一波由金属颗粒构成的大潮，一掠而过。

画家要的是艺术，鸟兽们要的却是饱食。不消几天的工夫，曾经干净完整的雪地上就已经遍布各种鸟兽的足迹，纷繁杂乱，有如密布的星云。谁能说清有多少只野兔、野鸡来过又离开，现身又隐藏？只有雪，才知道它们的确切存在，只有雪，才有机会、有能力刻印下它们的足迹。雪过后，所有种过甜菜和胡萝卜的地里，都印满了野兔的足印，田垄或树林边的某些地方，已经被它们反反复复地往来踩踏出一条平实的小路。那么谁又能说得清究竟有多少只鸟呢？几乎所有眼所能见的地方，不管是农田还是草地，都印满了它们的足印，所有曾覆盖在雪下的垄脊都被它们用细小的脚趾刨过，裸露出黑色的泥土。平日里寸草不生的碱地或沙岗也难得平静，间或就有几道梅花形的足迹逶迤而过，那多半是一些黄鼬或"艾虎"，夜里从洞穴出发，穿过雪地去附近村庄时留下的印迹。

爷爷在世时，是一个很有经验的捕猎能手，逮鹌鹑、抓野兔、捕鸟儿……样样在行。漫长无趣的冬天，爷爷就一样样地教我们做这些事情，使我们的童年比现在的孩子们多了一些体会不到的乐趣。那时，我们用最原始的"铁夹子"捕鸟儿，成绩好时一天能捕到二三十只"铁雀儿"、十多只鹌鹑，那个节奏多年一直不太改变，却从未见田间或天空里鸟儿数量减少。可是如今，那些鸟啊、兽啊都去了哪儿呢？难道说人类从来就不应该对鸟兽们动以"吃"念吗？从生物进化的规律考量，问题似乎又有一个另外的角度。如果这世界从来都不曾有过杀戮,鹰怎么生存？狼怎么生存？狮子、老虎怎么生存？难道说其他动物所拥有的杀生权，人类就不应该有吗？所谓的友好兼容，大约就是一种平衡罢了。正所谓"各从其类，各安天命"，如果人类从来都不拥有杀伤其他动物的本能和本领，怕早已经在地球上绝迹了。

据《圣经》所记，上帝确实曾给过人类这样的许诺：凡洁净的鸟、洁净的动物，人们都可以吃。不仅许诺，还亲手以动物之肉赏赐过人类。《出埃及记》里有载，当以色列人随摩西走在旷野上时，因为没有食物就开始抱怨，声音传到了上帝耳中，耶和华就晓谕以色列人：到了黄昏时，你们要吃肉……果然，"到了晚上，有鹌鹑飞来，遮满了营地……"在中国的典籍里，虽然没有这样清晰明确的"应许"，但从古至今，打猎或狩猎的行为却一直没有停止，漫长几千年的猎杀都没有出现过物种灭绝事件，却偏偏在人们已经有了环保意识的今天连最普通的物种都在一步步濒临灭绝。

　　这个问题一直让我感到困惑，百思不得其解。世上的鸟兽就是用以陪着人们共同游戏和生存的，如果人类本身没有异化，不会动用"大规模杀伤性武器"，不会搞什么大工业，把江河之水都变成"毒药"，不会搞什么"现代化农业"，把昆虫、草木都杀死或变成有毒的饵，那些天生就有着巨大繁殖能力的鸟兽，任你有多大的本事也是猎不尽、杀不绝的。然而，我们的环保主义者和环保机构，似乎从来无意于或也不敢把矛头对准那些大工业和现代化农业。因为对于人类来说，大工业和现代化农业本身就比环保重要得多，力量也强大得多。也许，环保机构自己也很清楚，如果真的胆敢与这两样针锋相对，那么就只能是自取其辱，自讨灭亡。为自身的生存计，为了证明自身存在的意义，他们也只好假模假式地把矛头指向那些手痒技痒的小捕猎者，干一些避实就虚、转移视线、李代桃僵的事情。结果，大量杀死了动物们的罪魁祸首就一直得不到追究，受不到指责，"小巫"在前台受管受罚，"大巫"躲在暗处窃笑。有时我就在想，如果那些被人猎杀的动物有幸逃过自枪口或套索而来的劫难，它们当真就能侥幸存活下来吗？在那个大如天罗地网般遍布"毒药"的大地上，哪一个、哪一种动物有那么大的本事最终能够绕开灾祸幸免于难呢？

新年的第一天，两天前没有尽兴的雪，又接着下了起来。新雪绵绵，像娓娓的倾诉也像殷殷的祝福，一片片、一层层添加着我对四十年前那片乡村雪野的怀念。于是，我冒雪把车开到郊外，置身于苍茫的天地之间，将意识放飞，任由其展开意愿的翅膀，向前，向前，直达记忆深处的从前。但这样的努力终归是徒劳的，四十年前的雪野，与今天的相隔已不仅仅是一个简单的数字，那已是一道永难弥合的时间裂隙。虽然，有那么一刻，我的心头瞬间出现过灵光一闪的激动，以为新雪之下仍旧掩着四十年前鸟兽行走时留下的纷乱足迹，但理智与事实还是轻而易举地击碎了幻觉。

眼前，不过是一个只有背景而没有演员的空荡荡的舞台，不过是一片略去一切细节、一切真相，只有祈愿而不会再有承兑的善意的谎言。

四、流变

如今，传统的节庆经过很多年坚持不懈的"移风易俗"已经变得十分简单。省略了拜年、供奉族谱、迎神、发纸等等一系列环节之后，只剩下了一顿年夜饭。如此一来，这顿饭便具有了十分重要的意义。安排起来，总是隆重且考究。首先要讲求丰盛，隐喻着接下来的日子会富足昌盛；其次讲求家人齐全，最好是一个都不能少，象征一家人的团圆和美与家族的完整兴旺。

因为人齐、人多，开饭时就只能分坐两桌。母亲是个随和的人，又因为笃信基督，所以观念里没什么明确的尊卑辈分界限，她只是先把孙子、孙女叫在身边坐下，其余的人各行方便。这样排下来，两桌家人杂乱地组合就很难看出有什么内在的规律或规矩。

晚餐正式开始之后，情况很快就发生了微妙的变化。有人要凑到一起喝几杯酒，有人要凑到一起说说体己话，有人要特意向长者表达一下祝福之情，有人则想尽快吃几口下去做自己喜欢的事情……没多久，秩序开始大乱，进入由个体间引力或排斥所决定的自由重组。此时再看看场上的局面，就有了一点儿意味。以母亲为轴心的一桌基本都是家里的年长者，大致都是 1970 年以前出生的；从小妹妹和小弟媳开始，往下都是生于1970 年以后的人，则纷纷聚到另一桌。如果用个"文艺"一点的词汇去概括，大约就是一桌子苍老，一桌子青葱。

一桌子"苍老"或渐入苍老的人，从小受着传统文化的熏陶和伦理教育，从来没想到要装模作样地把自己的晚辈当"朋友"，观念里只把他们看作自己的骨血和生命的延续，所以总是情不自禁地把心思放在那桌子"青葱"之上，谈论的话题自然也离不开那一桌子的人。

那一桌子隔代的"青葱"，虽然从小在平等、民主、自由、富足的氛围中成长起来，却从没有一天真正把心思用在父母身上。这一代人似乎从懂事不久就开始进入了青春叛逆期，虽然连洗双袜子的自立能力都不具备，却天天想着如何摆脱家长的干预和控制，不防范谁也要防范家长，相信谁也不相信自己的父母。不用猜，他们的话题肯定不会在这个房子之内，更别说我们这桌自作多情的"苍老"了。他们的心永远如没有落点的鸟儿，在天空里漫无目的地游荡。很快，他们便如学校里的同学一样，结成了一个志在对付家长和老师的广泛同盟。一双双精明的小眼睛转上几圈，再配以简单的"言传"，这一小帮儿，马上就有了精准无误且高度一致的"意会"，于是便纷纷起身，结伴去外面另立"山头"，单独活动了，只把小妹妹和小弟妹两个年纪不大却辈分不低的人"晒"在那里。

　　"青葱"团队里的核心人物是大妹妹的女儿，因为她所处的位置正好承上启下，上有一哥一姐，下有两个妹妹，介于"80"和"90"之间，所以她就顺其自然地成了两个年龄段共同的代言人。她说我们去 K 歌，大家一齐响应"乌拉"；她说我们去网游，"乌拉"；她说要想法子把压岁钱花掉三分之二，"乌拉"她毕业后一直闲在家里，过着"啃老"的日子，最近因为受父母逼迫，马上要"出山"去找寻工作了，所以得抓紧时间为那些即将逝去的美好时光举行一个隆重的告别仪式。哥哥姐姐对她人生的转折一边表示支持，一边流露出惋惜的神色；两个妹妹则只能在懵懂无知中一味盲目地向往。总而言之，这是一个不相信过去，也不相信未来，只相信当下的群体。父母们讲述的"过去"真有那么苦涩和艰难吗？他们不仅表示深深地怀疑，并且嗤之以鼻。说那些有什么意义呢？生活和历史能够再次回到从前吗？"我们"已经拥有了当下，为什么要诚惶诚恐想着应对过去，并以过去那"苦涩"的生存方式糟蹋自己？未来？这世界变化如此之巨之快，谁能够准确预料未来？"我们"已经拥有了当下，有必要以自己短暂的青春去"扛着"深不见底的未来吗？如果"不测"一定来临，那就等它来时再说吧，"我们"不能在虚拟的不测之中把当下也过成"不测"的未来。

20世纪50年代，有一个叫郭路生的"知青"，被"上山下乡"的政策从城里赶到乡下，困厄绝望之中写了一首诗《相信未来》："当蜘蛛网无情地查封了我的炉台／当灰烬的余烟叹息着贫困的悲哀／我依然固执地铺平失望的灰烬／用美丽的雪花写下：相信未来……"这首诗之所以能够成为一代人的心声，是因为那时的现实太过痛苦和黑暗了，因为难过，因为绝望，人们只能选择逃避或隐性逃避。人们恨不得不到天黑"今天"就会倏然而过。相信未来，不过是对"今天"的诅咒，是相信未来不管如何糟糕也会比"今天"强，至少不会比"今天"坏。现在的日子好过了，知好知歹的人们，不管他们嘴上怎么说，赞美还是谩骂，感恩还是诅咒，实际上是不愿意也不用着急走出"今天"的，自然更用不着执拗地相信未来或企盼未来。

经常听到一些父母指着已经二十多岁或年纪更大一些的子女抱怨："什么时候才能懂事，像个大人呢？"所谓"懂事儿"，可能就是指某人心智足够成熟，言行不再幼稚，能很好地理解、体谅别人和社会，又能对家庭或别人有所担当或有所承担吧。每当有人如此这般地抱怨自己的子女时，我都不以为然，倒感觉是那些盲目抱怨的父母们"太不懂事儿"了，他们并不知道，每一代人都有自己的生存智慧和策略。因为每当这时，我都会因为那些被抱怨的"孩子"联想起一种特殊的动物。

　　蝉，一种超越科学和人们认知能力的神秘精灵。它们的成长规律，似乎从来都只由着自己的意愿和心情，完全可以置季节和寒暑的召唤于不顾，我行我素，有时，竟然让近于万能的科学也不得不含糊其辞。

　　科学，自然有科学存在的意义。对于问题的揭示和解决，总会有一些探索和努力的动作。科学能够告诉我们，蝉的一生，不论潜伏于地下还是腾跃于树上，都不是人们误以为的"以饮露为生"，而是以树的汁液为生。它们不是一心为了树的娱乐而终生为树演奏的钢琴家，它们是吸树、喝树一生以树汁为养料的寄生虫。但科学却无法告诉我们蝉为什么能够将生死蜕变的规律握在自己的手中，可以依凭自己的意愿随心所欲；更不能确切告诉我们什么时候蝉才能够从土里钻出来爬到树上，做一回真正的蝉，完成一只蝉应有的使命。科学只能无奈地向我们叙述一些普及级的知识——

　　8月上、中旬，蝉的产卵期到了。在雄蝉不舍昼夜的鸣叫声里，雌蝉们以尖利如剑的产卵器刺破树皮，将卵产在树的木质部内。完成了这项传宗接代的使命后，蝉的能量便已消耗殆尽，"一生"也将在短短六七十天的阳光之旅中悄然结束。而小小的幼虫却从卵里孵化出来，在树枝上等待着秋风把自己吹落到地面上。一到地面，它们立刻找寻柔软的土壤钻进去，一直钻到树根旁，靠吸食树根的液汁过日子，少则两三载，多则十几年。据说，北美洲东岸森林中的蝉幼虫可在地下生活长达17年之久。蝉从幼虫到成虫要通过五次蜕皮，其中四次在地下进行，而最后一次，是钻出土壤爬到树上蜕去干枯的浅黄色外壳才变成成虫，只有经历过最后的一次，蝉才算真正完成了一个循环的生命接力。

迄今为止，蝉在地下任意滞留的动因和机制仍不为人知，但以人的心智去揣测，无非两点：一是它们在某一特殊领域里的异秉提醒了它们，哪一年或哪些年的年景不好，气候条件并不适合它们以及后代的成活、成长；二是有一些蝉知道爬出地面就意味着要在使命的驱使下，一步步走向死亡，与其出来担当必然降临的风险，还不如在地下得过且过，慢慢消磨着饱食无忧的日子。

原来，那些为人父为人母的人在忙碌中忽略了必要的观察与思考，没想到有一些孩子仿佛是那鬼精鬼灵的蝉所"托生"。

五、祝福

二弟是彻底的无神论者。那么多年的唯物主义教育，并没有让二弟掌握更多的知识，但却造就了他顽强的唯物主义思维体系——不信神不信鬼，不怕天不怕地。母亲曾不止一次当着大伙儿的面问他信不信有神，二弟回答得斩钉截铁：不信。但二弟心里，绝非一片荒芜的"草莽"，每年春节临近，他总是第一个抢先回到老家，代众兄弟去父亲墓前进行一番隆重的祭扫。

1986 年的春天，父亲与二弟同乘一车，发生车祸时，父亲当即惨遭不幸，而二弟仅仅肩头被擦破了指甲大小的一块皮。对此，母亲反复叨念，并一口咬定，正是父亲以自己的生命替二弟还了一条冥冥之中的命债，才保全了二弟的安全。当人被卷进灾难的旋涡时，必定会信手抓住一点儿什么作为支撑，免得自己被痛苦的潮水吞没。那场事故之后，唯一能够支撑母亲无怨无怼把那个已经残破的家支撑下去的理由，就是苍天有眼，没有同时夺去她两个亲人的生命。这一点，最后也成为我们全家人的精神安慰。相信父亲在天有知，他也会认同这种说法和理由的；我们更相信，就算是父亲当时能够自主选择，他也会为自己的儿子奉献这血与命的祝福。

二弟自幼性格倔强，经常为着一句话被父亲打得死去活来。犯了错误后，父亲偏偏要他的一句"口供"，逼问："你到底认不认错？"而他就偏偏不认，并且每一次都是毫无例外地"打死也不认"，最后父亲只得自己在他面前认栽。每每这时，母亲都会黯然落泪，长长一声叹息："真是前世的冤家呀！"父亲去世后，二弟一直沉默着。没有谁猜得透他内心深藏的是什么，巨大的疼痛？压力？恐惧？懊悔？感念？但从此，他就像父亲的独子一样，旁若无人地单独为逝去的父亲做着他认为应该做的事情，不与别人商量，不与别人合作，独往独来。

母亲不相信一个过世的人能给活着的人以佑护和祝福，也不相信像烧纸、上坟之类的"烟熏火燎"一番就能起到追忆或寄托哀思的作用，所以她坚决反对几个子女去做那些她认为毫无意义且无比愚昧的事情，但唯独不对二弟提出明确要求和限制，任由他按照自己的方式行事。于是兄弟姐妹聚到一起时，便总会不知不觉地回忆起父亲在世时的一些往事，甚至点点滴滴。虽然形式随意一些，规模小了一点儿，但对于一个家庭来说，也相当于一定级别的座谈会了。

人一多，话头便如季节的风，不知道什么时候就悄然转了方向。从过去转到了当下，又很快从当下转到了未来。刚刚谈过了父亲，很快又转向了下一代。先是热烈地讨论和评价了我女儿的婚姻和家庭，然后是二弟儿子的工作和前途，之后，又是其他几家孩子的学习、进步和心性等等。事无巨细，不一而足，似乎哪一个孩子、哪一个细节讨论不到就会在哪一点上出点差错，哪一片叶子不用这话语的阳光照射一下，就会不绿、不茂一样。那情景很像一群土里土气的农民在兴高采烈地谈论自己的庄稼，"种子""土壤""肥水""天气"运气，等等，从头至尾谈个遍，最后还要把一切乐观或并不乐观的现实概括为一句美好的结语——长势喜人。

节日的时光，就如一锅烧开的水，热烈、沸腾，每时每刻都会有翻滚的气泡儿从每个人心底里冒出来，无法静止，也没有静止的趋势。母亲虽然与平时一样安静，不参与大家的高谈阔论和大声喧嚷，但却一有时间就悄悄地坐在我们身边，只要我们不睡，她就不会自己独自睡下。我们担心她的身体，劝她早些休息，她却执意坚持。她幽幽的近似于自言自语的一句话，一下子让在座的子女们都陷入了良久的沉默——"你们好不容易回来，我可不想自己先睡！"

众弟兄应该各自返程时，外边的雪大部分已经融化，除了一些背阴的角落里留有星星点点的残雪，街道和大地都已经露出了本色。母亲因几天没有出门，仍固执地认为公路上会积满冰雪，便一遍遍叮嘱："路上雪大可要多加小心啊！"跟她解释了两遍，她还是不相信。待我们临出门时，听到的还是她那句充满担忧的叮嘱。母亲真是老啦！

以往告别，只要我们回头，总是能够看到母亲依恋的身影和目光，但这次有些出人意料，转身就不见了她的身影。大妹妹敏感，发现了我目光里的询问，便告诉大家说，母亲回自己房间了。我突然醒悟，母亲是基督徒啊，她此刻定然依规"走进内室，面对你的神，说出自己心中的愿望"。

雪花再一次大朵大朵地从天空飘落下来，由于气温的升高，落到车窗上时便随即融化，像雨滴，像泪水在车窗玻璃上流淌，将视线涂抹得一片模糊。最有戏剧性变化的是那些直接落到地上的雪花，一朵朵像善于幻化的白色精灵，落地时只需要小小的一个延时，就改变了颜色和状态，转瞬润入、消失于黝黑的泥土之中，成为泥土的有机组成部分。这个单纯的细节，有如神谕，很轻易就把人带入到一种复杂、广阔的联想之中，联想到温暖，联想到春天，联想到之后的姹紫嫣红。

西塘的心思

耽于玩耍的西塘，就这样在千年的水巷边，安然坐定。

我见到它的时候，它什么也没说，只是神秘一笑，嘴唇抿紧，仿佛在刻意地守着一个什么秘密。其实，看一看水巷里悄然而逝的流水，便知道，西塘已经把浩浩荡荡的时光都诓进了水巷，而自己却成功躲过了岁月的逼迫，继续在春色可人的江南忘情流连，并成为一个让人忘情流连的去处。

相传，春秋时期，吴国大夫伍子胥兴水利，通盐运，开凿伍子塘，引胥山（现嘉善县西南 12 里）以北之水直抵境内，故有胥塘，别称西塘。这样算来，西塘的存在已经有两千年以上的历史了，不知道这两千多年的时间，它到底是以怎样的方式在时间之轴上行走，怎样依凭一个小小的空间让自己在时间流程之外悄悄延宕下来。许多世代都已经从它的身边一一过去，而它，至今仍然没有起身离去。

地老天荒呵！

到底谁有勇气和能力把这样的守候或等待付诸实施？

我们总是在沿着空间之轴到处奔走。前天盐官，昨天嘉善，明天或后天又将是杭州或上海，我们并不知道时间的秘密，所以无法在时间里久留。地也未曾老，天也未曾荒，只是有一天，我们和我们的心愿将一同在时间里老去，化为尘烟。大概，也只有西塘这样的事物能够懂得时间的秘密，只有西塘这样的事物才能够在时间里坚守并直至永恒。

太阳在水巷的另一端升起，照亮了西塘古镇和古镇的清晨。宁静的街溪仿佛受控于一种神秘的力量，突然就停止了流动，成为一渠泛着金光的油彩。逆光中，一只小船无声地从水巷转弯处驶来，恍若时光深处的一帧剪影。胭脂色的涟漪从船头一圈圈荡起，无声，在浓稠而凝重的水面上传播。远远望去，平滑的水波仿佛已经不再是那种液态的质感，而是水波过后留在沙地上的固态纹络。此时，水巷两岸的建筑愈发显现出古旧的色彩和形态，粉墙黛瓦以及其间的斑驳，经过时光和岁月的反复涂抹修改之后，变得更加深沉、厚实。偶尔有微风从葡萄藤的缝隙间穿过，轻轻拂过脸庞，提醒我确实身处现实之中并且正浮于时间的表层，但我的心，却分明感受到了岁月的稀薄和时间的沉重。

这是一天中行人最为稀少的时刻，古镇的一切都如一夜间去除了遮蔽、掸掉了浮尘，清晰地显现于视野之中。走在狭窄而悠长的小街上，竟然能听到自己脚步的回声，空旷而悠远，如同从很久以前传来，又仿佛要传到很久以后。低头时，目光能够很幸运地触到那些辨不清年代的麻石。它们与两旁林立的房舍，衔接得天衣无缝，就好像在两千年以前西塘刚刚诞生的时候就已经紧密地结合为一体。倒是在其间行走的行人与这些建筑有一点格格不入，貌合神离。很显然，短暂地停留和居住，还不能让我们把"根"扎入时间深处，我们无法打开与古镇沟通、融合的心灵之门。

南来北往的客，纷纷慕西塘的盛名来看西塘，却又难免经常与西塘擦肩而过。

有的人知道，西塘不仅仅是一渠水、一座桥、一篷小船或一些旧房子，更不是被杜撰、修改了很多次似是而非的传说，但西塘究竟是什么，还是无法确定、无法明了。于是，便在游览的流水线上格外地用了些心思，四处看一看，找一找，无奈市声嘈杂、人潮如蚁、目光交错如麻，心便被搅得纷乱，遂视而不见，听而不闻，最后只好乘兴而来扫兴而归，自觉或不自觉地陷西塘于"其名难副"的怨声之中。

有的人，兴冲冲地到了西塘，一踏入西塘的街，一住进西塘的老房子，就把西塘彻底忘了。找一张正对着水巷的雕花木床，在徐来的温风里，把没有想完的心事继续想起；抱着电话与远方的亲人或朋友"微"来"微"去，或随人流在一家挨着一家的店铺里找一件儿似曾相识的工艺品，盘算着如何低价买下，带回家去……

很多来古镇的人，吃饱喝足之后，总是要给自己留下一些曾到过古镇的凭据，要么在某一重要景物上偷偷刻下"某某到此一游"，要么就是拥着挤着争着抢着在古镇的水巷边、石桥头或某一处刻着字的古宅前排队留影，希望在古镇背景的映衬下自己的情影会更加隽永美好，以便事后愉悦一下远方未能成行的亲友，但很多人拍完片子在相机的显示器里一看，竟然大呼奇怪。他们或她们都情不自禁在抱怨古镇的不予"配合"，因为拍出来的片子一点儿都不和谐美好，就跟"P"上去的一样，人与景儿之间你是你我是我地分离着、隔阂着，如不同时间、不同地点、不同事件的硬性捏合。

相对于漂萍一样去留不定的人们，似乎还是墙脚、石阶上的青苔与古镇之间的关联度更高、更贴近、更默契、更和谐。它们就像古镇从岁月深处呼出的翠绿、湿润的气息，*丝丝袅袅*地升腾缠绕在行人的脚边。

而那些守候于客人门外或观光必经之路，低声细语或高声叫买的人们，则是真正的当地人，他们常常以主人的身份向外出租和推销着西塘。不知道经年累月的相伴与厮守，有没有让他们中的一部分人拥有了与西塘心灵与心声互通的通道，使他们与西塘之间像叶子与树一样气息与共、互为表达？但有一点是不可否认的，他们中的一些人虽然每天背靠着西塘，却只把两眼死死盯住如流水一样川流不息的游客，一颗心不舍昼夜地悬挂于客人的背包和口袋之上。对于他们来说，西塘也不过是一个栖身和谋生的地点，是一扇木门、一面旧窗、一个悬挂招牌和铺设货摊的店铺。

然而，西塘却总会以自己的方式展开另一程的生命叙事。

水巷两边的老房子，别致的木质雕花窗，通常都是敞开着的。从窗外进去的是风和阳光；从窗里流溢而出或隐蔽着的是各种各样的声音、各种各样的色彩、各种各样的情感和故事。它们很轻易地就让我想起被称为心灵之窗的眼睛，而眼睛注定要成为某种内在与灵魂的流露与表达。不知道此时的西塘是醒着还是睡着，如果醒着，那么窗里的一切必定是它秘而不宣的心事；如果它睡着，窗里的一切则是它梦的内容。来西塘的人，大概也都与梦有些关系吧，他们不是来寻找自己的梦，就是来古镇做梦。也不知道此时每扇窗的背后的人们是醒着还是睡着，如果醒着，西塘则是他们未来的记忆；如果睡着，也许西塘就在他们的梦里。

于是，便有缱绻过后的情侣情不自禁地把自己的梦延伸到窗外，他们像一对蝶或一双燕一样，在窗前的美人靠上把风景依偎成梦幻。大约是为了印证一下那情景的现实性和真实性，他们开始用店家事先备好的钓竿去钓街溪里的鱼。其实他们并不急于得鱼，他们只是要让那些幸福的时光如街溪水一样缓缓地在西塘流淌。如果能够偶尔从水中钓得一条或大或小的鱼儿，那便是平静的幸福中快乐与激情的象征了。果然，就有一条指头大小的鱼儿上钩，摇头甩尾地在水面上挣扎，情侣们笑着把渔线收回，小心地将那鱼儿存放在盆中，如存放一枚生动的记忆。然后，彼此交换了一下眼神，重新消失在窗子的暗影之中。

水面很快就平静下来。两天后，也许这个曾经上演过甜蜜梦幻的窗后已经人去屋空。再以后，或长久虚置，或住进了一对足不出户的老夫妇，而那窗前的水巷和拥有着很多条这样水巷的西塘，却依然如故，仿佛什么都不曾存在，什么都不曾发生。

这梦幻般的细节、时间之水中一朵小小的浪花，让我想起了短暂与永恒。如果仅从拥有时间的长度上论，我们之于西塘，正如蜉蝣之于我们。有时，人类躺在树下睡一觉或醉一次酒的工夫，蜉游已经度过了它朝生暮死的一生。对于人类来说，一只蜉游的生而又死几乎在不知不觉中发生，当他一觉醒来的时候，并不知道曾有一个生命在他的身边生而又死。对于蜉游来说，它的一生也许和人类一样充满了数不尽的起起落落和悲欢离合、充满了道不尽的曲折复杂和丰富多彩，而人类却如没有生命的静物一样，在它的一生里几乎一动未动。它并不懂得人类的一个动作就能够跨越它的半生，不知道人类能够把它们所经历的一切在时间的流程里拉长、放大，并演绎出更加惊心动魄的波澜。它们没有能力懂得人类，就像我们没有能力懂得西塘。大象无形，大音希声，人类中的智者隐约感知到了自身的局限，并对那些在空间和时间上的超越者，进行了支离破碎的猜想和描述。

然而，雄心勃勃的人类，从来不甘于生命的短暂与幻灭，即便是拥有了某个闪光的或意味深长的瞬间，也希求将其转化成永恒。

无形的风掠过水面，正在摇橹的船夫放下手中的橹柄，伸手抓一把，风迅即从指缝间溜走。而微波兴起的水，却在这时记住了风短暂的抚摸，于是便心花怒放，让菱花从水中开出来；菱花艳黄，如时光的莞尔一笑，开过之后就谢了，但在以后那些沉寂的日子里，那一泓多情的水，却悄然把那次甜蜜的记忆在内心酝酿成外表坚硬内在甜软的菱角。与菱角相呼应的还有一种很奇特的水生植物叫"芡"，也有人称其为鸡头米或鸡头莲，属睡莲科，花深紫而大，据说菱花开时常背着阳光，而芡花开时则向着阳光，所以菱性寒而芡性暖。不管怎么说，这一切都是短暂的，一切的发生、发展不过是一个季节的事情。但人类却不甘心一切就这样结束、消失。遂有人将菱角采来晒干后剁成细粒，以做日后备用口粮熬成粥，一边食之一边回想起那些逝去的光景。更有人将芡实采来磨粉，蒸熟，并倾注了自己的心力敲敲打打，制成了芡实糕。一种传说中的美味小吃，一传几百年，名声已差不多与西塘相齐。

人类就是这样，把自己希望永久或永恒的愿望寄托于一切所经手的事物，通过物的永恒实现自身生命信息的传承。我一直想不通，说不准，这是人类的理想、梦想还是妄念。

沿着一排排摆满了芡实糕和煮田螺的摊子前行，总能够在某一处房子的阴影中看到一个只管低头操作而无心叫买、推销的传统手工艺加工者。有的在织粗布方巾，有的在用当地的一种木材加工梳子，有的则挥汗如雨，加工灶糖。有一位剪纸的老妇人，穿着灰色的布衣，坐在自家门槛外，专注地裁剪着手中折叠的红纸，鲜红的纸屑像是时光的碎片，扑簌簌落在她脚下的暗影中。当天色已经变暗时，我再一次路过她身边，她仍然坐在原地未动，依然神情专注地剪着她心里的那些图案，脚下的纸屑已经积了厚厚一层，并变成了暗紫色。这时，那老妇人已经与她身后的房屋融为和谐的一体，一同在黄昏里变得身影模糊，模糊成古镇的一份记忆。

两千多年岁月所成就的西塘古镇，就这样点点滴滴凝聚着人类世世代代的心愿和种种努力，但最后它却无情地超越了多情的人类，成为一个冷峻、高傲的巨大背影，严严地挡住了我们探寻的目光。

庄子曾在《逍遥游》里描述过一种植物，叫大椿，据说它以我们的五百年岁作为自己的一个春秋，因为没有人能够亲历它的生命过程，所以就没有人确切地知道它的寿命；没有人确切地知道它的寿命，便也就没有人知道它已经行进到了生命的几分之几。如果，我们如此这般地比拟、揣度西塘，那么我们同样不知道它到底处于生命进程的哪一个阶段。

在那些与西塘日夜相伴的日子里，我一直主观地认为，西塘就是一个年轻俊美的女性。在夜晚的静谧之中，侧卧于水巷边的客栈床上倾听西塘，仿佛就能够清晰地感觉到她那年轻而柔媚的呼吸。倏然，有一半自水一半自花的暗香越过半合半开的窗，长驱直入，直抵枕边，半梦半醒之间，西塘似乎真的就幻化为了最心爱的女人，陪伴身旁。持续的温情如窗前沐浴熏风的树，沙沙地彻夜摇动不停，不但有声，而且有影，激活了生命里所有的渴望与想象。

眩晕中，我曾一遍遍追问西塘，那个关于时间和永恒的秘密，但西塘始终沉默不语。我揣度，深谙天机的西塘，是不会向我开口的，一开口，便触犯了天条，也会和我一样堕入红尘，在时光的洗涤中慢慢老去。

夜一定是很深了。从环秀桥的方向突然传来一个神秘的声音，像摇橹，像鸟鸣，也像一声讪笑。突然地惊醒，让我很快地意识到，夜色中，真实的西塘，离我已经更远了，远得不可触及。环秀桥外一闪即逝的那个背影，到底是传说中多情而委婉的胡氏，还是执着而羞怯的五姑娘？清丽而又有一点儿暧昧的西塘，到处都是新鲜或陈酿、热烈或凄婉的爱情与传说。但那一刻我却感觉到，那似有似无一闪而逝的影子，正是西塘刻意躲闪与回避的身影。

　　清晨起来，我站在客栈的窗前，久久地凝望着古镇上的一切，内心感念丛生。无法收束的目光涉过水巷，跨过永宁桥，沿烟雨长廊向前，像抚摸自己的前世今生一样，一直抵达送子来风桥。

　　有一对早起的恋人，携手相依，正从来风桥头幽暗的巷口走出，两张甜美的脸在初升阳光的照耀下，像花儿一样明艳、灿烂，我想，也定如花儿一样芬芳。他们一路徜徉，一路缠绵，在靠岸的乌篷船边悄声私语，在滴水晴雨桥畔相拥而立，一方艳丽的土布披肩如他们借以飞旋的翅膀，一路把西塘演绎成一个故事里的模糊背景。一时间，竟让我忘记了关于永恒这个话题的追问与思量。当他们在永宁桥栏上端坐拍照，再一次相拥而笑时，突然有些许的震撼与感动击中了我的心。如果那庸常的快乐与幸福，能够被一个人铭记，被古镇铭记，被时间铭记，我知道，就再没有什么必要去追问那个叫作永恒或永远的字眼儿了。

　　那一刻，我真的不知道自己的表情是什么样子，但那一刻，我恍然而悟，我们之所以看不清西塘，是因为我们身在西塘；我们之所以猜不透西塘的心思，是因为我们就是西塘的心思。

此去巫山

后来，果然我们就走进了时间深处。这却是我始料不及的。

开始，我们只是怀着一种无所谓甚至是不耐烦的心情"奔跑"在巴渝至巫山的路上。

我之所以特意将重庆称作巴渝，主要缘于我的怀旧，我喜欢让事物镀上一点儿岁月的光泽。或许，因为我自己那些最美好的时光都像开过的花朵、脱落的羽毛、凋零的叶子或散落的珠子一样，大多丢失在过往的岁月之中，所以就一直坚信，人类最美好的时光也应该散落或凝固在过去的某一个时段上。尤其现在，我已经有些老了，往前看，基本看不到什么繁花、锦绣，故而，常常喜欢往后看。但我也发现，不仅是我，人类中的绝大部分，在很多时候都是在向后看的。

迄今为止，人类最热衷的一件事儿，仍然是编故事、写故事、讲故事和听故事。我们就像一群在时光中埋头打洞的鼹鼠，真正的空间、真正的路是在身后的。我们主要靠未来的劳役来确认或判断生命的行进方向。那好，我们就大大方方地往后看吧，在故事或往事中愉悦、陶醉自己。但当我们回头，又经常会在某段光阴里迷路。

从巴渝到巫峡，古时候是要走水路的，或水陆交替着走，骑一程马，再乘一程船。当然，也有人付不起那么昂贵的盘缠，就只能选择步行。几百上千里的路程，如果动用现代的交通工具，不过是几个小时的事情，但古人们往往要花去数日或数十日的时间，极端情况可能还要"此去经年"。好在古人性子好、心态好，并不急，边走边玩，权当旅游观光。如果是文人雅士，又可以边走边吟诗作赋，进行流动的文学创作。想当初，大诗人李白游三峡时，大概只是遇到个顺风顺水的好天气，就高兴得不得了，于是诗兴大发，吟成"千里江陵一日还"的句子。其实，那不过是一个浪漫主义加乐观主义的夸张，就算坐上现代的机动船，也很难一日千里。

相对古人，现代人可就是太"神"啦！别说一千华里，一千公里的路程，如果坐飞机，当空一个弧线，只消花去一个多小时的时间；如果开车，一口气跑下来，至多也就是八九个小时，大约与古人做梦的速度相当。但现代人的烦忧却也随之而来，速度快了，生活节奏也快了，快如飞旋的车轮，且急且躁，搞得人终日不得安稳、停歇，不管何时何地，去往何方，都像有一个看不见的怪物在身后追着。

很长时间以来，我就已经发现自己也同样"病"得不轻，但却一直无法让自己的脚步和心慢下来，就更别妄想真如一泓平静的水啦！去巫山，不过区区400公里的路程，可是"跑"过两个小时之后，我还是觉得自己的心被放在油锅上煎了。

眼前，尽是一座座形貌相似的山。过了一座又一座，迎来一重又一重，就是不知道一共能有多少重，多少重之后才能群山过尽。难道真如李白诗里说的，有"万重"吗？后来，我索性把眼睛闭上，希望能沉沉睡去，有梦也可，无梦也行，最好是一睁眼就到了巫山。蒙眬中，似乎过去很久，但一睁眼仍然是与刚才一样的山。仿佛，走过的路又重走了一次，仿佛时间的磁盘被神秘的力量卡住，停滞在一个点上，始终没有流动。

然而，当车子终于像一支被施了魔法的箭，一头"射"进巫山无边的云雾之中时，我才醒悟过来，原来时间并没有停滞，只不过是在巫峡的峭壁下打了一个盘旋。一旋就旋丢了方向，一旋就旋乱了秩序，一旋，就旋起了沉睡了几千年的岁月和往事。雾霭中，我已然分辨不清山与水、南与北、梦境与现实的界限。只感觉天上是云，地上也是云，眼前是云，心中也是云，至于雨，似乎只有在某一个暧昧的梦里才可运行、发生。

看吧，费了这么多的周折，我们到底还是没有走进未来，而是走进了时间深处。这确实有一点出乎意料，然而确实也是在某种隐隐的期盼之中。数十年的心仪，数千里的跋涉，不就是为了来自于岁月深处的那一缕情愫嘛！唐代骆宾王有诗曰："莫怪常有千行泪，只为阳台一片云。"我想，这诗的后半句正好说到了我的心里。

两千多年以前，楚国的宋玉作《高唐赋》，记述楚怀王梦遇巫山神女，并与之交合的故事。这故事有点儿像酒，陈过数千年之后，越发醇厚出神话的味道。也不知古往今来多少人被它的浓艳、香醇迷醉得神魂颠倒，不辨东西。先前，我也深信不疑，并痴心向往，但置身于巫山巫峡之间，似乎受到了某种意外的启悟，反从这故事的醇香里品出一点格外的辛辣。宋玉在文中只说了"旦为朝云，暮为行雨"的巫山神女"愿荐枕席"，却没有说为什么，更没有说楚怀王当时是什么年岁，还能在疲惫之余做那么一场轰轰烈烈的春梦。

推测起来，那时的怀王怕也不会是青春年少之时了。五十余年的旧瓶陈水，还能在此山此水之间滋养出一朵绚烂的花儿，凭的一定不是一个半老男人微澜不兴的春心，想来，一定是天地之间那团郁结不散的灵气发挥了幻化之功。就那么至刚至阳的山，就那么至阴至柔的水，阴阳相浸、互动、互融，自然氤氲成混沌的云雾，于是，也就有了朝朝暮暮的云情雨意。所笼所覆，所感所化，任你是一截朽木也会生出新枝；任你是千年古墙上脱落的一块老土，也会成为生草又开花的一捧春泥。

如此说，所谓神女，便一定不是神女真身，不过是山水间浩浩灵气凝成的晶莹一念，被怀王、宋玉等人自作多情或别有用心地敷衍成文字，以致误传千年。但不论如何，这个地域定然是与爱情有关的，不仅一定要出产爱情和故事，也不可避免地出产与爱情有关的文学和文艺。屈原曾经来过，赋成《山鬼》："风飒飒兮木萧萧，思公子兮徒离忧。"岑参也曾来过，咏《醉戏窦子美人》："细看只似阳台女，醉著莫许归巫山。"元稹来过，留下"曾经沧海难为水，除却巫山不是云"的名句。白居易来过，深深感慨"诚知老去风情少，见此争无一句诗？"……其实，来巫山或没来巫峡就大发感慨的史上知名者又何止百人，不知名者又何止千万？留下的诗句和卷帙又何止于手展目阅的这个限数？行至巫峡的峭壁间，你去展目细看，一层层规则叠放着的页岩，谁说那不是一卷卷厚重的大书？一叠叠被岁月装订得严丝合缝的书页，一层紧压着一层，一层层，从百十米深的水下一直叠放到了天上。我们只是信心和愿力不足，翻阅不动啊！一旦翻动，谁又知道期间会有多少惊天动地的故事和石光电火的爱情迸发而出？

是时，节令已经进入了冬天，天地间虽仍有不肯散尽和不甘复位的阴阳二气交缠成雾，毕竟已不可充分地交通，不交则不合，不合则不通，不通则闭塞，闭塞而成凛冽的冬。若是换作其他地域，长风一过，早已是云遣雾散，空空而没有一丝念想了。电影《待到满山红叶时》里的哥哥杨明，在被洪水夺去生命之前，曾经给妹妹写信说："再有一场北风吹过之后，巫山就有了满山的红叶……"由此，我感觉到，不仅是这个特定故事里的红叶，世上所有的红叶所象征的都不应该是如火如荼的爱情，而是爱情消逝或夭折之后血色的思念。想想，谁愿意让自己的一树爱情生长在一个最不适宜的季节，眼看着它短暂地燃烧之后，便一片片凋零，一直到一无所有，只剩下光秃秃的枝干，只剩下无边而又无望的沉寂？

据说，巫山之得名，缘于神巫巫咸长居此山之中，而此山的巫神一向神通广大，几近万能，可"祝延人之福，愈人之病，祝树树枯，祝鸟鸟坠"。但不知道能不能"祝"人在时间的河流上往来穿梭？如果能，我愿意出万金回到时间的上游。那时，我一定比楚怀王更年轻，或许，也比他的心灵更纯真。

东 洋 镇

从齐齐哈尔出发，沿嫩江逆水行去 200 里，便到了东洋镇。

原本沙岸泥底的河床，延宕至这里，遂被坚硬的石槽所取代，江水倏地就变得清冽起来，而一直平阔、舒缓的江岸，却被陡然闪现的石崖石壁当头一声断喝，活生生拦住了去路，眼看着一江柔媚的春水就那么渺渺然归了两岸的青山。

过了山口再向前，举目已一片苍茫，汹涌的峰峦之间，唯有那道浩荡大江可称作最平坦、柔软的"路"。在江上行走的人并不在意水从哪里流出，又归属于谁，江风起处，心里的强弱顺逆之界早已变得模糊，他们能够把握的或最在意的只是能否将自己的"路"走通走好。当船行至平原与山地的交接处，他们并不想，也没情致发出更多感慨，只是本能地给船加大了马力。他们知道，越是行至水清处，越要面对更多的曲折和艰险，也就越需要多加小心，多付力气。

自古以来，东洋镇的人就在这山地与平原、崎岖与开敞的交错处讨生活，进也奇绝，退也坦荡，两种截然不同的境界，对于他们来说，进出只在一念之间。

如果一转头，把脸朝向了平原，放眼即是一望无垠的万顷良田，那会让人情不自禁联想起遍地的稻菽芬芳和金子般的粮食，以及由那一切给人们带来的富足与安康。面对一幅如此美好诱人的图画，还有什么可犹豫的呢？马上盘点一下行囊看还有多少资财可供支配，如果有可能的话，完全可以拴一挂车，打两副犁，置下几垧黑土地，把这流蜜之地作为自己永久的家园。

再一转头，脸就朝向了山地，看一看那一江丰盈的大水和层峦叠嶂的大山，有多少智慧和力气找不到宣泄之处，又有多少秘密和野心找不到藏匿之所呢？于是一些胆壮气盛的人行至此地，把家当一扔，家眷一放，径自往上游而去，数日或数月后转将回来，竟然是满船的鱼虾、成山的木材，运到市场上一转手，就有了大把大把的币子，这着实让那些在土里刨食的人们看得眼花缭乱。从此，东洋镇上就多了一拨"赶网"和"吃山"的人。另有一些胆子更肥壮的，趁夜色三五成群聚在一处计议起一番惊心动魄的"大事儿"，或凭借几杆枪、几匹马出没于深山、平原之间，干起了打家劫舍的勾当；或不屑于干那些伤天害理的事情，只身跟上哪支队伍，从此驰骋于硝烟弥漫的疆场。只是这些人一般不会在东洋镇上露面了，镇上的人之所以还把他们与东洋镇联系起来，十之八九是因为外面不断有隐约的信息传入，说某某"绺子"或某某队伍的人，原是东洋镇的。且不论他们是"黑白两道"的哪路英雄，每提起这些人，东洋镇的百姓立刻肃穆起来，但从表情上看，是无论如何也看不出他们内心里泛起的是惊惶还是自豪。这时，突然就会有心直口快的人冒出一句感慨："都是惹不起的主儿啊！"

在这样一个水陆交通要塞，人们最看重的就是交通工具，而水上的船、陆路的车以及灵巧、便捷的马匹，是中国自古延续到 20 世纪中期的三种主要交通工具。住在镇东的石家，是东洋镇有名的木匠世家，自从有了东洋镇似乎就有了石家的木匠铺，至于这木匠铺到底有多老，石家的人似乎并没有时间和兴趣去追述，只是自顾自地埋下头，乒乒乓乓地忙着忙不过来的活计。

最早，石家是光打车不"排"船的。那时，行走在东洋镇街路上的车，半数以上出自石家木匠铺。石家的车，轮子平滑圆润，车轴与轴承的间隙恰到好处，运行起来自有一番悦耳动听的节奏和音效，懂"行"的人，不用看，只需听一听车子在行走时的响声，就知道那车是不是出自石家木匠铺。木匠铺传到了石木匠手上时，无论眼界、志趣和业务类型都发生了很大变化。他们不单是做车，也"排"起了船。至于石家的船后来也成为东洋镇一带最好和最出名的船，那是理所当然的事情，自不必说。单说石木匠那个嗜马如命的癖好，曾让东洋镇的人大惑不解了好一阵子。一个木匠铺子却不间断地饲养着以各种渠道和方式收罗而来的良马。一个阔气的大马厩里，马儿随进随出，却很少有人知道它们的来龙去脉和底细，但石家从不以马盈利也是众所皆知的。不管是谁与石木匠谈马论价，他都会断然拒绝："我们不做马匹生意。"到底图个啥呢？不顶吃，不顶喝，好草好料地供着，还专门雇着好人当祖宗一样伺候着？

按理说，船是水上的车马，车马是陆路的船，从事的都是载人、运货的营生，自有相通或相同之处，喜好和精通其中一样，其余的很自然就跟着借上了"光儿"。对其中的任何一样有所偏好都在常情常理之中，更何况有时"嗜而成癖"还包含着"更解其中味"和更懂得珍惜、珍爱的意思。没准儿石家的车船出色，与石木匠那些出类拔萃的马有着某种密不可分的关联呢！你想，一个追求完美，对什么都不肯降低标准的人，肯在某一个领域里睁一只眼闭一只眼马虎敷衍吗？对此，石木匠却从来不屑于阐述或解释。在话语上，他算是继承了石家几代人传袭下来的气脉，不管你说什么，到了他那里只是浅浅淡淡一笑，很少与人搭腔争辩，顶多只是闷闷的一句："喜好呗！"

据说，很少说话的石木匠并不是个温顺、柔和的人，更不像大家猜想的那样，是一个无条件的动物保护主义者。东洋镇街上的狗，不管是谁家的，也不管它是尾随狂吠，还是摇尾乞怜，只要靠近他，他便会飞起一只穿着马靴的脚，将其踢翻在地，随口补一句十分轻蔑的咒骂："狗性！"北方人说的狗性，主要是指那种见弱则强，见强则弱的欺软怕硬的奴性。其实，很多人对这种东西骨子里是不讨厌的，非但不讨厌，有时甚至还很受用，否则，狗也就不可能成为人类的宠物了。

只因这一只飞起的脚，平时拿眼睛盯着石木匠揣摩的人心里就有了数儿，原来他沉默性情里竟然暗藏着一颗如此暴烈之心！也难怪他不喜欢善沟通会摇尾的狗，而偏爱那些基本处于无言状态的马。若按发声特性划分，石木匠和他的马大约也可以划归为同类。从此，东洋镇里那些喜欢"聒噪"或"搬弄"的人，暗自吐了吐舌头，远远地避开这个自己很少"叫唤"也不喜欢一切"叫唤"的石木匠。现在想来,石木匠真是一个安静的人,安静且又"深沉"。可是当他从马厩里拉出自己最中意的黄骠马,飞身上马,踩着麻石路嗒嗒地从住处赶往木匠铺时,还是把一身的英武之气洒遍了东洋镇。

关于石木匠的性情,东洋镇的人多有争议。有人说,石木匠骨子里就有那种不怒而威的风范,心性高,气度好,别说骑上了一匹好马,就是骑头驴,也损不了他的形象。也有人说,他不就是一介木匠嘛,打车排船之辈,骨子里也不过是个买卖人,若不是那头高大英俊的黄骠马撑着他,那也就是呆瓜一个,并没有什么可圈可点的长处。说这话的人,口气是重了一些。这是山根水畔人说话的特点,为了表达自己的观点,往往只强调一点而不计其余,要的就是一个鲜明的效果。当然,也有人会客观一些,反问一个比较尖锐的问题:"一样的养马,你怎么没养出那么好的马呢?"

这确实是一个问题。

石木匠已经逼近50岁的年龄,膝下仍然无儿无女,看样子"无后"已基本成了他并不情愿的宿命。于是,他干脆就放下儿女的念想,把心思转移到了养马上,像调教自己儿子一样调教、呵护起他的马,尤其是他那匹心爱的黄骠马。

相人看门风,相马看槽头。说的是,看一匹马到底好不好,就跟看谁家的孩子将来会不会有出息一样,不仅要看其平时的举止言谈,还要看其家庭环境、兄弟姐妹的状态以及饮食起居、站立行走的姿态、吃相等细节。石木匠对他的马,可是爱而不"溺",严爱相济,心可以软,但手却从来不软。白天一有空,他就打发人把马牵到江岸那片清一色长着碱草的甸子上去放牧，偶尔自己也亲自去一趟，他只允许他的马吃纯净而又富有营养的碱草，如果归途中，黄骠马又把嘴伸向了那些沾有污泥浊水的杂草时，他会毫不犹豫地一抖缰绳或一记马鞭把马头校正至正视前方，他可不允许他的马因为一口之贪而获疾病或养成不良习惯。到了夜里，要赶在九点钟以前将马喂饱，然后把缰绳调高，让马把头仰起来，一直那么吊到第二天早晨，久而久之，他的马很自然地就保持了一种昂首临风的优雅姿态，就像一个在任何场合都保持腰身笔挺、颈项舒展的美女。

石木匠牵着他的黄骠马走在东洋镇的街上，胸也是挺直的，微微昂起的头虽然不至于夸张，却也还是透出几分难以抑制的自豪和得意，只不过当人们看到黄骠马时就很少再去留意石木匠罢了。一匹妖艳的母马。东洋镇的人或从镇上行脚路过的人，不论是爱马的还是不爱马的，只要目光与之相撞就难以做到一掠而过。它就像一块金色的磁石，一路牵扯着行人的目光。它可真是骏马堆里的美女，一个漂亮的姑娘，也难怪石木匠会一边用手轻轻抚摸着它的长颈一边像哄孩子一样吐出了三个温情脉脉的字："好姑娘！"从此，"姑娘"便成了那马的别称。

本来，黄色并不是一种抢眼的色彩。如果一样的体态，换上纯白或纯黑的毛色，就提神多了。但这个"不打眼儿"的色彩落到"姑娘"的身上却显得格外地妥帖和明艳，没有人能够想象得出，如果"姑娘"换了另一种颜色会是什么感觉。它高昂的头、鼻梁上那一线剑形的图案、顺滑流畅的脖子、曲线优美的腰身、性感壮硕的屁股、匀称笔直的腿以及那一双灵气流溢的美目，似乎只有配上这身皇宫锦缎般的皮毛，才让人感觉到无懈可击或出神入化。

大约只有马才真正懂得马的美。看一看镇上的马接近"姑娘"时的反应，你就知道"姑娘"身上的魅力了。"姑娘"迈开它优雅的四蹄，晃动着紧致光滑的屁股走过大街，大街立即如一盆静水被一只有力的手搅起翻腾的水花。几乎所有适龄的"儿马"看到它，都会踢腿刨地、引颈嘶鸣，骚动不安。但石木匠从来不让他的"姑娘"乱来，只要"姑娘"的脚步稍有迟疑，石木匠立即狠狠地抖动手中的缰绳。在他眼里，镇上的那些马没有一匹能够配得上他的"姑娘"，他可不允许一个草率的交合之后，家里多出一匹毛头毛尾"歪瓜裂枣"的衰马，他可没有心情和精力为一个偶尔的失误付出那么大代价。如果真有与"姑娘"相配的"白马王子"，也许石木匠是可以考虑的，他必须为"姑娘"把住这个婚配关，他要维持石家的马血统纯正高贵。

久而久之，"姑娘"似也无心贪恋那些廉价的虚荣，不管群马"欢呼"也好，"呼哨"也好，攒足心力进行"眉目传情"也好，它一概不予理睬，头都不侧一下，随主人傲然地走过长街。每逢这时，石木匠会心会意，用那只闲出来的手，飞快地在"姑娘"的脖子上捋了一下，轻柔且动情。

曾有细心的人统计过石木匠一天的时间安排，结论是他每天花在木匠铺的时间大约只有六分之一左右，一天十个小时的开店时间，他在铺里逗留不过两个小时，其余时间差不多都在侍弄他的马。没事儿的时候石木匠就拿一把短齿毛刷刷洗他的"姑娘"，一直刷到它浑身的皮毛像一"汪水儿"似的光滑干净和柔软。偶尔有一只苍蝇飞落在"姑娘"身上，姑娘的肌肉一颤，立即有一波急促的水纹从它身上荡开，苍蝇便识趣地飞走了。石木匠一边用刷子刷，一边从马头到臀部用手掌画着圈儿地一路抚摩下来，这一套动作肯定让"姑娘"身有所触心有所感。人马交流到酣畅处，"姑娘"会很懂事地将头回过来，轻轻抵住石木匠的头，石木匠也不躲避，顺手搂过它的脖颈以脸摩挲片刻。再看"姑娘"的眼角，已经有了一片濡湿。

几十年以前的东洋镇，毕竟格局很小，风从西边的街口跑到东边的街口，也就是一根烟的"工夫"，每天都有大大小小的风，来来往往地穿过镇上的房舍和街道，把人们听得懂或听不懂的信息传播到各处。有一段时间，黄骠马的耳朵里不知道被风注入了什么信息，突然就懒动草料，烦躁不安起来。它精美的头仍一如既往地高昂着，但四蹄间显然多出了很多踢踏的动作，偶尔一声低沉而又有节制的嘶鸣，仿佛它正面临着什么不可见的危险。能是什么样的危险呢？那时正是"草色遥看近却无"的初春时节，想必就是那春风本身，它可是所有生命最体己的朋友和最危险的敌人。它只凭借着极其轻柔的一记吹拂，就能够造就最难平复的瓦解和重构：土地开裂，青嫩而又所向披靡的草便纷纷探出细嫩的芽尖；树苞起处，柔软而有力的叶片便刺破枝条，从树的内部向外张开……石木匠意味深长地拍了拍黄骠马，大约知道了它生命里到底有什么在悄然无声地膨胀或慢慢地撕开裂隙，是什么造成了它的痛苦和不安。于是，他把黄骠马牵到了野地里去掉缰绳，让它自由自在地在草地上伫立或奔跑。他就远远地坐在一棵树下，心情复杂地看着那幅美丽而又令人感伤的图画：一匹发情的母马辗转于初春空旷的原野之上，举目无朋，只有风一直追逐着它，仿佛转着圈儿从头到尾地将它梳理，让它俊美且忧郁得如思春的少女。

两天后，突然有一个八路军的骑兵连像被特意编导了似的，来到了东洋镇。骑兵连的连长小高，现在已经没有人记得清他叫什么名字，夜晚被安排在石木匠家里借宿。

高连长的坐骑是一匹毛色纯黑的公马，头小颈直，高大英俊，一双乌溜溜的眼睛机警有神。也许是战场上纵横驰骋和出生入死的非凡经历使然，也许是天生的雄性气场使然，一搭眼就能感觉出那黑马要比黄骠马多出几分刚烈、英武之气。两匹马一见面，就开始了热烈地交流，以期待的眼神、以粗重的气息、以喉咙里发出的模糊声音、以四蹄间不断变换的动作。还没等主人搭话、寒暄，它们之间似乎就已经找到了非同寻常的感觉，如果是两个青年男女，是不是可以叫一见钟情或一见如故呢？

高连长自然是一个相马的行家，他与石木匠之间最主要的话题也是谈马，谈如何识马与养马。他告诉石木匠，那匹黄骠马是乌珠穆沁马与俄罗斯奥尔洛夫马的杂交，而他的黑战马则是伊犁马与三河马的串种，都是质地优良的骑乘品种。

夜渐深，高连长与石木匠分别沉沉睡去，而马厩那边却不断地传来了各种轻微的响声，看来，对于两匹马来说，那注定是一个难以平静的夜晚。直到第二天清晨，人们才知道昨夜到底发生了什么。原来，黑战马在深夜里挣脱了缰绳，跑到了马厩里与"姑娘"成就了春风一度或数度的好事儿。当高连长的警卫员来牵它离开时，两匹马还处于依依不舍的情绪里。

其实，夜里黑战马挣脱缰绳时，警卫员已经发觉了，但那个小伙子并没有声张和制止。反正马也没有出院子，不会跑掉，并且让他一个人去管束一匹发了情的战马可能也不是件容易的事情。另外，在那样一个春风荡漾的美妙夜晚，大约所有的生命经那夹杂着泥土芬芳的风儿一吹，心头都会生出一些软软的温情吧。当时，那警卫员的年龄与高连长上下相仿，正是情窦初开的美好年华，如果有幸赶上一个没有战乱的年代，他们也许都在花前月下与心上人卿卿我我呢。设想，在那遥远的故乡或某一转战停留之地，真有一位姑娘在牵动着他深深的思念，那夜，不正是他触景生情，心怀感念的时刻吗？那他就更有理由可怜并成全那两个被情欲充满的生灵啦。若从生命平等的角度说，他们还是出生入死、并肩战斗的战友呢。

第二天清早，高连长的部队就离开了东洋镇，"开拔"到了新的战场。热闹了一小阵子的东洋镇很快如落过一颗石子后复而微波不兴的静湖，看不出曾经有涟漪泛动，也看不出今天与昨夜或昨夜之前有什么变化，一切秘密和细节都被如水的时间严严实实地掩埋起来。石木匠也还是依然如往常一样，把一小部分时间用来照料木匠铺，把一大部分时间花在他的"姑娘"身上。然而，"姑娘"却一天天在发生着变化，神情渐渐显现出平静与安然，腹部却一天比一天更加膨胀。秉性精怪的石木匠早已看出他的黄骠马已经从"姑娘"变成了"少妇"，就要做妈妈了，但令他百思不得其解的是，它到底是什么时候怀上了谁的孩子呢？数月后，"姑娘"临产，生下了一匹纯黑的小公马，他顿时恍然大悟，原来那一夜激情竟然留下了果实。从此，石木匠便用他有限的话语不断地追述起那个只有一面之缘的高连长和那匹与高连长一样英俊的黑战马，泛美之词溢于言表，仿佛那梦境般一闪而逝的过客原是他血脉相连的亲人。

"两岁口"的小黑马，体魄上的高大已经超过它的母亲，其威武英俊似乎也在父母双亲之上。经过石木匠两年多精心调教，它已如草丛中一棵鹤立鸡群的青蒿，挺拔而水灵，浑身上下透着蒸腾的朝气。当小黑马在野地里撒起欢，它飞快的脚步就会如雨点儿一般，一阵阵洒落在翠绿的草地上，而飞速掠过的身影更如一缕黑色的旋风，搅起了蹄边青草、野花的芬芳以及天空里翻卷的白云。石木匠总是站在远处眯起眼，微仰着头，像当年看"姑娘"时一样，一动不动地欣赏着眼前这幅图画，仿佛沉浸于阵阵扑鼻而来的花香之中难以自拔。

三年后，高连长的部队再一次路过东洋镇。这一次，高连长还是住在石木匠家，但这次，高连长的骑乘已经不再是那匹黑战马了。数日盘桓之间，石木匠清晰地感觉出高连长不同以往的"老成"和神情中的灰暗，也断续弄清了高连长的部队性质以及黑战马"牺牲"的经过。只是不知那可怜的"姑娘"，是否懂得什么叫作牺牲，是否知道它曾经的爱侣永远也不会再回到它身边？几天来，从院门进进出出的高连长，是否会激起它美好的记忆，是否让它更加想念起那匹帅气多情的黑战马以及与黑战马共同度过的那个情深义重的夜晚？

从见到小黑马那一刻起，高连长就认出并喜欢上了它，在东洋镇逗留的几天里，高连长几乎天天把时间花在它身上，端详、接近、爱抚，也许还有一阵阵拥有的冲动。显然，他是把小黑马当成了他的黑战马。最后，他还是下定决心对石木匠说出了自己的想法和意图。他说，只要让他把小黑马带走，什么条件他都接受，马队里的马随石木匠挑选，三匹或五匹他都愿意交换。可这边，石木匠死活就是不答应。石木匠也有自己的想法和坚持的理由，石木匠说："好马谁不喜爱？别说你三匹五匹，就是一个马队我也不稀罕，小黑马是我的命根子，没有小黑马，我养那么多的东西又有什么意义？"

良久，石木匠突然说："你认我做干爹吧，我就把小黑马给你。"

高连长沉思了片刻，响亮地应了一声"好！"便在石木匠眼前跪下，响响地叩了三个头，叫一声爹，这门亲就算结了。

接下来，高连长命令连队原地休整三天，他自己要在这三天里尽一个儿子的义务。三天里，他和石木匠寸步不离，为石木匠做了一切儿子应该做的事情，提鞋、倒水、敬饭、扶门……并把他二十几年人生的种种苦涩和非凡经历对石木匠进行了细细的交托。原来，高连长从小父母双亡，13岁时跟上了八路军的队伍，就一直在部队里摸爬滚打。

临别，高连长把一个祖传的小玉马留给了石木匠，说一声："儿不能在身边尽孝，爹多保重！"这时，石木匠已经叫手下人事先把小黑马打扮了一番，并亲手将缰绳交到了高连长手里。石木匠说："这么好的马放在我手里有什么用呢？儿，我已经把它驯熟，你可以直接把它骑走。这马生性机灵，体力、脚力又好，肯定能保我儿战场上顺利、平安！"

事情就这样成了。从此后，东洋镇上的人都知道石木匠有一个当兵的儿子。当有人问起石木匠：“你儿子有没有信？”石木匠便答：“快了，我儿捎信说，这段任务结束就回来看我。”可是，时光就那么无声无息地流过，高连长和他的部队一直也没在东洋镇上出现过。石木匠有时就把那匹小玉马拿出来瞧瞧，那也是一匹很漂亮的马，但就是不会跑也不会叫。也许无声更好，因为石木匠也是无声的。镇上的人更加琢磨不透石木匠的心思了，似乎沉默已经成为唯一与他相称的注解。

又三年。

一日，石木匠家门前突然飞来了几骑人马。

来人问清了石木匠的姓名后，齐刷刷给石木匠敬了一个军礼。其中一个领头的人说：“高连长已经牺牲了。组织上根据高连长生前的信息和掌握的情况，认定您是他唯一的亲人，所以就把他的遗物转交给您……”

所谓的遗物，无非是几件褪了色的衣服、一条腰带和几样日用的杂物，另外还有两张立功奖状和一沓薄薄的纸币。两张奖状一张是高连长的，一张是小黑马的，奖状上简单罗列了他们的战功和受奖级别。但石木匠那天什么也没看清，只闷闷地叫了一声：“我的儿啊！”汹涌的泪水就弥漫了他那沟壑纵横的脸。

从此，东洋镇就像丢了魂魄似的，变得心事重重，而嫩江流至此处时，却显得呜咽凝滞，如一声长长的叹息。

阿尔山的花开与爱情

一

两棵俊秀而修长的白桦树，就那么依偎在山口的路边上。

它们的根部虽然是分开的，但在高处，却彼此倾斜、靠拢，树冠紧紧地拥在一处。这让人想起"倾心"一词，或某一篇古文里所描述的意境："根交于下，枝错于上。"

看它们相亲相拥的样子、那种难以言说的缱绻与热切，好像它们并不是从小就在那个山口一起长大长高的，而是受命于某种神秘力量的驱使，经过急行，从两个不同地点特地赶到这个山口相会，涉过一重重山、一道道水、数不清的季节和岁月，在这个宿命的山口为经过它们的人倾诉一段奇特的情缘。

它们头顶正是如洗的蓝天和锦绣的白云，它们脚下则是阿尔山的七月和七月里红灿灿的花开。其实，它们只是一个故事的开头、一部影片的序幕，对于风情万种的阿尔山来说，它们只是一个有一点象征意味的表情。

让我们驱车穿过英雄的科尔沁，越过那山口，越过那白桦带，一直向北——

阿尔山，就会很铺张、很豪放地为我们打开它美丽的七月和七月里所有令人神往的故事与传说，还有暗喻着性与爱情的花开。

于是，田野里、草原上的各色花朵，便不顾一切地纷纷打开花蕊。那是一片色彩的海洋，那是一场浩大的爱情叙事，那是一个芬芳而绚烂的梦境。红的如燃烧的火，白的如绵延的雪，紫的如落在地上的云彩，黄的如一摊摊化不掉的阳光……整个时段，整个区域，连在草地上跑来跑去的风都带着拂不去的香，空气里到处飘荡着甜香而又暧昧的气息。

阿尔山并不是一座山，它只是植物们用来生长、开花，人们用来寄托情感与情绪的一个地点。按地理说，它本是一片地地道道的草原。在蒙古语中，阿尔山的意思是"热的圣水"，是一处水泽丰盈的草原秘境。

二

这是一个从来都与花儿与爱情有着不解之缘的地方。

《蒙古秘史》里所记载的弘吉剌部，核心领地就在阿尔山。

弘吉剌，既是一个部落的名字，也是一种花的名字。每年的五月，冰雪刚刚消融，草原上的草、山上的树木还没有泛青，弘吉剌花就在山冈或水边灿然开放了。如果把草原的花季比作一支动人的乐曲，那么五月里弘吉剌花的开放，则是一段绚丽的前奏，而到了七月则是乐曲中的高潮。我没有在五月里去过阿尔山，想象不出弘吉剌花四处开放时是一种怎样的景象，但一个强大的蒙古部落能够以一种花的名字来为自己命名，足可以从另一个侧面确认弘吉剌的魅力以及它灿然开放时对人们视觉及心灵的冲击和感染。

弘吉剌，就是我们平常所说的杜鹃花，因为地域和民族的不同，它们就拥有了不同的名字：映山红、金达莱、达达香等。其实一种花儿叫什么，开在哪里并不是很重要，重要的是它们在人们心中所引发的感触和所营造的自然氛围。一样的野杜鹃，到了阿尔山，就是弘吉剌了。这不仅仅是一个称谓的问题，更是一个文化视角和心灵感应的问题。平常被掩埋在深山密林里的一种小灌木，一旦到了草原，到了四岸无遮的平湖之滨，就一下子幻化为临风摇曳、凌波傲物的仙子。草原就是它的道场，只有在草原上，它的姿态、它的品质才真正凸显出来，它热烈、灿烂的情感才能得到草原上人们的认同、理解和呼应。所以在草原上，弘吉剌花儿就很受人们的喜爱和崇敬，那些能够给无边无际的平以及无边无际的绿增添生机和色彩的各类花儿也备受人们的喜爱和崇敬。

我一直坚信万物有灵，相互感应，生活在同一个环境下的植物、动物和人类的性格、情绪、情感总是能够相互感染、相互影响、相互激发的。所以我也一直坚信，只有这样宽阔的草原才能盛得下如此狂热的花开；只有这花一样美丽的地方才能盛得下如花的美人；也只有这美人和鲜花交相辉映的地方才能盛得下那么多或凄美或热烈或沉静或粗暴的爱情。

三

想当年，成吉思汗之父蒙古乞颜部首领也速该抢珂额伦夫人做自己新娘的时候，应该也是一个春暖花开的季节吧？最起码不应该是金风萧瑟的深秋或大雪纷飞的严冬。在那样的季节里，别说不会有哪一个如花似玉的美女受聘远方，就算有，那样的光景和时节也不能让一个美人在苍凉的旷野尽展风姿。于是，也就不可能让一个志在千里的英雄大动春心，冒着酿下血腥和仇恨的风险去抢一个蒙头盖脸的陌生女人为妻。

是的，那一定是一个风和日丽、鲜花怒放、蝶舞蜂飞、跨下马儿躁动得直打响鼻儿的时季，只有那样的季节，自然中的一切才能够对置身其间的人构成某种情感上的传染和情绪上的鼓动，也只有那样的时节，珂额伦夫人才肯像开放的花儿一样露出她如水如月的姿容。于是也速该首领才能够看清"她的肌肤像牛奶一样细腻白嫩，她的脸庞像杜鹃花一样粉红娇艳，她的身段像白桦树一样婀娜挺拔"。于是，他也才会将一切置之度外，与兄弟们纵马抢亲，抱得美人归，即使身后注定要留下连年的争战与杀戮。

这段故事常常让我联想起荷马史诗《伊利亚特》中记录的那场长达十年之久的特洛伊之战。不一样的时代，不一样的人文背景，却有着同样的故事情节，其战争之火的源头都是一个美人，都是一段爱情。在那场旷日持久的争战中，有数不清的战士惨死在疆场,很多伟大的勇士、威名远播的英雄被掩埋在黄沙之下。有时我就会感到疑惑,并且我相信很多人也会和我一样感到疑惑,因为那样的缘由,引发了那样的一场战争,值得吗?人类有时是不是真的很疯狂?但如果你去了阿尔山,到了花儿如火怒放的草原,你就会放下自己的这些疑惑,一点点理解和接受那些热烈得近于疯狂的事物和情绪。

假如我们是一棵会开花的草,我们会因为可能面对采摘的手指、暴烈的风雨、践踏的马蹄、屠戮的刀镰等各种危险和不测就拒绝开放吗?

作为草,生命的一个轮回就那么短短的几个月,有多少时间可供犹豫,有多少岁月可供蹉跎?不开放就可以免于一切伤害和灾难吗?就算是避开了刀斧暴力之灾,又怎能避开时光那无情的掩杀?与其在犹豫和盘算中一步步走向无声的寂灭,莫不如拼出生命里的全部能量,绽放一回,绚烂一回,哪怕随即而来的便是毁灭!

由此,对于从来没有投身过任何一场战争的人们来说,似乎也可推理出一个战士的内心渴望和选择。如果不战也难逃战争的劫难,且必定无名或遭人唾弃,还不如拼却一腔热血,勇往直前,成则英雄,殒则烈士。从某种意义上讲,光荣地死,或许正是实现永生的一条有效途径。

当铁木真,也就是后来的成吉思汗长到9岁时,他的父亲也速该带着他沿克鲁伦河向东,日夜兼程,绕过呼伦湖北岸,渡海拉尔河,在额尔古纳河畔的扎克彻儿一带,遇见了他的舅舅弘吉剌部的德薛禅并订娶了他的女儿孛儿帖为妻。

一个人文链条就这样在历史的流程里得以焊接和有效延伸。弘吉剌，从此便有意无意地成为蒙古皇室的重要美女供给地。自孛儿帖成为成吉思汗的正妻皇后之后，至元朝末，弘吉剌氏的女子作为正宫皇后的共有11人，被称为皇后与追尊为皇后的又有9人。其间有多少风花雪月的往事，有多少柔肠百转的爱情，又有多少悲欢离合的演绎自不必——考证，但这一方水土、这一方人便在幽暗的历史中隐隐透出了白亮而神秘的光泽。

阿尔山，史上的弘吉剌部，就这样理所当然地成为一个能够激发人们无限想象和向往的芳艳之地，从历史的深处向古今所有知道它的人们发出诱惑和召唤的信息。

四

阿尔山的七月，油菜花正在盛开，麦子也接近黄熟。

偌大的草原，仿佛一块绿地儿杂花的地毯，其上凭空就多了一块块亮艳的明黄和土黄。明黄色的是油菜，土黄色的是麦田。

这是一幅人与神共同参与创作的油画。起初上帝为了让自己或他所造的人类赏心悦目，便在这一方土地上慷慨地铺展开一方草原并在其上点缀了各种花朵和树木，但人们仍然觉得不够满意，于是便自己动起手来，在上帝的原创作品上横七竖八地施展起涂鸦之技。

其实，这并不是一项游戏。人们用这些颜色涂抹大地的最初动机并不是为了装点草原使其更加美丽，而是为了满足自身的物质需求，让那些具有同一种性质、同一种颜色的植物集中在一处，一同开花一同结籽，一同奉献出生命的果实。这种事情，恐怕只有组织、纪律极强的人类能够想得出来、做得出来。很显然，这并非上帝的本意。

然而，那些迫使某种生命为了满足一己需要而被动生存的做法，尽管是残酷、生硬不和谐的，但生命本身的美丽却产生了足够的力量，去消解上帝的嗔怒。于是，人与神在这片草原上很快便达成了某种和解，虽然人类出于功利，上帝出于悲悯，二者的目的并不在一个层面上，但让那些花儿在有限时间里尽情开放，却成了天上人间的共同意愿。

麦子的花期早已经过去，并且它们所开的花在人们的眼里也不能算花。但麦子临近成熟或成熟之后，却意外地获得了一身迷人的颜色。如果在麦子青黄转换的时节，逆着阳光看麦芒，它的每一个锋芒都闪动着太阳的光芒，那时的麦子就仿佛是太阳家族的成员也能自己发出光来。当麦子成熟时，它们浑身上下完全一致的黄，则常常让人想到一种贵金属的颜色，那种贵气不仅来自于它的实用性，同时也来自于它的高尚性。

在麦田与油菜田之间穿插的那些紫色，应该是这个地区并不多见的薰衣草。由于那些珍贵的植物常常被种植在离我们所行道路较远的地方，路过的人便无法对它们有很细、很深、很清楚的了解，所以，去过阿尔山的人过后总是很少提及它们。但无论如何，在阿尔山的色谱里，少了那几抹深深浅浅的紫，便在丰富性上打了一个不大不小的折扣。

七月，正是阿尔山的雨季，如果突然有阵雨降落，往往是一件值得庆幸的事情。因为短暂的雨水过后，天空里每每就会现出一道、甚至两道彩虹。赤橙黄绿青蓝紫七色俱全的一个巨大拱门就那么举足可入地立在面前，会让很多人产生一种身在天堂的幻觉。那些短暂的事物，虽然转瞬即逝，却往往给人们留下终生难忘的愉快记忆。那是阿尔山不需要承诺却能够经常给予的一份附加厚礼。

五

在地理位置上，阿尔山正好处于四大草原的交会处。它的东边是闻名遐迩的呼伦贝尔大草原，南边是以骑士命名的科尔沁大草原，西边是广袤的锡林郭勒大草原，北边是一望无际的蒙古草原。

这样的格局，注定了从阿尔山往任何一个方向走都会遇上和进入草原。这是一个令人兴奋的信息，同时也是一个令人沮丧的信息。因为只有真正进入草原的人，才能体会到草原的个性与禀赋。宽阔平展的大草原对于人的情绪和情感来说，正是一匹难以驾驭的烈马，而烈马只能给最好的骑手带来激情和愉悦。

如果不是在草原长大或生活过的人，并不容易在短时间内对草原有太多的理解和喜爱，更不要说迷恋。尽管草原上有风、有云、有鲜花，但它表象上的平阔与单调往往会让一些人在很短的时间里就失去兴趣，因为他们无法知道那空旷得如天空一样的草原是已经容纳了一切之后显出的空旷，是万有的无，是富饶的空。

他们不知道这蓝天之下、绿草之上，曾有流云飘过如一拨拨吃饱了牧草的羊群，如今都歇息在它某个深远的角落；曾有长风一样的牧歌起伏飘荡，如今也传向了目光无法抵达的远方；曾有无数美好的年华和岁月在其间如花开放，如今也沉隐于记忆之中。他们不知道草原上每一棵树木、每一丛花草、每一只蜂蝶都能够为他们讲述一个完美的故事……他们也无法体会，把一个人的胸怀和想象放牧在那空旷得如天空一样的草原是一种怎样的感觉。

草原，永远是为相知者预备的草原。

六

一夜的遐想与美梦之后，从以阿尔山命名的小镇出发，再向北，就到了草原上醒着的梦境——七仙湖了。

那里是呼伦贝尔大草原的腹地。在那里，七个明镜一样的水泊错落排开，一下子就把呼伦贝尔衬托得像一个生着水汪汪大眼的女子般妩媚可人。于是草原上的人便按捺不住内心的冲动，为它编织了一个爱情故事。

相传，因为阿尔山一带的草原草美花艳风光无限，惹得天上的七仙女每年都要下凡来这里玩耍，并且一玩就忘情而沉迷，以致流连忘返。后来，年龄最小的小七做了个大胆的决定，干脆就留在草原上不回天庭去了。刚好，一个年轻的牧羊人来到这里，悠扬的马头琴声吸引了小七，他们一见钟情，相互爱慕，海誓山盟，幸福生活就此开始！时光如流水，11年以后，他们生了 11 个聪明勇敢的孩子。这 11 个孩子就是新巴尔虎旗的祖先……

这故事听起来很像一个老调重弹、毫无新意的杜撰，但却如天下所有的爱情故事一样，被沉浸其中的人深信不疑、津津乐道。对此，我们不能怪草原人只有如火的目光，只有如云絮一样的柔情而没有明澈如镜的心智和如花一样的文采。因为天下所有的爱情，都是来无影去无踪，无依无凭的；天下的所有爱情都是只有爱着的人自己知道并且只供自己享用的。如果不是悲剧，管你是什么样的爱情，管你是什么样的故事，基本上都很难得到大众的认同和赞美，也不会有真诚的分享。感动不感动，信不信由你自己。

关于爱情，有什么更多可说的呢？存在的或杜撰的、真切的或虚假的、轻松的或艰辛的、庄严的或游戏的、短暂的或永远的，除了爱着的人，除了那两颗心，大约也只有七仙湖——神仙所幻化出的存在可以见证。真正的爱情本来就是一个奇迹，本来就是一个不太让人相信的神话。

七

两只彩蝶在天空下交错飞舞，从一个花朵到另一个花朵，像一个美丽的想法或主意，在草原蓝色的意识里交替演进。

一份完美的计划成形之前或一个决心下定之前，也许必须要经过这样不停地思考与选择。飞起又降落的蝶，如草原的情感和意愿一样，在空中和追视者的意念中留下了芳香的轨迹。

这是一条抽象的线索，能不能读懂这条线索，便成了能不能读懂和正确感知这片草原的一个关键。

象征着爱情的彩蝶和爱情本身一样轻盈。

从古到今，它们每一次翅膀的翕张和触须的颤动都被人们理解为浪漫，但是没有人了解它们曾经的沉重与疼痛。没有人相信它们翅膀上每一条花纹都是为挣脱茧的束缚所形成的伤痕；也没人相信它们翅膀上每一粒闪光的银粉都是在漫长的化蝶途中用纯然的黑暗煅成。蝶是天生的一段悲剧，为了美，为了爱，只能把一切肉体和精神的苦难藏于生命的底部和深深的夜，如今它们在阳光下展开彩衣，成为飞舞的花朵、爱情的意象、有形的灵魂，向人们、向世界公然阐释什么是草原最浪漫的情怀。

蝴蝶短暂而美丽的一生，似乎只有一种使命，那就是为天下的一切爱情提供一个鲜活的注解。那些白的花、黄的花和粉的花，不过是它们暂时落脚的驿站，或一个个临时舞台，仅供它们一节节演绎着爱的种种情态与境界。

它们就那样不知疲倦地飞舞着，以轻盈阐释来来去去的奔忙，以甜蜜阐释命中的苦涩，以爱情阐释爱情，以快乐阐释忧伤——

当两只蝴蝶在一朵花上相聚，世界上就再也没有离散和思念；当它们扇动快乐的翅膀双双在空中舞蹈，世界上就再也没有寂寞与孤单；当它们触须相抵卿卿我我时，世界上就再也没有能够阻隔两颗挚爱之心的时间和空间……

所有的乌云，都因为那片刻的阳光而无影无踪；所有的阴郁，都因为一朵花儿的微笑而烟消云散。这是阿尔山的七月，阳光的七月、快乐的七月，开满了各色鲜花的七月，不提及任何怅惘与忧伤的七月。

一阵轻风拂过，两只蝴蝶像是得到了一个神秘的指令或有了一个什么美妙的想法儿，兴冲冲从一丛粉红色的花穗上因风而起，彩翅相摩，并肩而飞，向着空中，向着更高更远的北方——

北方，从阿尔山再向北，便将靠近更加辽阔的蒙古草原，那是更深、更远、更触不到边际的草原深处。

太 奶

我现在真的已经无法记起 1963 年那一场大火，到底是怎样的一种情景了。但这些年来，母亲差不多每年都会提起那天的事情。她不断地重复着一个事实，就是如果那时没有太奶在世，我在世上的百日生命恐怕早已经被那场大火席卷而去了。

"你的命，是你太奶给的。"母亲总会以这句话开始，并怀着一种感恩且甜蜜的神情回忆起那段往事。这让我多年来不断地凝望着一张老照片想象当年的情景，在空无一物的记忆盲区搜寻着有关那段往事的蛛丝马迹，搜寻着曾和自己息息相关的那位老祖母的渺茫信息。

看来，那个富态清爽、慈眉善目的老太太就是我的太奶，而那个一脸胖肉、肥嘟嘟的婴儿就是小时候的我了。

从那张老照片上，我无论如何也想象不出，在我们祖孙两人的背后，就是 1963 年早春的饥荒，就是母亲所描述的让人无法直腰的低矮阴暗的土平房。感念间，常常把情感中最美丽的色彩加给那个岁月深处的特殊时刻，让富足安康取代照片后面的困苦时光，让营养充足的红光洒上太奶的脸庞。尽管我常常被照片上人物的幸福表情及和谐吉祥所感染，但还是觉得心中有一种难以言说的遗憾。

太奶那一代人，似乎穷其一生都没有自己的享乐，她（他）们一分一秒地挨过困苦时光，就是为了冥冥中的那份责任和使命。到了我出生的时候，太奶已经瘫痪了很多年。

奶奶过世后，爷爷再没有续弦，太奶就以女主人的身份，以她的一双可以自由活动的手以及行走自如、坚强柔韧的精神支撑着那个残破的家。母亲"过门"那一年，太奶已经83岁高龄，爷爷也已经是60岁的老人。那之前，太奶还要为这个没有女人的家，为儿孙们做着力所能及的家务。

更远的生活场景，早已在岁月的流逝中一点点淡出记忆的焦距，许多事件、人物的轮廓都已经变得模糊不清，但是色彩、基调和一些浓郁的情绪却被年轻一些的见证者转述、传递下来。于是我在不同年龄的追忆者眼中，看到了他（她）们对太奶的敬佩、依恋与怀念。这也是我想起太奶时心中感到充实与空落、自豪与缺憾、幸福与悲伤的原因和理由。

在父亲和母亲结婚时，太奶就说："这个家终于有人可以接管了，我要撒手了，我累了，但我得看到我的重孙子再死。"

于是她就拖着瘫痪的身子焦灼而耐心地活着。这是一场生命的接力。表面的过程异常平静，却掩不住透明的日子背后，时间的暗流下面，那种激烈而庄严的奔跑。然而，意志的、情感的超级燃烧，反使得这个奇特的约会显得平淡而又冷清。多年之后，当人们纷纷远离了现场，才有人终于看清它的真相。

于是，她就等到了我。我的出生，对于这个苦命的老人到底意味着什么呢？她幽暗生命里的一盏灯，还是来自宇宙深处隐约的钟声？

据母亲回忆，在我出生后的 5 个月里，太奶几乎每时每刻都要把我抱在怀里，托在掌上，印在眼中，有时连母亲想碰一下都不允许。她经常会对母亲说："我一个快要死的人了，你还跟我争什么？"每当这时，母亲总会心怀感动地微笑着转身。

母亲曾不止一次对我说，我后脑勺的形状就是太奶掌心的形状。因此，很多时候，当我的手有意无意碰到自己的后脑勺时，都会想起业已在遥远的岁月里消失了的那双手，揣度着它们到底是以怎样的温暖和怎样的慈爱在另一个生命里留下不可磨灭的印记的。

当我静静地坐在案前，让自己的思绪排除一切干扰，在时空中坚定地向前延伸，穿过风烟滚滚的岁月，再一次抵达 1963年那个宁静的黄昏时，我又看到了那场熊熊燃烧的大火。

那场火是母亲刚离开灶台不久就蹿到了房顶的，等母亲在三百米开外的仓房再回头时，已经能够看到低矮的房檐上滚滚的浓烟和隐约的火苗。

大火很快就升腾起来。强烈的火光和炽热的高温，照亮了坐在暗处的那个无法行走的老祖母，以及她用自己的身躯全力掩盖着一个幼小婴儿的姿态。

每当想到这场景，我的心就会不由自主地抽搐一下。这让我清晰而深刻地感知到，世上曾经有一个人，她与我的生命虽然曾经那么紧密地贴在一起，却永远不能够在我的记忆里重现了。

那是场凶恶而又奇异的大火。尽管村民们以最快的速度聚集而来，并全力进行了扑救，还是差一点就让太奶和我一老一小两条生命葬身火海。当人们刚刚把太奶和我一起从烈火中抬出房门时，那所房子就在大火中轰然倒塌了，许多村民都不约而同地倒吸了一口凉气。据说，就在这时，当时还没有多少意识的我，通红着脸，开始对着火光格格大笑起来。与此同时，不知是喜是悲的泪水也从太奶眼中一滴滴滴到我的脸上。

那次大火之后，太奶把我更紧地揽在怀里，好像一松手我就会被别人抢走或丢失一样。每一次母亲讲到这里，我都能感到，她的声音明显地低了下来。突然有一天，太奶很郑重地对母亲说：孙媳妇快把家里的被子重新拆洗一遍吧，我要死了。虽然母亲对这句话充满惊惧，但却依然故我，误以为老太太怕别人与她争抱孩子而故意渲染气氛。

几天后，奇怪的事情发生了。已经习惯于在太奶怀中翻来覆去的我，突然哭闹起来，并且只要一离开她，就恢复平静，反复几次，太奶的脸上突然露出了凄凉之色，顺手把我交给了母亲，并随口说了一句："好好跟着你妈吧。"这时，街上传来了叫卖鲜鱼的声音。太奶又对母亲说："孙媳妇去给我买几条大一点的鱼吧，我真的要死了。"

果然，那顿鱼还没有吃完，太奶就仙逝了。听母亲说，太奶刚强了一辈子，直到最后一刻，还是那么硬气。那天，正在吃饭的太奶突然就垂下了头，但她并没有马上倒下，她仍一只手拄着筷子，试图以它为支撑，再一次把头抬起。可是一个85

岁的生命太困倦、太沉重了，她的努力终于还是没有成功。那个姿势，母亲说，让她永生难忘。

就这样，在差不多五个月的日夜相守中，年迈的太奶把她生命里全部的佑护和祝福都倾注给了她最后的亲人，然后一声长叹，平静地离去。

这个人，曾是我很亲的亲人啊，我的血液里一直流淌着她的基因和热度，却从此，一去渺茫，再无声息。

1976 年

那是诡异的 1976 年。

现在回想起来，那一年真是发生过很多奇怪的事情。

据说，春起的时候，王长贵在南甸子边上放羊，去附近的井房子歇脚，遇到了一个人形兽面长着长长耳朵的怪物，在眼前一晃而逝，再无踪影，他差一点就没被吓死。后来，神情恍惚了半年才一点点恢复正常。于是村子里的人便口口相传，说南甸子闹鬼了，故事情节也被不断渲染、改写，最后到了令人毛骨悚然的地步。后来又有人传，每到午夜，村南的方向，总有些窃窃私语或哭泣、谈笑之声。

稍晚，又有传言，大表哥去前屯张字井回来的路上，遇到了两个长相一模一样，年龄约十五六岁的小姑娘。低头走路的大表哥并没有留意那两个小姑娘是什么时候出现的，他抬头时两个小姑娘齐声问好，并甜甜脆脆的叫了声大哥。大表哥心里在犯嘀咕，怎么想不起来这两个小姑娘是谁家的呢？本屯哪看过这么好看的小姑娘？大表哥虽然心里疑惑，但还是同她们一同向北走，可是走着走着，那两个小姑娘就突然不见了，悠然之间，是眼看着消失的……

那天，大表哥并没有迷路，但却精神涣散、心神不宁，不知道怎么回到了家里。一样的路，一样的家，但从此却不再是一样的感觉。

听了数遍大表哥的复述之后，我感觉到整个村庄的气氛变得更加怪异起来。不论白天和黑夜，一个人走在路上的时候似乎总能感觉到有人跟在身后，但回头时却空无一物。

到了夏天，和我家一向不睦也素无往来的"地主分子"王云清突然登门，要给我和书记家的二丫头赛菊提亲。满打满算，那一年我才刚刚 14 岁，而赛菊也只有 16 岁。我和赛菊是同学，因为她曾两次留级，所以我们在一个班。那时的赛菊已经很成熟了，用现在的眼光看，是不是很有一些性感的味道？印象最深的就是那些上学或放学的路上，差不多每天赛菊都走在我们前头，于是差不多每天都能看到赛菊圆圆的屁股、笔直的腰身和长长的头发，在我们眼前摇来摆去。

对于提亲这件事，我们家高度相关的三个人，分别表现出三种不同的反应。妈妈的第一反应是积极、明朗的，她认为赛菊她爸虽然坏了点儿，但那孩子却是很好的，俊俏、文雅又懂事理，一定能是一个不错的媳妇。爸爸却从一开始就持怀疑和敌视的态度，因为爸爸的好"成分"和长期被排挤的处境，不得不让他有所防范，在没有吃准王云清到底是想拿他的儿子巴结书记，还是另有阴谋之前，他是不想表态的，所以始终阴沉着脸，一言不发。而我，由于事情的突如其来，毫无思想准备，更是不知所措，于是便转身躲开，到屋后大树下的阴凉处，悄悄思考起三个问题：第一，赛菊到底是好看还是不好看？第二，成亲到底是怎么一回事儿？第三，我到底应该同意还是不同意？

当天，事情并没有什么结论。虽然我心里一直在追问着结论，但却一直没有开口，而是假装什么也没有发生过，拿一本书放在眼前，继续着那三个重要问题的思考。后来我发现，那三个问题其实就是两个问题，因为对于那时的我来说，第一个问题和第三问题等于同一个问题。

然而，那件事却像一个旋律和节奏都有些怪异的乐章，戛然而止，又骤然而起，正在听众以为一切线索都已经断掉的时候，又有一些揪心抓肝的音符丝丝袅袅地断续扬升。

接下来的星期天，趁爸爸下田之际，王云清突然赶来一辆驴车，停在我家门前。跟妈妈说，让我和他一起去海坨西一个叫作大榆树的地方办一件要紧的事。当然了，我说到海坨的时候你们也不知道那是一个什么地方，但海坨就是海坨，因为它在我心里的位置十分清晰，清晰得如一个寻找往事的路标，只有提到它，我才能够顺畅地进入记忆的轨道，想起那次特殊的旅程。到底去办什么事，已经记不起来了，因为也许一开始大家就都心知肚明，办什么事情并不重要，重要的是我得和王云清一起出行。更重要的是，后来发生的一系列事情，都比那次出行的理由本身重要得多。

在我的记忆中，那辆驴车载着两个素无牵连的人，有话或者无话，摇摇晃晃地就走到了中午。太阳高高地挂在天空，像一盏大红灯笼，温暖而又暧昧，洒下来的阳光，则如一只魔幻的手，一阵阵拂过脸庞，让人昏昏欲睡，双目难启。那一次，我好像已经抵达了有生以来困倦的顶峰，虽然以前和以后的岁月里都曾经很困过，但哪一次都不及那一次让人难以承受。以至于到了今天再提起，仍然感觉那种催人困倦的力量还没有完全衰竭，如果有一张床在身边，仍可借助那股力量的余波倒头便睡。于是，到了目的地时，我根本不再有能力观察和感受周围的环境了。

但生命里第一次的酒，已经摆在那里，好像第一次的醉也已经等在那里。王云清，一个和我父亲一样年龄并隐隐地怀有某种政治敌意的人，成为第一个对我劝酒的人，我现在还记得，他劝酒时的神态和口气仿佛我是他的亲生儿子，有一点亲切，有一点威严，有一点让人反感，也有一点让人难以拒绝。他说，一个14岁的人，已经是男人了，而男人生来就不同于娘们儿，就应该喝酒，虽然第一口很难喝，但这一步是必须走的，以后你自然就知道它的好处了。我所说的当然是一个大概的意思，不是原话，而王云清的原话则如一块出土的丝绸，虽清晰可见一些斑驳的花纹，但总体上说已经支离破碎，如果试图把那些不堪挪动的碎片拼凑完整，结果就只能是把现存的一点点原貌都搬弄成某种无法辨识的粉尘。

但我知道，那些有着某种镌刻力量的原话，确实在我心里留下了深刻的印记。也许，在我以后的生命里，在我努力将自己塑造成男人的过程中，那些印记确实发挥过难以察觉的作用。那一天，我为了表现出是一个和父亲一样有着一点英雄气概的男人，在他们的赞扬声里，我大概喝了很多酒。那是第一次的辛辣、第一次的眩晕、第一次的腾云驾雾。

乐章，就是从这里发生变奏的。

在那个普通的酒局之后，恍惚中，王云清又带我去了一个地方，那是一个奇怪的家庭，家里有三个会唱歌儿的姑娘，室内飘着说不出的异香。我们边喝酒边听歌儿，那歌儿倒没什么特别，只是一些当时流行的革命歌曲，但音调就有一些特别，听起来并不像收音机里唱得那么刚硬，而是有一点儿绵、有一点儿软，让人的心也随之变得温柔、甜蜜起来。

最特别的就是那个三姑娘，虽然一见面就让我感到了似曾相识，但仔细看去却如天上人间一般，陌生得稀奇。先不说她不同凡响的身姿与风度，但只那张无限娇媚的脸庞早已让人感念万千、刻骨难忘了。真是说不清楚，从她左侧的嘴角到右侧的眉梢，其间回旋有多少种风韵。通过席间的四目相对，我能够明显地看出，她在美目流盼之间又对我加了一份情意。这没来由的好感让我感受到了不是亲人胜似亲人的温馨。后来，就听到王云清和三姑娘的爸爸哈哈大笑，他们异口同声地说："来来来，三姑爷，再喝一杯……"那时，我已经知道叫我三姑爷意味着什么了。然后，我也很幸福地看到三姑娘很自然、很亲昵地坐过来，靠在我的身旁……

当我再次睁开眼时，已经在自己家里了。据王云清说，我们到了他那个亲戚家就开始吃饭，酒桌上，我只喝了两口酒就醉得不行了，于是他就用驴车直接把我送回家。奇怪的是，他明明已经与三姑娘的爹为我定了亲事，为什么却只字不提？不仅如此，还老调重弹，口口声声夸奖起书记家的赛菊来，就好像如果我不娶了赛菊就是舍了金子不捡，一心惦记着废铜烂铁。

在他所提供的信息系统里，我们只去了一个地方，只发生了一些简单的情节，而一些真正的过程和细节，似乎已经被他不动声色地删除了，就像一个丢失了字句、段落的电子文档，那些不存在的部分已经无法考证到底是原来就不存在，还是曾经存在过现在却莫名其妙地损毁了。

难道三姑娘只是我醉后的一场美梦，或只是从我自己头脑里生出的一种精神、一种意念？但不管怎么说，三姑娘的出现就像某个闷热的正午突然而至的一阵清风，濯洗并抚慰了我焦灼、混沌的心，并把我的心气从泥土中托升起来。

我发现，当过了三姑爷之后，我就已经不再是原来的我。我已经不再犹豫，不再烦闷，不再躲到树荫下煞有介事地思考那三个愚蠢的问题，因为我已经能够摆脱那些凡俗事物和凡俗情绪的纠缠，从现实生活的泥淖中超脱出来。如今的赛菊以及和赛菊一样的凡俗女子在我眼里、心里，已经不堪思量、不堪比较。我只能说，对自己曾经的犹豫不决和心存妥协感到羞愧。但这种羞愧感马上就在我的心里消失了，我原谅了自己，我知道现在的我已经把过去的我踩在了脚下，而一个真正的胜利者是不会对一个失败者耿耿于怀的。

在以后的几次游说中，由于遇到了我表情的冷漠和态度的坚决，王云清这个灵活、圆滑的人，马上来了一个180度转身的动作，把赛菊的出嫁目标从我身上转移到一个比她大三岁的"工农兵"学员身上。看来，赛菊这个媒他是做定了，似乎书记家这门亲事他若撺掇不成的话，就会夙愿难酬，死不瞑目。然而，这门亲事真正付诸实施后，却因两人性格各异，情趣不一，终至夫妻不睦，分道扬镳，结果两家人都把怨气撒到了他的身上，弄得他好不尴尬。但那已经是后来的事情了，与我所说的事情不属于同一主题。不管怎么说，这个结果在当时让我感觉到了内心的轻松，如释重负。我终于可以不再面对那些扰人的聒噪，应付完功课之后，终于可以怀着愉悦的心情潜入自己那个宁静美丽的隐秘世界……

在奇异的 1976 年，我学会了躲在世人和世事之外，不动声色地观察，我看到了现实的不堪，成人的虚妄，生活的徒劳以及一些事、一些人的毫无意义。虽然我知道，不管怎么想怎么看，一切都不再与自己有什么关系，但我还是以一个在场的不在场者身份无望地注视着一切。

在奇异的 1976 年，我遇到过很多不能理解又无法回避的事情，但每一次彷徨困惑的时候，我都在心里暗暗地呼唤我的三姑娘，每一次，她的笑容都如期而至，于是我的心就变得充满力量，坚强、透彻而又清明。就算是强大的成人世界，我也能把他们的一切看得一清二楚。

至今，我们村那场反特行动的参与者们大概仍然沉浸在往日辉煌的回忆与自得之中，但至今，我都是少数几个知道真相的人物之一。我之所以一直保持缄默，是因为我知道，生长于龌龊之中的人们根本就不相信生活的龌龊，更不会相信一个孩子能够发现什么龌龊的本质。最近，有科学家的实验表明，我们日常生活的各个领域，不但到处都是细菌而且充满病毒，1毫升德国普鲁西湖的水里竟然有 2.54 亿个病毒颗粒，但如果你告诉人们，他们每一口食物里都充斥着各种各样的细菌和病毒，那么你一定会被别人当作病毒无情地围剿。

当阚主任站在小学操场上慷慨激昂地对全体学生和在编民兵作战前动员时，我真的以为当天夜晚就会有台湾特务潜入我们那个贫寒的小村进行大肆破坏，我也真的以为小村的安全与国家的安全以及伟大领袖毛泽东的人身安全都是紧密相连的。虽然当时操场上站着不下百人，但我还是觉得千斤重担压得我上不来气，我从来也没有认识到自己竟然那样重要。于是，我们带着百倍责任和万分警惕进入到了抓特务的岗位，那一夜的风声鹤唳，害得学生和民兵们四处出击，很多人带着神圣的表情把自己跌撞得头破血流。

当我一头跌进土沟时，又禁不住想起了三姑娘，我的心和我的双眼一下就亮了起来。我看到了自己和荒野里四处窜动的人影，这一群缩手缩脚捉特务的人，看起来却更像他们正在捕捉的特务。在他们的包围圈之外，一切风平浪静，黑夜仍然板着黑暗的脸，仿佛黑色永远也不会消失；而星星们却不怀好意吃吃地笑着；风断断续续地吹过，如一缕缕捉不住的谎言。这时，我听到一声门轴转动的异响，正划破夜空，向黑暗深处传播。远处，正有难辨身份的人在捉对厮打。在那一片杂乱之中，我闭上眼，一下子就看到了阚主任的丑行，他正在趁机潜入民办教师于金芝家。成人的世界为什么会是这样的呢？我们所经历的一切，是谁有意或无心，预先设下的迷局？这是一个问题，但并不是一个难题，稍微想了一会儿，我就明白了，动员抓特务的人自己就是特务。

当夜空中响起第二个门轴转动之声时，是我回到了自己家中。

苦战一夜的人们，在第二天曙光初现时再一次集合到小学操场，清点战果，并没有人捉到特务，而受伤人员却达到15%以上，有的划破了四肢和脸，有的扭伤了脚，所有人都是一副灰头土脸的狼狈相。除了我和阚主任身上无伤、面无倦色之外，其他人全都无精打采。两个民兵因同时怀疑对方是特务，发生误会相互厮打，造成一重、一轻两伤，各立村级特等功一次。授奖仪式上，我看着阚主任和两个伤兵一脸的严肃和神圣，胃肠里禁不住翻江倒海起来。那是我第一次从心里怪怨三姑娘，为什么要拨动我那根无益的神经，让我看清这些呢？

三姑娘似乎并不太在意我的意见。以后的许多事情，她依然让我看在眼里烦在心上。比如班里评三好学生专评校长的儿子；社里在平地上大修梯田，天天开会强调阶级斗争，批林批孔批地富反坏右；学校停学支农……因为现实中发生的和我看到的一切越来越与柔情蜜意无关，所以在我心里，三姑娘的笑容也就越来越稀少、暗淡。后来，我就开始厌烦自己，也没有兴致再去想三姑娘。

三姑娘好像离我越来越远了，我不再能够回忆起她的笑容，也不再想起我那个三姑爷的身份。

那年9月，一个声势浩大的前乾引松工程开工，两个县数十万名"工、农、商、学、兵"一个挨着一个地汇成民工的河流，要把南甸子挖个底朝天。

开工那天，我一度灰暗平静的心，不知为什么，随着工地上人、畜的叫喊嘶鸣，大喇叭的吵嚷喧嚣以及风卷各种旗帜发出的猎猎之声，而再一次翻江倒海、纷乱不堪。那是我最后一次在心里泛起对三姑娘强烈的思念。我在不眠的夜里一遍遍呼唤着三姑娘，以获得足够的力量，驱逐内心的浮躁，让我重回最初那些宁静、隐秘的时光，但三姑娘似乎早已经离我远去。随着那个浩大队伍的一点点逼近，她在我心中的影像却一点点模糊起来，直至最后无影无踪。

那个夜晚，我彻夜难眠，工地上欢腾热闹的声音在我耳畔一点点变得怪异和悲怆起来，渐渐地，便如某一个送行仪式或一场丧葬之礼。整夜，我的心充满了莫名的悲伤。

第二天清早，我也以一个学生的身份随着父辈们一起加入并消失在那个人嚷马嘶的挖渠队伍之中。每天 24 小时地轮班劳作，老老实实地挖土运土，天昏地暗地醒来睡去，让我忘记了一切，甚至自己个体的存在。从此，我再也没有试图去发现生活中的一切有什么不妥，也就再没有试图想起三姑娘。

不久后的一天，工地上所有的旗帜全部被一些人莫名其妙地拔掉。所有的人、所有的动作好像在同一时间里骤然凝固，谁也不知道究竟发生了什么事。后来，才隐隐传来消息，一位至关重要的人物在工程进行到最关键的时刻逝去或者陨落了。

一个时代，已经随着那一刻的来临而终结。

在接下来各种各样的追悼会上，我发现自己又进入了一种浑浊状态，每一次都十分茫然，不知道应该悲伤还是不悲伤，不知道应该流泪还是不流泪。我仿佛再次失去了判别方向的能力，又像以前那样没有主意，平庸、平凡、不再清明。

谷 莠 草

那次回老家，又见到了生在田间地头的谷莠草。

看上去，它们还是老样子，一根根、一丛丛，密密匝匝地挤在一起，形成一种强大的阵容；又一片片、一弯弯地蔓延下去，一派连篇累牍、势不可挡的样子。

秋意渐浓，树上的叶子已经有一些染上了红黄，风过处，偶有一两片从树上坠落，扑簌簌，像在枝头候倦了的鸟儿一样，摇摆、晃动着，一路飘然而下，在宁静的空气中留下了看不见的涟漪。成片成片的玉米差不多已全部被季节所收管，浑身上下沾满了秋的情绪，除了少数不愿成熟的植株秸秆上还残存着一些夏天的记忆外，放眼，已经寻不到几丝青绿了。

天色向晚。夕阳从平原的那端低低地照过来，把一片橘红色的油彩均匀地泼洒到了目光所及的广阔地域。这时，每一棵谷莠草毛茸茸的穗子里仿佛都蓄满了阳光，透亮透亮的，有一点儿灿烂，也有一点儿凄然。它们就那么举着自己的小蜡烛，并立在那片玉米田的外围。在一步步向寒冷行进的秋天里，在一点点黑下来的天穹下，它们的这个有一点执拗、有一点认真的姿态，看上去很像是在阻拒着什么。

其实，最苗壮的谷莠草并不生长在路边、田头，也不生在玉米地里，而是与谷子相伴相随生于田垄之上。它们和谷子在幼苗时期，几乎是孪生兄弟，如果不是很有经验的农人几乎很难把莠与谷子轻易分开并连根除掉，所以少不更事时，总以为谷莠草原本该叫"谷友草"，因为天下的好朋友都是不愿分开，也很难强行分开的嘛。

直到有一天，老师在黑板上写了茄子那么大、那么长的一个"莠"字，才知道，嘴上说了那么久的"友"原来竟然是它。那是在"支农"刚刚结束的一次语文课上，老师面朝着课堂手背向身后，扭着身，触着那个字，像是怕那个字一转眼就逃跑一样。老师说，这个字与朋友的"友"同音，但却是不良的意思。我们常说不能良莠不分，就是说好学生与坏学生要分开，好学生是谷子，那么坏学生就是莠子……

老师边说，边把锐利的目光投射到我们这个方向，其目光之有力，如一个强大的磁场，射来时，挟裹着全班同学的目光。我，还有同座叫大力的男孩的脸，这时便刷的一下红了起来。记忆中，少年时的太阳，那是最毒最热的一次。多年之后，我已经记不得那种难以忍受的炙烤持续了多久才过去的，但我却清楚地记得豆大的汗珠从我的额头流淌下来，一直流到了眼睛里……

那堂课之后，我才开始认识到，友与莠的差别有如天壤，所以也就很自然地鄙夷起那草。毕竟那是一种空占着田垄而不产粮食的东西，有它在，谷子是要减产，人是要没粮食吃的。

也是从那堂课之后，我便不再与大力天天搅在一起，四处撒野了。

但是秋天来临的时候，我和大力又成了形影不离的伙伴儿，大力虽然学习很差，但却是一个劳动能手。那几年，我们已经习惯于在每一个秋天里结着伴儿东钻西窜地去割谷莠草。

谷莠草不出粮食，却拥有一身好草质，农家的食草族牛、马、驴、羊没有不喜欢吃谷莠草的。所以在那个几乎什么东西都属于"公家"的年代里，那些被人民公社遗弃于荒野的谷莠草却可以随意割下，作为一点私有财产储存起来，供"自留畜"冬天里的不时之需，或卖到当时的"供销社"换一点买米买盐的零用钱。

这草，说也奇怪，每一春，都被拼命地铲，每一秋，都被拼命地割，却每一年都兴旺依然，无穷无尽。后来才知道，在其他植物的种子都没有成熟的时候，那些藏在谷莠草穗子绒毛间又极易脱落的细小种子已经悄然成熟。当我们扛着草捆一路往回走时，我们就在一路为它播种。人走到哪里，第二年谷莠草就能生长在哪里。

在谷莠草的生长区，秋天一到，当我们扒开草丛细看时，地面上密密麻麻的一层，几乎全是谷莠草的种子。因为有了这些人类不屑于食用的小小籽粒，整整一个冬天，那些远道而来的候鸟们便有了度命的食物。小时候，每当我看见那些遮天蔽日的鸟群时，便会傻傻地想，如果没有那些又丑又小的谷莠草籽，可怜的鸟儿们得靠什么来活命呢？

经过鸟儿们一个冬天连绵不断地啄食，原以为那些小草种已经消耗殆尽，但春天一到，却仍会有无数的幸存者从泥土中那些秘密缝隙里悄悄伸出芽儿来，开始了又一季恣肆的生长和又一次生命的传承。

这些年，每一次想起谷莠草，都会很自然地想到大力，毕竟谷莠草与我、与大力有一段很深的缘分。在没有与大力再见之前，一直想象着大力能够守住我们共同的故乡，为我或者我们，珍藏着那些细碎的往事和那段青涩的年华。然而，再见到大力时，我那些曾有过的天真想法儿，全都烟消云散了。

如今的大力，是一个比我阔绰而且繁忙许多的人，而繁忙的人往往是没有工夫浪赋闲愁的。见面后，除了那句"老同学"还带有一点怀旧色彩，其余的话语全都面向未来，他不停地向我描绘着他未来生活的前景。他说他一定得挣脱贫穷落后的历史，挣脱农村的现状，是啊，就连那顿丰盛的晚饭都已经十分城市化了。

据大力介绍，他现在一个人拥有 3 台农用车，带着一双儿女租种了 20 垧农田，放养了 200 只山羊，每年的纯收入都在 20 万元以上。看他那神情，很有一点自鸣自得的样子，完全没有了上学时的灰颓与低沉。

当我和他提起谷莠草时，他一脸的不屑："别提那玩意儿了，啥用也没有，现在我连看都懒得看一眼，我们现在喂羊就用地里的秸秆，可劲儿吃都吃不完……"

大力正在说话，突然有一只麻雀从天空垂直地降落在院前的木桩上。这时也正是傍晚，一缕斜阳从房山的侧面横扫过来，投射到那只小麻雀身上，从暗处的屋子里，以蒙眬的醉眼望去，那麻雀蓬松的羽毛间也如谷莠草的穗子一样，蓄满了明亮的阳光。但当它煞有介事地转过身，把头侧向房子的时候，我却突然发现它一点都不快乐，我仿佛看到了它暗淡的神色里充满了孤单和迷茫。

我想那时它肯定没有看见我，因为我们中间隔着一层厚厚的反光玻璃和一层更厚的岁月，就算是它有本事看见了我，它也不会知道我是谁或我在想什么。

那天，它就那么孤零零地站在那里，好久也不动一下，并以一种僵硬的姿态把一种不良的情绪传染给了屋子里面的我。

突然间，我感到自己置身于完全陌生的环境和完全陌生的人群，这里并不是我的故乡，这里只是一个地址，我的故乡早在二十年前就被我离弃；这里也不再有我的伙伴，我的伙伴早在二十前已经与我走失，现在我眼前的这个人，不过是顶了我少年朋友名字的另一个人。

一切都已经不是从前。就连村庄里司空见惯的麻雀如今也如渐渐丢失的记忆和温情一样，越发地稀罕了。过去那个时候，它们常常成群地飞来飞去，一会儿墙头，一会儿树上，直折腾得人忘却了处境与身世。

然而，这只小小的麻雀，它是一个精灵。

它的意外出现，有如神示，它不失时机地提醒我，是不是找什么找错了地方。是的，我在心里说，是的，然后，我就打算离开。这次的故乡之行，就这样一无所获地草草收场。因为我终于搞不清自己的故乡之行想要干什么了，所以也就终于认为没有必要长久逗留了。

临走那天，大力不但请我吃饭，还请了我们的语文老师。席间，大力借着酒力，曾两次问我们的语文老师："老师你说，我大力不是莠子吧？"语文老师则神情木然，飞快地回答："不是，不是，当然不是。"看来，大力对多年前的那件往事仍旧是耿耿于怀的，也许，他这许多年的打拼，正是为了今天老师的一句话呢。

当时，他如果不是在逼问着我们的老师，就是转过头来逼问我，我也会由衷而迅速地回答他：当然不是。如果按良与莠最初的字面意思讲，一切有用的、能够创造出价值或确切地说能够创造出物质财富的东西和人，都是不能用"莠"来比喻的，而大力正是一个物质财富的创造者。比较而言，倒是我自己的老家之行和内心的某些顾盼及向往，与"莠"产生了某种契合，具有了一些"莠"性。不实际，就会导致最终的不实用，不实用就是没有用。

我离开村子时，大力执意要开着他的半截子车把我送上"国道"。在乡道与国道的交叉处，我们挥手道别。就在那一瞬，越过身着西装健壮粗犷的大力，我又看到了那些纤弱而坚韧的小草——谷莠草，它们仍旧是二十年前的神情，在秋风里，昂着那永不低垂的头，感觉有一点凄凉又有一点温暖。

突然想起那只奇怪的麻雀，它最终也是靠谷莠草籽活着的吧。于是也就庆幸起那个叫作故乡的地方，到底还有谷莠草这种东西生长着。

这没有用的东西呀！或许，就是因为它们没有什么用处，它们才最终从人们的视野，从镰、锄的边缘，从时光的缝隙里溜掉，躲到物质世界的一个角落。直到今天，它们仍然没有改变自己，仍然不用改变自己，它们依旧站在原来的位置，保持着原有的姿态，它们最终成了村庄的某种记忆，成为只和精神有关的一种东西。

直到这时，我才发现它们蓄满阳光的穗子间，仿佛仍旧储藏着岁月的情谊和往昔的心思……

过　客

　　起先，车是在平展的大草原上奔驰。过海拉尔继续向西，向北，很快便接近额尔古纳河流域。从区划上分，这已是额尔古纳市领地。

　　大地突然就起了波澜。草原依然是原来的草原，却一改以往的平静、宁和之态，仿佛应和着某种呼吸的节奏，起伏、波动起来，而那些从来不让人产生什么错觉的羊群，也在地势汹涌的摇荡之中化作连片的飞沫或一颗颗保持着微小间距的雪珠。尽管海拉尔已过去很远，并且这个地名在语义上只是一片开着白花的"野韭菜"，但此时，它仍然让我情不自禁地联想到海。如此，公路两侧连绵起伏的山峦就是海上无息无止的波涛，起自遥远，接至无垠。

　　路上颠簸行进的车辆与草地上零星闪现的"木克楞"民房遥相呼应，轻而易举地将大兴安岭下这一片辽阔与苍茫诠释成了烟波浩渺，让活动其间的一切生命都感到了孤单和渺小。仿佛广阔的空间在延伸中撞开了时间之门，让我们在走走停停之间，不知不觉陷入时间的重围。

到处都是时间。起伏的时间，荡漾的时间，颠簸的时间，平坦的时间，滞涩的时间，顺畅的时间，分别向前流动和向后流动的时间，交错、纠缠着的时间……我们自以为从昨天走到今天，又从今天走向明天，可实际上却正在一步步从现在走向从前。

从前，我还没有在这个世界出现的时候，室韦这地方就已经人丁兴旺、牛羊漫山，发生过无数故事，结下过无数恩怨，演绎过无数的悲欢离合。后来，一切又都过去了，消失了。历史过去了，只留下空空的岁月；生命过去了，只留下大地、山川和废弃的遗迹；往事过去了，只留下模糊而淡薄的回忆……家过去了，只留下破败的房子；丈夫过去了，只留下寡居的妻子……

在室韦的镇子上，两个失去丈夫的俄罗斯族老妇人为我们讲述了家族的历史和自己的身世。讲兴盛过后的凄清，讲热闹过后的平静，也讲在时间和社会变迁中人的无能为力和手足无措。据有关资料记载，额尔古纳市最多时曾拥有俄侨 1338 户 7467 人，后来因为政策的变化，大部分迁往俄罗斯或澳大利亚，只有一百多户不足千人在额尔古纳定居下来。只可惜岁月不念及人愿、人意，如今，那些不走的人也有很大一部分被时光卷走，留存下来的只不过是他们的后代，他们生命的复制品。当我问及老人们为什么没有随大批俄侨归国时，其中一老人沉思片刻，只简单地回了一句"回不去了"。我不知道老人说的"回不去"是否另有深意，我倒是觉得，在岁月中前行，人是一步步被"挤兑"到前面去的，没有人身后留有余地，没有人能够真正回得去。

两个年届八旬的老妇人一个叫安娜，一个叫莉达，历尽人世沧桑之后，仍然保持着浪漫、乐观的天性，在人生最后的日子里要把生命里所有的宽容、热情和爱都留给这个世界。看起来，她们对生活给予她们的困苦、艰辛、消磨甚至剥夺不但没有半点儿怨恨，而且还怀有浓重的依恋和温情。因为气氛融洽、愉快，她们爽快地答应了我们的唐突之请，唱几首俄罗斯民歌。一共三首，其中有两首是没有名字的爱情歌曲。她们介绍，这两首歌曲也是两个故事。故事的开头，都是卿卿我我，山盟海誓，如胶似漆，男欢女爱；结局又都是其中一人爱过之后转身离去，再也没回来，给另一个人留下没有尽头的思念和等待。

我没学过俄语，不能把歌词大意同旋律契合起来理解，所以，就无法准确把握住歌曲所传达出的情绪。我认为那歌曲无论如何都应该是忧伤的，但两位老妇人传递出的情绪却出乎我的意料，竟是欢快的、幸福的。百思不得其解之后，我还是有了那么一点体会，也许，人活到了那样的年纪，应该进入另外一种境界了，她们看事物的方式，和我们比较，一定是发生了质的飞跃。想来，任何事物，只要将其放在时间之轴上丈量，都可以短暂到同一个量级。一去不返也好，留下来长相厮守也好，毕竟都是暂时的，终有一天要面对一场生离死别。早知道最后的结局都是一样，为什么要徒生幽怨，为本已匆匆的人生多添一笔烦恼？

我们原本都是过客，不管是想走的还是想留的，最后都将离去。几个小时之后我们离开室韦，离开两个慈祥的老人，也许，从此永不再见。数年后,至多数十年后,两个老人也将离开室韦,一去不回,而室韦的山仍是原来的山,水仍是原来的水,室韦仍将是原来的室韦,不会因为谁在或不在有所改变。往事如风,过往的信息亦如风,谁敢说自己曾经亲历,谁敢说曾将其握在手里?

离开室韦之后,我们又去了自兴林场和安格林林场,在一座空房子里,我们看到了很久以前伐木者留下的遗物:衣服、帽子、斧头、绞盘、油锯、架子车,以及不知是谁脱下就再也没有穿过的牛皮乌拉,还有不知道在那里默默流淌了多久的小河水,但那些曾经在夏日里满头大汗,在寒冬里呼出长长哈气的人们却早已音信杳然。

我们又去了俄罗斯酒吧,去了博物馆……找到了很多能够证明某段历史曾经存在的确凿证据,却无法再与那段历史重逢。当我从林中走过,看到了大片大片的弘吉剌树丛,但最近的一次花开已过,它们没有一朵能够等到我们的到来。金色的油菜花倒是开得灿烂,可花下那片沉默的土地却告诉我,同样的花朵已经以同样的方式向大地告别过千回。

莫尔道嘎,这个蒙古民族的出发之地,每天都在演绎着出发,每天也都在演绎着到达。当我们到达时,蒙古族的先人们已经在几千年以前就从那里出发了。我站在森林公园的大门口,略去密如蚂蚁的到达者,望着远处的树梢和蓝天白云,遥想当年的"出发"。那是何等威武庄严的一幅画卷!旌旗猎猎、战马萧萧,一眼望不到边际的队列卷起蔽日的烟尘,向西,征服西辽,攻克西夏,消灭畏兀;自西向远,又一鼓作气扫平西亚和欧洲诸国;向南向东,入主中原,屡伐豺狼虎豹的倭国……如今,那支轰轰烈烈的人马,却如一去不返的单程列车或不可回收的太空火箭,消隐于岁月深处。只有匆匆到达,又匆匆出发的游人、过客,走了又来,来了又走。

莫尔道嘎,它是一个地点,却记得出发而不记得到达。它是一道指令,却只有生效而不会过期,如贴在人类额头上一个揭不掉的咒符,驱动着一次次义无反顾地出发。出发,出发,每一次到达都预示着新的出发。我们就那么莫名其妙地一路飞奔下去,迷人的风光、诱人的美食、美好的人和事物……什么都阻挡不了我们一次又一次的出发。我们在连绵不断地出发中成为命里注定的过客,时间的过客、空间的过客、存在的过客。

其实,就我个人的情感而言,我是热爱草原的,我那些自认为美好、美妙的童年和少年时光都已经挥霍在了草原,而我一直孜孜以求,却始终没有变成现实的梦想,似乎也隐藏于茫茫草原。每次去草原之前,我都在心里暗暗地想,一定要找个时间在草原上住下来,慢慢地行走,细细地品味,把我要感受的一切都品足、悟透,可是每次都如中了魔咒一样,浅尝辄止,来去匆匆,似乎只有不断向前才能安抚这颗不得安宁的灵魂。

额尔古纳之行,本是一次酝酿已久的期盼,并且我也深知这个地域的资源丰富和色彩斑斓,不仅有草原,还有森林、河流以及山地与草原衔接地带复杂、美丽的风光。所以,我事先就盘算好了,这次一定要"潜伏"下来,好好住几天,去"木克楞"与老奶奶攀谈,体会她大半生的艰辛与沧桑;去草原,跟老阿爸或习惯将汉语主谓倒置的蒙古族兄弟学习放牧;在蒙古包里听老额吉讲《蒙古秘史》，唱蒙古长调；去草原上的农场，向农民讨教如何种植油菜和麦子……可是，飞机落地，"到达"两个字一出现，就把事先计划好的一切全部忘得所剩无几，从此就开始不断地"到达"，从一个地点赶往另一个地点，以为"到达"就是抵达，到达了就没有必要担心离开。直到再一次赶到海拉尔机场，一抬头看到了"出发"二字，才恍悟，一个行程或者一个过程已经糊里糊涂地结束了。

莫尔道嘎，我又想起了那个蒙古单词，为什么哪里都会成为我们的出发之地？

戈　壁

　　七月，浩浩荡荡的风，成群结队地越过天山的垭口，像透明的海水，像沉默的羊群，绵绵不绝地涌流而来。

　　很快，这支勇往直前的队伍就越过了山谷，越过了森林，越过了草原……

　　过奇台县城时，面对它们不解的另一种繁华——纵横交错的街道、熙熙攘攘的人群、林立的高楼和各种各样高深莫测的"设计"……稍事迟疑，最后仍采取了一种亘古不变的方式，像掠过一切人类文明一样，将这座准格尔盆地东缘最著名的重镇一掠而过。对于已经在路上行走了千百万年的风来说，所经过的一切都太过短暂。短暂，如即兴即灭的海市蜃楼。千年以前的古道、古城、驿站、马队，百年以前的商行、店铺和曾经蹚起冲天烟尘的四万峰骆驼……那么多人类以为漫长、久远的事物，风都没有来得及细细抚摸、感悟，便都已在岁月的淘洗中销声匿迹了。风，并不需要仔细感知或一定要参透什么，因为微不足道的旧事匆匆而过之后，很快就有新的一切生发出来，取而代之。但新的一切也依然微不足道。风继续向东，向北。几十万亩茂密的农田铺陈如画。开垦河、中葛根河、碧流河、吉布河、达板河、水磨河、东地河……各条河流自天山北麓逶迤而下，如一道道呈辐射状分布的银色水线，将那些碧绿或金黄的农田分割成均匀、规则的条块，尽管从天空向下俯瞰时图案优美、动人，却绊不住风执着前行的脚步。穿过这个水汽浓厚、滞重的"潮湿"地带之后，风切入了干旱的古尔班通古特沙漠边缘，前行的脚步顿时变得轻盈起来。灰色的骆驼草和没有叶片的梭梭，一丛挨着一丛，无边无际地铺展至远方。广阔的沙漠已经成为一块柔软的素花地毯，风完全可以打"赤脚"，撒着欢儿在其上奔跑。

"……至黄草湖驿，又北行八十里，至将军戈壁。"（《奇台县乡土志》）这是人的路线和尺规。风，只遵循时间的法度，并不沿着人的路线行走，也不必拘泥于空间的约束。

一进入大戈壁——那片人迹罕至的万古荒原，风就像流浪的游子回到故乡，获得了真正的自由。在上千平方公里的广阔区域里，风可以随心所欲。它们可以一个筋斗接着一个筋斗地翻滚前行；可以一边叫喊一边扶扶摇摇地飞翔；也可以安静地躺下来，一动不动地伏于地上休息。艳阳之下，暑气之中，那些时隐时现的海市蜃楼，是风居住的房屋吗？当它们进驻，那一座座虚幻的楼宇，便从人们的视野中隐去。

遍地黑色的砾石或砾石之间，刻满了风走来又走去的印迹。千百年来，没有人破解风的秘密，猜不出它们跋山涉水到戈壁上来究竟想做什么。当地一个农民说，大戈壁就是为了风转向准备的一个空场。风吹过大戈壁撞到北边的北塔山，然后折身，西风或南风就变成了北风。

可是，风为什么要转向呢？风固然不解世事，不通人情，但那牧风的人，却一定是心怀悲悯的，不会让南风说变就变成北风。谁都知道，北风一起，灾害就来了；北风一起，季节就变了。而这个时候正是新疆奇台最美好的季节。早熟的麦子已经泛起了浅淡而明亮的金色；晚熟的麦子则青青地覆满山冈，正在阳光的照耀下吮吸着最后一批浆汁；大片大片的向日葵向天空扬起灿烂的笑脸，它们一心一意沉浸于盛开的喜悦之中，至死也都不相信会有北风突然而至，摧残它们的幸福；草原上百花竞放，毫无心机的蝴蝶向来不懂设防，在花朵和花朵之间翩然嬉戏，尽情地消磨着短暂而美丽的生命；大漠里的很多河流，性情内敛，不愿意整天张扬、喧嚣，走着走着，就悄悄潜入了地下，酷似大漠里忍韧、坚毅的人们，只在暗处做足了自己的功……

风，终究还是露出了倦意。这个季节，草丰水美，瓜果飘香，连总也吃不饱的野马、野驴、鹅喉羚都不再四处奔跑，谁还愿意没有休止地流浪呢？天上的白云，因为不急于翻卷、移动，显得更加纯净优雅；缓缓移动的羊群因为草的诱惑，在丰盈的夏牧场上乍然散开，仿佛一把浑圆的珠子从一个失控的掌心里挣脱，洁白、黝黑地遍洒草原。在这样无忧无虑的日子，天上的和地上的牧人，似乎都可以安然歇息了。于是，江布拉克草原上的一个牧人，寻一棵高大的雪杉，躲在阴凉里，脸上盖一顶草帽，准备或正在进入自己的梦乡……此时，将军戈壁上的风也正在安然睡去。风睡去的时候，戈壁是空的，空空荡荡如同什么都不曾存在。那些又是翻滚，又是呼号的事物，突然遁地而走，仿佛永远都不会复生。与此同时，戈壁砾石之下的水汽在阳光的激发下，笔直地升腾起来，犹如黑暗中悄悄苏醒的记忆，犹如一个尚没有聚成形体的梦境。死亡的气息，遂如隐在笑容背后的阴森，一点点浓厚起来……这里，原来并不叫将军戈壁，而是叫作"白骨甸"，就是能够把生命变成白骨的地方。之所以后来叫了将军戈壁，是因为在千千万万具白骨之中，有一具生前的身份是号令千军万马的将军。大约在一千年之前的大唐，这里发生过一次惨烈的战争。一位大将率军与西突厥人在这片大戈壁上决战。经过激烈的拼杀，大唐将军击溃了突厥军队，成为那场战争的胜利者。不幸的是，将军在率众追杀突厥溃军过程中却迷失了方向，深陷于大戈壁的重围。面对这样难解的重围，有经验的人会静静地坐下来，回归自己的内心，依据性灵的指引，辨识出正确的方向。而这支部队却选择了继续拼杀，试图依据剩余的力量和勇气突破这神秘的"防线"。但如重拳击打空气，利刃劈斩流水，他们一次次的努力都失败了。正在人渴马饥、身心疲惫之际，蓦然发现，前方有一潭碧水，波光粼粼，湖边杨柳摇曳，屋舍连片，将军和士兵们不约而同地向着有水的前方狂奔，但人进水退，似乎永远无法接近。最后，湖水隐去,前方仍是一片赤焰滚滚的戈壁。众将士正在懊悔、沮丧，突然前方又出现了一片碧波荡漾的湖水，焦渴的欲望推动着将士们再度狂奔起来……最后，这一队人马终因精疲力竭而殁，全军覆没。

从此，大戈壁被称之为将军戈壁。这是一座生命的囚牢和陷阱，但它的围墙却无形，也无边际。任你的心有多大，它的领地就有多大；任你的心有多么刚硬，它的墙体就有多么坚固。将军打了一辈子的仗，玩了一辈子战略和战术，但至死也没有想明白自己最后面对的究竟是怎样的一个敌手。那隐于暗处的神秘存在，究竟用怎样的手段谋杀了自己和自己的军队？

难道，在我们看不见的高处，果真有一双巨大而无形的手在掌控和安排着一切吗？大约一亿四千万年至一亿九千万年间，将军戈壁曾是湖泊、沼泽和原始森林。后来，森林、树木就完全被湖泊、沼泽淹没，含有二氧化硅的地下水便随着漫长的岁月一点一滴地渗入树干之中，并以矿物质成分替代了植物组织，年深月久，有机、柔软的树木就成了坚硬的硅化木化石。再后来，这些深埋在地下的化石，又在不可知力量的拨弄之下，逐渐露出地面。

一亿六千万年前，这里的森林或草地上，曾经生活着一种体形巨大的恐龙。但那些曾经被称作地球霸主的生物，最终还是不明原因地消失了。亿万年之后，人们在将军戈壁发现了它们已经变成了石头的尸骸。鬼使神差。1930年和1987年两次考古发掘，均在这片戈壁挖掘出体型完整、骨架清晰的恐龙化石。特别是1987年的发掘，一具体长达35米的马门溪恐龙化石，更被公认为"亚洲第一龙"。

时光延宕至一亿年以前，这里又莫名其妙地变成了一望无际的大海。蓝色的海水，替代了绿色的大陆。海水里生长、遨游着各种各样的海洋生物，贝壳类、蜗牛类、鱼类、软体类……

比比皆是，当海水消逝，沧海再变桑田，一切的海生动物又纷纷"化"而成石。后来的当地人，称这些古生物化石为"石钱"，于是以"石"呈现的海参、鱼类和贝壳就堆满了大戈壁上的"石钱沟"。再后来，人类出现，这里就一直是一个变幻着颜色和形态的巨大沙盘。至将军和他的部队被沙砾掩埋，大戈壁已经吞没了不知多少鲜活的生命，堆积了不知多少森森白骨；那之后，又不知发生过多少葬送生命的杀戮、征战和迷失。每一批生命的出现，都不是最先；每一批生命的消逝也都不是最后。一茬茬生命的繁衍生息，明明灭灭，都不过是这个沙盘上增增减减的布景；都不过是往昔传说或故事中一个小小的细节。世事更迭或沧桑变幻，似乎全因了坐在高处那个沙画师手中的一把沙子。那人对着那个沙盘扬了一把沙，秋天就来了，再扬一把沙，雪就落了。他只沉思片刻，一扬手就是一片沙漠，再一扬手就是一片绿洲，觉得后悔了就用手轻轻一拂，戈壁仍旧是戈壁，砾石遍野……几百、几千、几万、几亿年如斯，他就沉浸在那幅没有做完的沙画前，构思、铺陈、修改……人类在他一个动作和另一个动作的间隙里，一世世地生，一代代地死，没有人能领会他完整的意图，没有人能见证他的最后的成全。原来，他在讲述着一个关于时间和宇宙的故事。风，那些让我们真切感知并心生疑惑的风，正是来自于高处那人的广袖一拂。再回首，那平平展展的大戈壁，宛若一张写满了字迹的白纸，但却反扣过来，只让我们看到了其背面渗出的点点墨迹。终究，我们还是无法知晓，这片亘古苍凉的大漠到底藏有多少秘密和天机而不欲人知。

野　百　合

　　一进六月，草原上的百合花就开了。

　　六月的草原应该叫万紫千红才对，因为各种各样的花儿差不多都会在这时纷然开放，黄的金针、紫的鸢尾、白的木樨……却偏偏是那红色的野百合，总如暗淡的街市或广场上忽然跃出一袭红裙，迎风舞动，火焰似的点燃了人的目光。

　　仅仅从数量上说，野百合并不占任何优势，她们从来也不，从来也不可能以浩大的声势震撼人。以势显势，那该是向日葵、油菜花和薰衣草们的事情。在茫茫的草原上，野百合只是星星点点地散落于翻腾的草浪峰尖之儿上，如一颗颗神秘的红宝石，在深重的绿色里发出耀人眼目的光芒。

　　在更多的年份里，野百合却稀少得如凤毛麟角，以至于有一些人专门为寻找野合百而来，结果仍要怅然而归。大概，这个世界对"难得"一词的唯一应对就是"珍视"了。为了它们的稀少与珍贵，很多人把有没有目睹野百合的开放，作为衡量自己是否幸运和来一次草原是否有意义的标准。当然，总会有一些人是幸运的，人与花及人与人的缘分是一样的，无缘时好像对方从来就没有存在过，一切不过是一个美丽的传说；而有缘时，却好像探囊取物一般，看起来对方从始到终就没有离开过，就是为了你的到来而一直准备、一直等待着。

野百合是草原的精灵，是百花里的妖啊。

没有人知道她们为何而开，为谁而开。没有人确切地知道她们的行踪。有一些时候，她们会刻意地躲开羊群和人群，寂寞地开在草原某一个僻静的角落；有时她们却张扬地开放在牧人的毡房前或人们一抬眼就能够望到的地方。

如果是清晨，你刚刚从睡眼惺忪的暗室里走来，第一眼就撞上了那热烈的红色，你一定会毫无设防地成为那妖冶色彩的俘虏。

从那一刻起，你的目光便无法摆脱它的吸引。就算你通过艰苦的努力将自己的目光移开，你的心也还是无法离开；就算你通过更加艰苦的努力将心也移开了，你的灵魂也无法离开；因为你自己非常清楚，当你背对着那团红色，踏上了归程之后，曾经被那红色照耀过的地方都将化为虚无与黑暗，如同一场大火过后遗留下的灰烬，会有莫名的忧伤和隐痛从那些空洞里无法制止地涌流出来，并逐渐蔓延，以至于浸透你整个生命。

很多来过草原又离开草原的人，就这样在自己的心里埋下了思念的种子。

行走，在传说之中

　　去丽江，有很多种方式很多条路，但似乎通过哪一种方式哪一条路都不太容易抵达，因为丽江是一个美丽的传说。

　　如果从大理驱车去丽江，180公里的山路折来折去，很快就折出了一笔旧账。若在800年前走在这条路上，那就是一条从皇城到村寨的下乡之路。直到1253年，那个特殊的时间节点出现，忽必烈的蒙古大军挥师南征，一刀放倒了大理国，那一年就成为大理国的终点，却意外地成为丽江古城的起点。木氏土司归附了元世祖之后，宛如在大理突然断裂的茬口上崛起的一脉新枝，成为滇西的一处新兴重镇，其形其势正如徐霞客所描述的那样："宫室之丽，拟于王者。""民房群落，瓦屋栉比。"

　　如果驱车或骑马，从西双版纳去丽江，那将是一段漫长而艰难的旅程，虽然路途不足800公里，却要横跨两个气候带外加诸多的山脉与河流。一个没有一点勇气和信念的人，断然不会采用这种古代马帮一贯采取的方式。那是一个从低海拔到高海拔的攀升过程，也是从温热潮湿浑浊步入清爽干燥澄明，从偏于物质的热烈走向偏于精神的冷峻的过程。虽然此程注定要历经千难万险，但得记住，你要抵达的就是那个传说中的"艳遇之城"，据说，城里四时不断丽江雪桃般多汁而甜美的爱情。

如果从北方的香格里拉去丽江，你就一脚迈出了"人间天堂"，前面是天堂的别院还是红尘滚滚的俗世很难断定。云的高、雪的白、空旷得无边无际的寂寥和清冷就在身后，退一步，生命里的一切仍将呈现为高原上一片纯洁的冰，但一切却无以叙说，无以分享；进一步，生命将再一次消融于人间的温暖与混沌之中，尘埃和嘈杂，会让你的血在温热中一点点沸腾起来，但却会洗去、融蚀掉你一切关于天堂的记忆，包括重返的路径。一边是吸引，一边是诱惑，这样的一段路程，定将如人生一样难以取舍，难以选择。

最终，几种方式我都没有选择。这正是人生诸多尴尬和不由自主之一种。我是从"天上"去的丽江。黑暗里的飞翔，猝不及防的降落，没有过程、没有铺垫的进入，也许，对于一个人或一座城都应该是生硬和突兀的，所以丽江呈现给我的第一个表情就是没有表情。

一架颜色黝黑的老水车，赫然摆放在古镇的入口处，沉重、缓慢地旋转，让它看上去既像不堪重负随时都有可能停下来，又像不知疲倦一直可以旋转到地老天荒。街渠中的水被它一次次切断，掬一捧举至高处，再"哗"的一声扬下来。一口一口地，像它一口一口地喘息。这让人联想起一种时间的分割方式——一个古怪的老者，坐在古城的门口，信手抓起如水般流动着的时光，一节一节地剁下去……有人会意，默默地望了一回，心领神会，知道有一段是属于自己的，而时间的段落又不论大小，再长，只要一撒手就有可能如大风里的流沙，消失得无影无踪。

我看到一对情侣，只无语地对望一下，便手牵着手消失在街口的人流之中，他们一定知道，他们认领的那一段时光因为甜度太大，会比别人手中的那段显得更短，更不禁挥霍。实际上就是这样，在熙熙攘攘的人潮之中，人们只知道不由自主地涌动或荡漾，却不知道有一架看不见的大水车正在头上不停搅动，不停地施展着魔法。这种情形，最需要我们攥紧双手，否则就很可能有一些珍贵的东西从指缝间流走，比如温暖、柔情、已经在握的幸福和快乐，当然，也包括那点儿来之不易的好时光……

白天的大部分时间，丽江和其他旅游景点一样，嘈杂、缭乱、光怪陆离，让人看不清其真实面目。实际上，古城早已经把街巷让给了游人，把房屋让给了店铺，把自己的声音出租给了各种各样的呼喊和叫卖，而自己却躲在某一个不被人知的清净之所，悄然打开往事的包裹，借一杯雾气袅袅的清茶，一件件独自翻拣，独自回味。

街边一幢幢古旧的房子，不知道以前都是做什么用的，是些什么样的人居住其中，如今多半都成为摆满了各种旅游商品的店铺。这让它们看起来很像一只只被喝光了酒浆的空瓶子，瓶子里重新填充了五颜六色的染料水，好看、迷人，但再也不会让人沉醉；有时也像一个心不在焉的人，将一口口香烟浅浅地吸入，又轻轻吐出。一个个烟圈儿，只在某些口腔里打个旋儿，便不知不觉地被吐出来，兀自在空中扩大、消散。一句被随口说出的话，还没有在彼处被听清，就已经在此处被忘却。

我也是被旅途千百次想起又千百次忘记的那个旅人，但我一直固执地铭记并坚持，每走一个地方，都要把那个地方的音容笑貌记住，就像努力去看清、读懂、记忆一个人。因此，我也一直认为我要去的地方和某个人一样，需要我的独自面对和深入交谈。在丽江古城的街上穿行或在它的房舍间出入，让自己的脚步一直探寻到古宅的深处或小巷的尽头，就是想追寻着古城的踪迹，一路探寻下去，看清它，理解它，深入它，希望经历一场一个人与一座城的真正相逢。

在那些出售非洲手鼓的店铺里，常常就有清丽妙曼的歌声飘出来。循声望去，幽暗处总有一个靓丽的女子一边拍着手鼓，一边似在很动情、很投入地唱着歌儿。词也如同那幅漂亮的画面儿一样极凄婉、美艳："嘀嗒嘀嗒嘀嗒嘀嗒，小雨它拍打着水花，嘀嗒嘀嗒嘀嗒嘀嗒，是不是还会牵挂他，嘀嗒嘀嗒嘀嗒嘀嗒，有几滴眼泪已落下……"这让我的心被一种久违的感动所击中，倏地颤了一下，然后便以阳光融化积雪的方式软了下来。但走近时却发现，那歌声是从摆在店门口的一只扬声器里传出来的。歌声的出处，仍然源自于那个叫侃侃的丽江女歌手，歌名就叫《嘀嗒》。此时，侃侃正在歌声抵达不到的远处或远方，并不知道自己的声音被一条看不见的链子拴着，一圈儿圈儿在古城的街上回旋，为另外的一些人装点着门面。

一首好歌就是一朵开在声波里的花朵。每一个音符、每一段旋律都是从歌者生命、灵魂、情感里抽出的丝，反复酝酿，几经震荡，一旦脱口就会清越隽永，感人至深。这些雨滴一样晶莹剔透的音节，几乎把半条喧嚷的街都涂成了安静的蓝色。有那么一个时刻，我甚至以为这就是古城从肺腑深处和岁月深处发出的声音。

其实，古城的灵魂不可能附着于一首现代流行歌曲之中。它应该避开市井的喧嚣与现世的繁华，深藏于某一个清幽、宁静之处。就这样，我的脚步不由自主地就转出了热闹的主街，走进一条小巷，除了当地提水、推车的居民，很少能见到往来的游人。一些客栈就在这里间杂着排开——看那些挂在门前的牌子，有叫"纳西人家"的，有叫"古丽木府"的，有叫"雪山纳里"的，也有叫"茶马客驿"的。

进入那家名叫"木府"的客栈时，恰是正午。尽管房间朝阳，正对着庭院，室内仍然显得有一些幽暗。颜色深重的木制家具，虽然装着玻璃却极有岁月感的窗棂以及一些仿古的摆设，在深秋的季节里透出凄清、遥远的古典况味。却有一缕秋阳越过窗口，斜射在猩红色的床单之上，使整个房间平添了一片现实的、"人"的气息。暖意，便以这一小块区域为中心，向四周的空间辐射开来。

突然想起了那个"一米阳光"的传说。美丽的纳西女子开美久命金和朱补羽勒盘深深相爱，却遭到男方父母的极力反对，伤心绝望的开美久命金殉情而死，朱补羽勒盘冲破重重阻挠赶来，已是阴阳两隔。悲痛之中他燃起熊熊烈火，抱着情人的身体投入火海，双双化为灰烬……凄美的爱情感动了上苍，让开美久命金死后化为了"风"神，在玉龙雪山顶上营造一个有情人的天堂：没有苦难、没有苍老、无比美好的"玉龙第三国"，专门诱惑失意的情人步她的后尘。为了让更多的人得到幸福,她又把爱情和快乐融入阳光中,在九月二十三日这一天向大地普照。可是当风神看到人们很多都不能抛弃世俗的杂念勇敢地追求爱情和快乐,并有一些人即便得到了也不懂得去珍惜,又很失望、很生气,便吹过乌云遮住阳光,只剪下最美的一米阳光,藏在雪山上的山洞里,让那些能够勇敢地抛开世俗牵绊,携手来到这个山洞的人们,沐浴那一米阳光,得到永恒的爱情和快乐……

眼前这座被最早的主人离弃,已经冷了多年的房子,显然并不是漆黑冰冷的山洞,但若想将它慢慢"焐热"也需要不知多少人用多少热情经过多久的努力才能实现。然而,只因为那一缕神奇的阳光,我已感觉到,温暖正一点点深入到我的周身和内心。难道眼前的这一缕阳光,就是传说中的那"一米阳光"吗?幸福和快乐有时来得极其简单,不过就是凉凉的手心里攥着的那一脉温热。那么,关于和传说一样难以企及的爱情呢?我真想忘记一切事先已经排好的行程和安排,在那片小小的阳光里坐下来,悄悄守候着它,看它如何用魔法将传奇兑现成现实,或看着它一次次缩小、消失,又一次次在第二天清晨苏醒,再一次放大、蔓延成浩大的光明。

从客栈的窗子望出去,古城的景色尽收眼底。所谓的景色,无非就是另一处房子的屋脊,或许许多多房子连成一片的屋脊。黑黝黝的瓦片,如一排排紧密的鳞甲,在阳光下闪耀出乌亮的光芒,这时的古城则如一个蜷伏着或沉睡着的庞然大物,从云天中降下来静伏许久,亦像刚刚从水中爬上岸来,稍事小憩。

街道、人潮、流水以及各种各样的色彩、声音与气息，如今都已隐在屋瓦下面或房屋的暗影中，不动声色、不被察觉地流淌着、变幻着、演绎着，如古城纷乱的心事和缤纷的梦想。

夜晚来临，各种各样的光都从白日里最黑暗的部位迸发出来，各种各样的音响都从白日里最寂静的地方涌流出来，各种各样的人都把白日里空空如也的房屋填满……古城在夜色的滋润下醒来。一个声音沙哑的老者，手握苏古杜，又一次开始了有关时光、有关世事的述说。他已经老得记不清这是哪朝哪代哪章哪节关于哪些人的故事了。但是今夜，每一个在灯光下行走或在黑暗中摸索、每一个在音乐里狂嚣或在寂静中沉默、每一个因为拥有爱情而幸福或遭遇离弃而伤心的人都在他的叙事之中。老城只是故事的讲述者，不论是正走进故事的人、正在寻找故事的人、正从故事中走出的人，都将在这座历经沧桑的古城口中被讲述，被流传或被长长地呼出，如一声叹息。

清晨的太阳一出，夜晚的一切便如潮水般撤去。

古城街上的五彩石，经过无数双脚无数次的"阅读""品评"之后，已变得玉石一样晶莹、光亮，此时却因为没有脚的覆盖与遮挡，一块块赫然裸露出来。阳光随意洒下，石头上便泛起水色，逆光远望，整条街道宛如一条波光潋滟的河床。偶尔，有人从对面街上走来，映入眼帘的一幅剪影，却酷似岁月之河上渡来一艘梦幻的船。行走着的鞋跟敲打在平静的街面上，发出一声声节奏均匀的脆响，但理应出现的一圈圈涟漪，并没有荡起在那条"河"上，而是荡起在我已然宁和的心里……

生命的韵律

岁月的一只脚刚刚抬起，另一只脚紧接着就要落下。年来，年又去，倏忽之间，完完整整的一岁光阴就像一截松软的雪糕，被个馋嘴的女人一口吃去大半，定睛看去，已经所剩无几。

初春时，同学从贵州打来电话，邀我去黔东南看一看，我并没有立即答应。没有答应并不是客套或不感兴趣，实在是因为太害怕麻烦。从东北大平原到云贵高原，其间不知隔着多少山、多少水、多少城市和乡村，数千里的距离、几十度的温差，随身的衣服不知要带多少，中间要经过几脱几换，交通工具也不知先后要倒腾几番，真是道不尽的山重水复，说不完的曲折复杂。

正犹豫着，时令便倏然而至仲冬。眼看着自己马上又老去一岁，远行的胆气，较春起的时候更小了几分。但偏偏这时，心里反而生出一种"豁出去"的反弹力来。这么简单的一件小事，都要成年累月地蹉跎，一生到底有几件事情可做、可成？干脆，拿出游泳者下水时的决绝，走吧！于是，简单地打点行囊，一跃而至黔东南的从江。原来，世界上的事情就是如此的简单，一切行程最终都可以简化为一来一往或一去一回。

身置某地，说来也是件简单的事情，不过就是上山、下水、出村、入寨，但从江的山、水、村、寨确实又比别处多了几分难以言传的独特。时近岁末，尽管这是一片南方的地域，空气里也已经隐隐飘动着北方深秋的寒意。寨子边上的银杏树叶在阳光的照耀下，闪烁出金子般温暖的色泽，而山冈上遍生的芦荻，却在风的摇动下，发出星星点点或有如银河般白白亮亮的银光。大山脚下，都柳江畔，岜沙苗寨小广场上，有一场芦笙表演正进行得如醉如痴。

其实，也无所谓表演，岜沙苗寨里的人，日常生活中也就是那个样子，他们天生能歌善舞，也很自然地可以随时载歌载舞。而在这些歌舞中最常见，也发挥着主要作用的乐器就是芦笙。走入苗寨，差不多家家户户都有芦笙。从尺把长的小芦笙，到有一棵树那么大的大芦笙，规格不同、音质不同，应有尽有，随时可见。寨子里的人，似乎个个有着演奏芦笙的才能，从身高刚及一米的小童，到身体尚算康健的老者，信手操一把芦笙似乎都能吹出个调调来。正因为得心应手，所以吹奏芦笙就几乎成了苗寨人沟通、交流和表情、达意的特殊方式。亲朋好友相聚心情欢畅要吹芦笙；逢年过节以示喜庆要吹芦笙；遇有大事小情、春种秋收等仪式要吹芦笙；一年一度的芦笙节，更要大吹而特吹……

一般来说，芦笙很少承担独奏的职能，都是几把或几十把芦笙一起吹奏。我理解，它的功能主要是为跳舞的人们伴奏。也就是说，只有把芦笙演奏和与之不可拆分的舞蹈加在一起，才构成一个完整的事物——芦笙舞。芦笙舞的跳法当然多种多样，但最有意思的玩法，就是十来个男人在场子中间扎成一堆，吹各种各样的芦笙，外边围着一圈年轻女子跳舞。

虽然说外围的女子们年轻漂亮，肢体活泼、生动，但还是不如中间的那一圈吹芦笙的男子更有趣味。那一堆吹芦笙的男人，大约就相当于这一场舞蹈中的乐队吧！最里边的几个演奏手使用的芦笙个头儿巨大，看样子足有三至四米高，活脱脱一个大竹杠，所以就只能戳在地上，用两手扶住吹奏。当然，从这些芦笙里发出来的声音也格外的厚重，可能，就相当于西洋乐队里的大提琴。稍靠外围一点的演奏手使用的芦笙个头儿也不算小，虽稍显单细，但用手捧起来吹奏，怕也是一件很难的事情。那好，也还是立在地上吹吧！就这样，一群男人，一人抱着一只巨大的芦笙，围成一圈，摇头晃脑地吹，远看很像抱着一棵树在啃树上皮或吮树里的汁。

那么沉重、巨大的乐器，对每个演奏者来说，都不啻一种残忍的禁锢或绑缚，他们只能绕着那棵"树"在很小的活动范围内做有限的动作。如果想边吹边加一些舞蹈，就要埋起头，翘起臀，随着音乐的节奏，两脚交替着抬起，交替着落下，只在脸上做出沉迷、陶醉的表情。想来，这也是人生的奇特和奇妙之处，为了获得某种震颤灵魂的声音或节奏，就算被局外人认为是不够高雅或滑稽的，心里也满是甜蜜和陶醉，并能够心安理得和乐此不疲。哪怕是真做了一只被拴在树干上的蝴蝶或蜻蜓呢，估计也会心甘情愿！实际上，每一对翅膀看似徒劳地扑打，也并非没有意义，因为快乐和幸福从来都藏在人们看不到的暗处。

我从小就不通乐理，直白一点儿说，是乐盲，识不得乐谱，不懂乐器，会唱的一些歌曲，全都是靠死记硬背，就像盲人说书。所以，我一直就不大会记录或描述所听到的音乐。对于苗寨芦笙发出来的旋律，我只能告诉你，不过就是不断重复的两种节奏"呖鲁呖鲁呖呖"和"呖鲁呖鲁呖鲁"。如果是诗歌，就可以表述为"平仄平仄平平"和"平仄平仄平仄"，只可惜，芦笙的韵律之下只有难以言说的情绪，而没有意旨清晰的文字。

初听起来，这韵律单调得近于滑稽。可是，到后来，却发生了不大不小的奇迹。我在那单调的韵律中，竟然感受到了蕴藏其间的巨大魔力。不知道是不是所有的音乐对人都有催眠的作用，当这芦笙的韵律和节奏不断在耳边回荡，听着听着，我就感觉有一些莫名的愉悦在心底里生出来。继而，随着愉悦感觉的持续和加深，又激发出某种庄严和神圣的感念。

平仄，平仄，平仄——简单却深深地吸引着我们；简单，却让我们无法摆脱。有时可能就是这样，越是简单的，就越切近本质；越是简单的，越是具有不可估测的能量！天地、宇宙之间的诸般事物，有什么不是以一种简单的节律在繁衍、生息和运行？又有什么能逃出一种简之又简的描述呢？上下，进出，启停，开合，黑白，冷暖，新旧，明暗，生死……"呖噜呖噜"，芦笙的节奏让我想起了计算机语言里的"1"和"0"。试问，宇宙间的一切"数"哪个能逃出这最简单的逻辑和运算？"呖噜呖噜"，这芦笙的节奏也让我想起了哲学里的"有"和"无"。试问，世间万物有什么能置身于这简单的变幻之外？

那天，我又去了很多地方。可是不管走到哪里，脑子里始终像有一种韵律在回荡——"呖噜呖噜"，似远似近，似有似无。入夜，躺在山上的宾馆里，又听得到山下村寨中传来了熟悉的声音——"呖噜呖噜"。据说，那晚寨子里的人们正在为一对青年男女庆祝新婚之喜，所以隐约传来的芦笙，就显得更加绵长、悠远和不知疲倦。

是夜，明月当空，从窗帘的缝隙里，透进来月亮和宇宙的信息，我在那一缕清辉的照耀下，辗转无眠。远方的大海，正是大潮初涨之时，汹涌的潮水反复击打着岸上的沙滩或礁石，一次次涌来又退去，发出简单而又深沉的声音，有如赞叹，有如喘息。而此时的东北大平原上，也许正有纷纷扬扬的雪，从天空无声地落下，静谧中，又不知有多少曾经漫天飞舞或不停鸣叫的物类将自己的生命小心地折叠起来，悄然进入漫长而黑暗的蛰伏。但一切都将在平仄交替的节奏中转换成另外的一种状态。潮水退去，平静的海水依偎着沙滩，近处或远处的海面上将有黑色的礁石裸露出来，仿佛在向天空倾诉着内心深处曾有的崎岖和不平；冰雪消融，春风再度，蛰伏的生命又一次复苏，久久沉寂的大地，将再现已重复过千千万万次的生机与繁荣……

明天，月亮隐去，太阳升起，有梦或无梦的夜晚结束，又是一个全新的日子。我将离开高原回到冰雪覆盖的故乡，穿着厚厚的棉衣，手捧一卷闲书，静静地等待着新年和下一个春天的来临。或者，心平气静地守候着终难守住的岁月，顺应那单调而又不息的律动，在不可抗拒的节奏中，愉悦地老去。

远去的声音

　　"螽斯羽，薨薨兮，宜尔子孙，绳绳兮……"

　　这是《诗经·周南·螽斯》所透露出的古代生态信息。那时的草地上，一定到处是螽斯，捉也捉不净，驱也驱不散，"螽斯羽"齐振时，声势浩大，一片轰鸣。否则古人怎么会拿螽斯来类比并喻示人类的子孙旺盛、繁多呢！

　　螽斯就是蝈蝈。很久以前，包括我们小时候，田头、林间、草地上到处都能看到它们的身影。但现在那些小虫其势渐微，再也无人敢形容为"绳绳兮"了。多亏现在的孩子们不读《诗经》，基本不太知道何为螽斯，否则诗兴一来，也拿这么一个几近灭绝的物种来比兴我们自己的子孙，非但没有什么祥瑞繁盛的意蕴，反成一种隐约的诅咒。

　　我们小的时候，不能上网，不打游戏，不玩微信，不去儿童乐园坐摩天轮和过山车，专爱与那种小小的昆虫——螽斯玩耍。我们的乐园是一望无际的大草原和生机无限的田间和林间草地。

　　北方的七月，草已没膝，各色野花在原野上竞相开放，如闪烁的星星在暗蓝色的夜幕下疏散自如地漫漫布展。野花野草虽然美丽，但对于从小生长于草原的男孩子来说仍然没有足够的吸引力，因为不论哪个季节，草地上总是有让他们更加着迷的事物。刚刚，他们还在意犹未尽地谈论着在草丛做窝、产卵的草原鹨和那种飞行时能够发出神秘沙沙声的蚂蚱，突然间就有耳"尖"的孩子听到校园外树丛间有蝈蝈鸣叫。数日之内，一些反应稍迟一点的孩子还没有确认那到底是不是蝈蝈的叫声，各种蝈蝈的叫声就响成了一片，并逐日汹涌澎湃起来。

　　有一种蝈蝈长着长长的翅膀，叫起来频率极高，像一只音色好听的电铃安放在了草丛，哇哇哇哇地，从早到晚叫个不停，特别是正午时分，更是叫得拼命。我总是担心它们叫完这一刻，下一刻会突然背过气去。因为它们只流动在草丛之中，所以我们给其起了个土名叫草蝈蝈。另有一种蝈蝈长着一副不及身长的短翅，叫起来有板有眼，不慌不忙，聒聒聒聒地，音色优美富有弹性和金属质感，常常是白天沉默，夜间来到农户的园子里弹琴，传说这种蝈蝈喜欢以豆叶为食，所以我们称其为豆蝈蝈。

　　后来，又念了很多年的书才知道，这些蝈蝈原来都有一个统一的学名叫作螽斯。据说这个大家族共有500多个品种，我们所熟知的不过数种，虽然在我们眼里已显得目不暇接，实际上仍不过凤毛麟角而已。整整一个夏天，孩子们被这些体形各异的小鸣虫折磨得心神不宁、寝食不安，日夜在草丛、农田间奔忙。在那些云稀日朗的白昼或月色皎洁的夜晚，不管学习用功和不用功的孩子，都会被蝈蝈的叫声诱惑得心猿意马，随时准备着放下手中的课本，奔向草地，把那小东西捉回，放到自己的蝈蝈笼里，以便随时近距离听它们那令人着迷的"弹奏"。

在这一场盛夏的大合唱里，时不时就会有几声大提琴般低沉而粗重的声音夹杂其间。这让我们想到草丛中一定有一个体貌雄伟的大佬，独霸一方。于是很好奇地循声而去，几乎翻遍脚下的每一寸青草，也没什么大物显现。末了，却有一只体形极其"迷你"的螽斯从草缝里钻出。就是它了。当它被我们捉到手上时，已经惊恐得忘记了什么是鸣叫，只一个劲儿地拼命挣扎。看着它那狼狈的样子，我心里隐隐地感觉有一些惋惜，想它的内心当时一定会很绝望吧？可是，这么一个小东西，为什么会有那么粗重的声音呢？

小时候，我一直对这种身体和声音上的反差很不解，也很好奇。

夏日林间，也经常有一种体形不大的小鸟儿，躲在叶子的后边，像牛一样"哞哞"地叫，所以小伙伴们都叫它"老牛哞儿"。那小鸟儿被惊起之后，总是很慌乱地拍打着一双翅膀，仓皇远逃，样子很不从容、优雅，看起来既不灵巧也不沉着。每一次与那小鸟儿的相遇，都会让我半天回不过神来，不知道那令人惊异的错遇是上帝的安排还是它自己刻意而为，感觉很是奇怪。

同样的现象，人类中也时常得见。"矬老婆高声"，就是说那些个子矮小的女人经常会发出分贝很高的叫喊。同伴中有个叫石头的孩子，不是"老婆"，是个男孩儿，却也有着一副很特别的嗓子。虽然他人长得十分瘦小，发出的声音却有一点儿粗声大气的效果，说起话来，总显得缓慢而凝重。仅凭这一点，就足以让同伴们感到他的特别。石头不仅声音老练令人敬畏，而且还天天坚持练拳。他练拳并没什么套路，属于硬功，不管见到什么抬手就是一拳，像是和那东西宿有仇恨。久而久之，手上的关节便长了厚厚一层老茧，据说，他的拳在石头上用力打十下，皮肤也不会有一点点破损。有时，哪一位伙伴触犯了他，他只要缓缓地回过身来，盯那人一眼，那人就会感到惶恐不安。

然而，石头却是轻易不会出手打仗的。有一次，邻班的孩子因故到我们班寻衅殴斗，带头的林四手执一条桌子腿儿，气势汹汹闯来，我们都指望着身怀绝技的石头能够撑起我方的阵脚。可是，还没等对方靠近，石头便撒腿跑开，边跑边发出惊恐、尖细的叫喊："快跑呵！"结果自然可知，我们每一个没有跑或跑得慢的人都被对方打得鼻青脸肿。自此，石头在我们心中的形象一落千丈，都把他当作吹牛大王，目光里流露出不尽的鄙夷。因为知道他原来胆子极小，再遇事，只要一摆出要动手的架势，石头便不再言语，迅速回过身，走开。

想必，那小小的螽斯也如石头一样，因为胆子极小或极自卑，才刻意把自己伪装成强者吧？在这个弱肉强食的世界里，偶尔吹吹牛或虚张声势一把，为自己壮胆或迷惑一下敌手，或许，也不失为一种有效的生存策略呢。

今夏雨水过旺，郊区的农田部分已没入水中，小区的树荫下却一改往常的颓势，生出了各色繁茂的野草，那葳蕤蓬勃的样子常常让人心动，不由得想起儿时故乡的田野。这样好的草，本来是应该有螽斯在其间鸣叫或有若虫在其间弹来跳去的，但用脚去蹚时，草间却一片寂静荒凉，全没有一丝一毫的活气。

只有身后的大街上，不断传来各种各样车辆和各种各样人的声音，大卡车、公交车、农用车、小轿车以及大人、小孩儿，男人、女人的声音——"蒶蒶兮。"

驴 叫

驴子开始在当街或槽头啊啊大叫。

那叫声如悲如泣，如怒如诉，一阵接着一阵，连绵起伏，兴味盎然，立即把静得如一盆稳水似的村庄吵得飞沫四溅、动荡不安，像是发生了什么惊天动地的大事儿。

"蠢驴！"于是，便从不同窗子里不约而同地传出高低大小粗细老嫩各种不同的骂声。

驴敢于大叫或能够大叫的时候，一般不是夜晚就是正午，因为其他的时间，它们并不归自己使用。

乡村的正午叫晌午，如果在燠热的盛夏，这正是一天中令人魂魄欲断的光景。此时，大清早就爬起来，已经在田里劳作了七八个小时的农人，一个个拖着疲惫的身子回到家中，草草吃过午饭之后，便倒头睡去。

驴偏偏选择这个时候大叫，确实是有些不是时机或不识时务。但如果不是从人的角度，而是从驴的角度看，它们的选择就不一定如人们所说的那么愚蠢。驴与人类之间的关系、驴在人们心中的成见，彼此之间难以改变的定位，也许驴早已经心知肚明，所以才毫无顾忌，也无须顾忌。反正横竖是一个不招人待见，索性就由着驴性大声抗议或尽情抒发吧。

作家刘亮程曾很细致地描写过驴叫，妙则妙，但很可能把驴的主体地位夸张过大了。新疆的情况我说不太清楚，就东北的任何一个村庄而言，驴叫的声音都不能成为一村声音的主宰。从音量上，驴子鸣叫的分贝数及恢宏度自不必说，但从其内涵、质地和自主性上说，却难呈雄壮。

驴本是家畜里的弱势群体，它们从人类的管控中能够得到的"自由"或"民主"极其有限。如果不是在人杳街空的正午，先别说驴子们能不能抽出空闲来大叫不止，就算是给它们一些歇脚、喘息的时间，它们也没什么机会一展郁闷的歌喉。也许刚刚张嘴，还不等一个完整的音节吐净，一鞭子照着耳根抽下去，它们立时就得闭口、收声，怕连个不识时务的"蠢"都不得尽情表现和施展。

因此，与马儿欢畅的嘶鸣、牛儿闲适的长哞以及羊们有事无事的发嗲相比，驴的叫声里总是要多出几分愤懑和悲凄。言由心生，言为命相，众畜之中，多有命运不济者，可再不济还有谁的命如驴子一样不好呢？

马是天生一副好骨架，生得高大英俊，古代的马，有耐力长久日骋千里的，有爆发力超强脚快如飞的，也有体力超群可负重车的，都如战场上的英雄一样，随着它们的主人而名垂青史，那个冷兵器时代一过，马基本就不再发挥什么大的作用了。然而，人们却仍然念念不忘地称其为骏马，最差也是个不褒不贬，直称其马；而牛，除了拉拉车、犁犁田，一年中大部分时间还是可得轻闲的。人类对牛的态度也是感激、赞赏有加，多情地认为牛是人类最可靠的朋友，什么"老黄牛""孺子牛"从人类的口里说出来都带有尊重甚至崇敬的色彩。至于五畜中的其他畜类，或是劳作，或是被杀了吃肉，两头至少可得一头儿。

唯有驴，个头儿不大、吃得不多，却总要干一些极粗重的活儿，蒙眼儿一蒙，磨道一上，一干就是几个、十几小时，有时竟然通宵达旦，不得歇息和解脱，也没有人舍得给一句半句的赞美和认可。有的只是看轻或看贱："噘嘴骡子不值个驴钱"，仿佛驴是天下最不值钱的贱物；"好心当作驴肝肺"，驴不偷不抢，不阴损暗算，不坑蒙拐骗，直来直去，有意见就提，不说是光明磊落，也堪称情性直爽啊，怎么就惹得人类把它暗喻为物类里第一坏心肠？当有一天驴子们"廉颇老矣""壮士暮年"，人们必定又会"卸磨杀驴"，那些可怜又可叹的驴们既已舍了一生的力，还要舍出一身的肉，事分两头儿，一头也不着。

于是，驴大叫如嚎，为世道的不公、人道的虚伪暗昧和自身命运的不济。但驴们不懂人性，不知道人类最不喜欢的就是那些粗声大气的逆耳之声，人们喜欢并迷恋那些快乐、温柔和甜蜜的声音，偏好一切和顺的事物。人类在进化过程中已经退掉了那些带有方向性的毛，并不在意物质或实体上的顺和逆，只在精神方面异常敏感，因为人们一贯地随波逐流，养成了一种喜顺不喜逆的痼疾，只要不是顺的就会坚决抵制和反击。驴们不分场合地大吵大嚷，让人们十分恼火，作为一个地位卑微的牲畜，本来就不应该天天把自由、民主、公平、公正等不合时宜的意识放在心上，更不应该想起来就抱怨，想起来就发一通牢骚、怒气和悲叹。所以人们不得不对驴加以严格限制，给驴派更多更累的活儿，让它没有发牢骚的时间；给驴带上蒙眼儿，让它看不到外边的情况；给它戴上笼头，让它有意见也张不开嘴提；另外，对它们严加监管，随时握住手中的鞭子，一旦在采取了一系列措施之后仍有意外，就一鞭子把它们的叫声封锁于喉咙之内。于是，村庄里到处都是一些好听的声音，母鸡下了一个蛋之后，由两只公鸡陪着一连叫了三遍，夸张地炫耀着幸福；猪们一边吃着食一边不住地哼叽，似乎是在埋怨主人给准备的午餐不够香甜，又像是在抱怨食物的营养太高不利于减肥；猫们睡足了午觉之后，三三两两地躲入月光下的树丛，很放肆地叫春……在各种声音之上，是人们自鸣得意地哈哈大笑，但唯独没有驴的叫声。

如今的驴，心中最大的愿望不再是改变自己的命运，因为那已经是太过遥远的事情了，它们只盼着能有那么一个时刻，张口大叫，对着无人的天空和大地，把久久郁结于心的冤屈与愤懑倾腔吐出。

终于到了那个万籁俱寂的深夜，村庄里的驴用自己有限的智慧判断出人类的疏忽和慵懒，便开始了它们孤注一掷地大声鸣叫。起先是一头驴试探着叫了几声，然后是其他的驴随即跟进，最后成为一场声音的狂飙，此起彼伏，你唱我和，撼天动地的悲鸣整整持续了一刻钟，把村庄摇撼得如惊涛中的一只小船，无助地晃动不已。"妈的，反了！"有人从梦中惊醒，对身边的人说："去看看出了什么事儿。"

"我不去，我爷说，半夜见驴就是见鬼。"

……

那一次午夜驴叫，现在一定不会再有人记得和提起了，但那的确曾经是我们村一个很轰动的事件，如果有《村志》，完全可以作为当年的大事记录在案，因为那一阵驴叫确实是史上罕见。至于原因和铺垫，倒是我个人的猜测与演绎，但在没有更加权威的解释之前，还是以我说的为准吧。

我之所以对那件事如此关心，是因为我受到那个事件的刺激以后，好一阵子都会在夜里产生群驴大叫的幻听，"啊啊啊"地大放悲鸣。后来，幻听倒是没有了，可又产生了幻视，觉得遍地都晃动着驴的身影。

叫　更

那时，人们仍然沉浸于甜美的梦中。有人在与辨不清姓名的心上人谈情说爱，刚刚执手，耳红心跳，正不知道怎样说出心中那无限的缱绻；有人则埋头从地上一张接一张地捡起不知道是谁散落的钱币，兴奋不已，意犹未尽；而我则刚刚捉到了一只美丽的小鸟儿，五彩缤纷的羽毛闪射出天堂般神秘的光泽……突然，有一声比梦更加神秘、奇异的叫喊从身后不可知的地方响起："干——活噢——"就在梦中人惊愕回头之际，一切尽皆散去，眼前一片黑暗。

在曾经的人民公社时期，村庄里的人们过着高度一致的集体生活，每天要集体起床，集体上工，集体劳动。为了解决生产力低下、劳动效率不高的问题，社里就打破中国农民几千年沿袭下来的生产、生活习惯，变"日出而作，日落而息"为"起早贪黑，披星戴月"。那时，商品极其匮乏，没有闹钟，更没有手机，偶尔有稍微富裕一点儿的家庭置办了一台挂钟，那相对"渺小"的报时声也不足以把疲乏、深睡的社员们叫醒。于是，有一些村、社就设一个专职的更夫，当时的人们叫他为"更官儿"。因为那个"更"字被人们发成了"精"的音，所以很长一段时间，我一直认为天天把人们叫醒的是"精官儿"，大有一点儿混在人类中某种精怪的意味。

据史料记载，最早的打更活动起源于原始的巫术，主要用于驱鬼，只有那些受人尊敬的巫师才有资格在夜深人静时敲敲打打。后来，可能人们认识到，就算不是什么资深巫师，有一个人在漆黑的夜里搞出一点动静，也能够证明，那夜晚仍然由人类占领和把守着，多少能对胆小或胆虚的人们起一些打气、壮胆的作用。

传统的更夫，往往是手执一锣或梆子，每夜有规律地在街上巡行，或报时或报平安，一边用梆子敲出更点，一边仄着嗓子喊："关好门窗，小心火烛！"或"平安无事喽"！那行为，果然就有一点神秘、怪异。

然而，村里的"老更官儿"却与传统更夫还有着很大的差别。他们的主要职责一是看守生产队的物品、牲畜不被偷盗；二是在指定的时间里把社员叫醒，上工。

一般情况，"更官儿"往往由村里年老的鳏夫担任。对于一个没有妻儿牵挂的人，反正也是无家可归，那就以"社"为家吧，这在形式上和情感上，都接近于两相交托。于是，"更官儿"就像经营自己的家一样经营起每一个生产队的夜晚。有狼进犯羊圈时他会警觉地叫来住在附近的人及时驱赶；有贼人拿了生产队的东西他会立即报告；如果夜间有饥饿的孩子到生产队里去找他，他便会自行做主，把队里存放的可食之物拿一点儿来给孩子充饥；如果村民有什么特殊的事情需要在夜间某一个时刻醒来，他便去把那人及时叫醒。

一切都自然而正常，并没什么异样。只是每天凌晨那次叫醒，村里的张更官儿总是采取一种很特别的方式，他会走到每一户人家的窗子下大喊一声："干——活噢——"然后走开，等声音再次传来时，已经比先前小了很多，大约他已经站到了另一户人家的窗前。最不可思议的是他那一声叫喊，在夜里，听起来总是显得十分突兀、怪异，仿佛一缕凌厉的风，自黑暗与光明之间或世界与幽冥之间，逶迤而来，拖一条无形而悠长的尾巴梭巡于村庄狭窄的街巷，从东到西，从南到北。最后，又总如一只收拢了翅膀的大鸟，无声地盘踞于村中某棵大树的梢头，等待着下一个凌晨的下一次飞翔。

谁能够相信那声音就是发自张更官儿那个平时低声细气的喉咙呢？好多人想亲眼看个究竟，但张更官儿不是躺在生产队的炕上睡觉一声不响，就是和往常一样低声细语地与村里的人说话，人们到底还是无法把白天的张更官儿与凌晨那一声叫喊联系到一起。久而久之，张更官儿在村民的眼里渐渐变得缥缈和陌生起来，似乎他和村民们已经分属于不同境界，村民们属于白天，而张更官儿只属于夜晚。

秋冬之夜的凌晨三四点钟，正是阴阳交错、明暗相接的时辰，据村民讲，那时人与鬼魂们会走在同一条路上，而张更官儿每天正是在那个时辰里行走，难道他就不怕受到魅惑吗？或他身上具有让那些影子退避三舍的超能吗？当人们对张更官儿提起这些时，他泰然自若，笑而不答，仿佛一切都不在话下。后来，人们发现，那么多年，张更官儿不但每天按时把人们叫醒，而且连一次都没有因事或因病而缺勤，几乎是风雨无阻，雷打不动。突然，他在人们的眼里变得雄壮、有力和令人敬畏起来，仿佛他往村头一站，村庄的夜晚就多了一颗不发光的太阳。那时，我们年纪还小，夜里常常因为想起一些鬼怪故事而难以入眠，于是便只能怀着深深的惊惧一分一秒艰难地挨过长夜，并焦急地期盼着打更人的声音快快在黑暗中响起。

往往，那一声"干——活噢——"的吆喝过后不久，报晓的公鸡就开始了第二遍鸣叫。村子里到处响起了细微的声音——窸窣的穿衣声、柴草的摩擦声和门的开合声。新婚的小夫妻往往睡得深沉，被重重的搅扰推到了醒的边缘，吃力地翻一下身，紧接着又一次沉入梦乡。许久，隔着灶屋的老人听听仍没有动静，开始大声呼唤起那个后生的大名儿或小名儿。

"什么时辰了？"

"更官儿早就叫过了。"

半梦半醒的迷茫之中，人们是说不清楚到底是什么时辰的，但只要"更官儿"一叫，不管什么时辰，就是不可置疑的起床时辰。紧接着，很多人家的灯会在半透明的窗纸后亮起来，但其缥缈、微弱的光亮却远远穿不透夜色的幽深。

有一些小孩子也跟着大人醒来，但很快又会睡去。有时，我的意识会在极度的困倦里维持短暂的清醒，于是便能够听到父母亲小声说话，以及父亲吞咽食物时的咕噜声。父亲那时年轻，威武健壮，干农活儿一个人能顶得住一个半劳力，躺在床上听他走路，感觉整座房子都跟着颤动。父亲去世后，他那个时期的形象便成为我比较固定的怀念。他们说话的声音恰到好处，刚好没有把我们彻底吵醒，也刚好让我无法听清说话的内容。那情景，仿佛来自一个遥远的梦境，或干脆就是一个梦的有机组成部分。

村庄终于再一次平静下来。当曙光把窗间的油纸映成微红，第二批起床的人们开始揉着惺忪的睡眼，真正开始了一天的活动：生火做饭，喂猪喂鸡，打发孩子到五里地以外的小学去上学……

童年时，感觉最漫长的两件事都与上学有关，一个是上学的路，一个是学校里的课，都有着一个共同特点，那就是盼也盼不到头，每一样都需要我拿出巨大的意志力去奋力对付。尤其是上课，有时正上着课，突然就眼前模糊起来，意识渐失，再睁开眼的时候，与目光直接相撞的，就是老师那张充满了嗔怒的脸或鄙视的目光。不期而至的惊醒和倏然而逝的梦境，便同时破碎，如纷纷扬扬的粉笔灰无声飘落，在穿过斜射进教室的光束时，泛起一片耀眼的光亮。

突然，令人沮丧的静默里，骤起一声奇异的呼喊："干——活噢——"几乎无法判断，那一声呼喊是来自于往昔的记忆，还是来自于未来的期待，它就如一缕不易察觉的风，带着异香，从我童年的鼻翼及额际间，轻轻掠过——

遇　见

　　人生就是一次次的"遇见"。遇见时代,遇见事件,遇见山水,遇见人……也许, 每一次意想不到或意料之中的遇见都是生命成长过程中的一次阳光、一次雨露或者一次风霜。但无论如何,遇见, 总是一种机缘。

　　半生中,曾多次去过炙手可热的云南,昆明、西双版纳、大理、丽江……游历过很多地方, 只是没有去过曲靖;也认识或遇到过很多的人, 学者、作家、工商士农以及边民、"土司"……与很多人有过或深或浅的交流和交往, 但只是没有遇见过一个足以让人想到"遇见"两个字的人。

　　这次去曲靖、去会泽,与洪峰一家人朝夕相处了近一周时间,却让我突然有了"遇见"的感慨。这感慨很深, 也很复杂,因为我感受到的"遇见",不仅是一个家喻户晓的作家,更是一个身在红尘、有血有肉的"活"人, 同时, 也包括与现在的洪峰密不可分的那些山水、自然和人文。

　　本来, 对作家洪峰早已经"熟"得不能再熟了。虽然从未谋面，但他的作品、他离开老家吉林之后留下的那些故事，以及他在异地他乡又新制造出的那些遭遇或境遇，已经在左耳和右耳之间穿梭往来不知有多少个回合了。所以，见面之前并没有觉得有什么突然；见面后，简单寒暄，然后各归其位，也没觉得有什么意外。只有在共同乘车去罗平的路上，听他断续讲起女儿珞妮的出生和成长，才发觉眼前的这个人和以前从别人口中传说的作家似乎并没有太大的关系。原来，这个人我并不了解，甚至，一无所知。

其实，就风光而言，罗平还是美丽的。不但美丽，而且是我领略过的诸多风光中最震撼人心的一处。罗平县地处滇东高原向黔西高原过渡的斜坡上，地势西北高，东南低，地形地质结构复杂，素有"鸡鸣三省""滇黔锁钥"和"东方花园"等美称。在这里，我们暂且放下九龙河上那十级高低宽窄不等、形态各异的连环瀑布群不说，东部那海拔 2468 米的白蜡山也不说，但只说中部的油菜花海。20 万亩连片种植的油菜花在罗平坝子竞相怒放，给人的视觉冲击是巨大的。置身那流金溢彩、绵延数十里的花海之中，仿佛置身于一个金色的梦境。花海深处隐约闪现的村寨，一向有"中国吉卜赛人"之称的养蜂人和摆在小房子前那些逸着香气的蜜，此起彼伏或连绵或独立的喀斯特锥形山体，兴高采烈又穿戴得花枝招展的游人，以及我们的、别人的走走停停的车辆……一切都带着几分不够真实的色彩，一切都沾染上几分油菜花的芬芳与甜蜜。

尽管如此，我还是忍不住一次次从美丽的风光中返身，重新回到洪峰的讲述或故事之中。依我的理解，不论作为作家的洪峰还是作为普通居民的洪峰，他都是云南省一处不可忽视的"风景"。于我而言，一处人文的风景，有时比一处自然风景还有着更多的内涵和吸引力，更何况，他又是洪峰。

中国著名作家洪峰在沈阳街头讨饭事件已经过去多年，事件的前因后果也已经在网上折腾得家喻户晓，其间的是非恩怨也不必由我等在此议论和评说。只是从那之后，就很少再听到洪峰的消息，仿佛这个人随着那一事件的渐无声息，也淡出了文坛，淡出了东北这个地域。

后来，从洪峰看小珞妮那甜蜜、慈爱的目光里，我进一步确认了，后来的洪峰一定是发生了脱胎换骨的变化。那么，从前的那个狂傲不羁的洪峰到哪里去了呢？难道现在这个躯壳里住的是另外的一个人吗？曾有智者说："人的生命里总有属神和属魔的两个自我一直在征战。"这就让人想到，一个人随时都可能发生改变，因为征战随时都可能分出胜负。

事实上，人的一生都在变化着、成长着，只是过程缓慢而又艰难。如果没有一个特殊的环境支持，没有巨大的外部助力，这种征战很可能至死也不会有一个输赢胜负。许多人都已经很老了，依然没有一个平和、稳定的生命状态，一天晴，一天阴，一阵风，一阵雨的，也许就是内部的征战还没有停息。

对于从前的洪峰，我没有系统地了解和研究，不知道他是否确实有过内部的征战。但自从他踏上云南的土地，特别是定居会泽之后，有关他的很多事情确实已经和从前不同了，最起码，给别人的感觉不一样了。云南是一个机缘，对洪峰而言，可能既是生存空间的一个转折，也是生命历程上的一个转折。

2008年，大约"上街乞讨"事件过后两年，洪峰决定离开沈阳，随重病在身的妻子蒋燕去了她的老家云南会泽。此一去，原是为心中那份不可漠视的爱而往；没想到，却因为另一个生命、另一份爱的意外到来而愈深愈重。

为了蒋燕的治疗和康复，洪峰要不断奔波于会泽和沈阳之间。前后大约五年的时间，洪峰陪蒋燕共同经历了十几次大大小小的手术和化疗、放疗以及数不尽的疼痛。"那时候她经常会疼得半昏迷，我握着她的手坐在床边一直看着她醒来。她睁开眼睛的第一件事是对着我无声地笑一下……"多年后，当洪峰回忆当时情形时，让人感受到，他平静的表情下面，那颗心仍在颤抖。

蒋燕的治疗过程，很像是洪峰夫妇与病魔之间的一场交换。病魔可以不要她的命，但她必须付出一次次的昏厥和旷日持久的疼痛。后来，蒋燕身上的癌细胞消失了，生命的活力和机能也消失了，病魔已经将她扫荡一空。根据她当时的状况，医生建议，最好再怀一次孕，否则自身机能已无法激活或恢复。至于胎儿，即便侥幸形成，也无法发育成正常婴儿，一旦完成使命也到了它消失的时候。因为子宫癌患者的治疗过程似乎也就是杀伤卵子的过程，固有20万个卵子基本会被杀光殆尽，侥幸有少量存活下来，也将"残缺不全"，所以在医学上至今还没有哪个女性能够在子宫癌治愈后，可以正常怀孕和生育。然而，谁都没有想到，接下来出场的却是一个天使，她不仅驱赶了病魔的诅咒，而且还给自己在这个世界占了一个小小的席位，使很多不可能变成了可能。

"珞妮成为活着的小人儿，属于一个生命奇迹。"

这是洪峰的原话，但洪峰这句话的所指，非常单纯，就关于珞妮的降生，并不包括蒋燕的顺利怀孕和后来身体机能的全面恢复，虽然那些也都堪称神奇。有关这段故事，作为文学家的洪峰在他的"珞妮山庄记事"中已有记载，并且写得详尽又有文采——

珞妮还在母亲老燕的肚子里就一直被监控着，医生非常担心母体放、化疗会引发一些基因方面的变异，从而造成胎儿从生成起就发育不正常，生出来的小娃娃缺胳膊少腿似乎还可以容忍，脑瘫白痴弱智就残酷得近乎造孽了。每周都要统计各种数据，所有数据都显示她是一个健康的胎儿……如今她来到这个不仅有水还有阳光的世界已经第十一天了，仍然可以判断她健康……其实我想说，如果珞妮不是产前检查发现脐带绕脖两圈，是要正常生产的。说来也有点特别，珞妮入盆之后一直没有出现脐带缠绕现象，医生一致认为入盆之后没有脐带缠绕就不会缠绕了："正常生产没问题。"中国医科大学的妇产科赵教授这样说……但珞妮偏偏在成为人的前几个小时被发现脐带缠上了脖子，而且一缠就是两圈，一圈还可以顺产，两圈以上必须剖腹了。这种情形让我和老燕都很失望，但也只能服从医生的指示了……之后发生的事情让人后怕：由于经过多次手术和放、化疗，子宫内膜基本处于严重破损状态，胎盘在生长过程中慢慢植入子宫壁，也就是说胎盘和子宫长在了一起，它们不再是各自独立的空间了。医学术语叫作"胎盘植入"。该死的植入！赵教授在电话里说："十分钟之内，死定了！"几天之后她还说："生命真是太神奇了！"胎儿入盆之后还能脐带绕脖，概率太小太小了。如果珞妮没有脐带绕脖，就意味着正常生产。孩子接生后医生要取出胎盘，而胎盘植入了子宫壁，和子宫成为一体——正常生产已经基本完成，医生不可能看见子宫里面发生的事情，于是就按照正常手术程序拉胎盘出来，于是子宫不可避免就要被拉破拉穿，于是大出血……

可以想象，如果真的面对传说中的天使，一个人会持怎样的态度，会有怎样的表现。如今"天使"不仅就在眼前，而且还成了自己的亲闺女，洪峰的心，定然是柔软的。人的心一软，世界在他的眼中就会变成另外的样子和另外的颜色。一个人一旦被爱融化之后，就是暖水中的冰，终究要消失在水里；就是阳光下的露珠，终究要消失在光里。过往的一切骄傲、一切不平和恩怨，似乎都可以放下了。谈及往事，洪峰除了自己之外，对任何人和事件儿均表现出宽容和大度，甚至对曾伤害过自己的那些人都抱有体谅和理解的态度。唯有对自己，检讨、反思远多于自得。

2012 年的"被殴事件"，似乎一下子洗去了洪峰身上的最后一缕"戾气"。此后，他真正地沉静如水，除了悉心料理自己的"电子商务"，就和他深爱的妻子、女儿以及一群藏獒、"德牧"安静地住在他的"珞妮山庄"里，深居简出，倾注全部的心血、情感和才华，静观、记录、体悟着生活的起伏和变化，以及生命的流逝和成长。

看似什么都放得下的洪峰，对女儿珞妮却是真真切切地放不下，放不下心，也放不了手："我从来没有让珞妮离开过我的视线。"

在罗平的花海中，洪峰还曾那么说，但到了师宗的菌子山，他似乎完全放松下来。有很多的时间和路程，小珞妮离开洪峰的身边，和同行的作家们一起玩耍，或摆出可爱的"pose"，和大家一起拍照取乐。期间，洪峰就和我们一起说云南，说曲靖，说他现在的家。虽然云南曾给他留下过不愉快的记忆，但他对云南，仍旧心怀感激并情有独钟。路上，他不止一次对同行的人表达他对云南特别是滇东地区气候和自然环境的赞美，并很认真地约请大家，一旦可以摆脱冗务纠缠，就来云南在他的庄园边筑屋落院，同住，同游，共同谈论与这优美的山水堪称绝配的文学。

不知洪峰是否听说过，有人曾把师宗的菌子山称作"中国养心天堂"，但近几年很少出门的他却每年都要带小珞妮来一趟菌子山。至于为什么，我并没有进一步追问，谈吐间他已经充分流露了对此山此水的倾心与热爱。走着走着，他就会把手一挥，提醒大家："你们看这些石头！"走着走着，他又把手一挥，再一次提醒大家："你们看这些植物！"而提醒之后的结论却基本只有一条："这些石头的摆放以及这些植物的搭配，多么神奇！大、小、高、矮、前、后、左、右，一切都浑然天成，只要再动一动，再差一点就不够完美……"人世间的很多事情都是说不清原因和理由的，但热爱却总是终极理由，只要有了热爱，其他什么理由都不再成其为理由。

关于素有"滇东屋脊"之称的菌子山，洪峰先生并不看重它的巍峨高大和气势凌云。事实上，它可爱之处确实并不仅来自于它的"宏大叙事",令人痴迷、令人沉醉的也正是隐藏在表象下面那些精致、微妙的细节。比如山上遍布的奇花、异木、险峰、怪石、草甸、灵溪……因为山中的山石植物、环境布局层出不穷,所营造出的氛围就变化多端,一会儿安恬宁静,酷似北欧风光;一会儿又苍凉凄美,宛若饱经风雨剥蚀的古代城池。山中最值得一提的两种植物,一种是红花木莲,一种是杜鹃。有人做过统计,菌子山的红花木莲约有 30 亩,是国内迄今发现最大的自然群落。而绵延连片的杜鹃花,更是菌子山的骄傲。据说,每年 2 至 3 月份菌子山的杜鹃灿然开放,花色鲜红,40 天不谢。盛开时,成千上万朵绽放的杜鹃花,红艳夺目,含羞欲滴,铺天盖地,成为菌子山最靓丽最壮观的景色之一。

遗憾的是,我们去时已经是 3 月中旬,却只有寥寥几朵红杜鹃如春天的"探子",躲躲闪闪地开在枝头,大部分花朵纷纷藏在暗处,引而不发,不知道它们在为谁等待,要等到何时。但漫山遍野的石头却纷纷发出"芽儿"来,笋子一样,或独立或成片,神态坚毅地指向天空。尽管它们在这个春天似乎是走在了前边,但并没有抢占先机的愿望。它们并不急切。可以看出,它们几百、几千年以前就已经是那个状态了,它们拥有着漫长的、漫长得让人类无法想象的岁月,所以它们并不在意我们眼中的春夏秋冬,更不在意我们心中的冷暖炎凉。和它们的季节相比,人类所经历的任何季节不过是微不足道的一瞬,它们在自己的季节里一刻不停地变化、发展、成长,在我们看来却是没有任何变化的、永恒的或凝固的。因为"伟大"与"渺小"之间,"永恒"与"短暂"之间那道难以逾越的鸿沟,我们在理解那些石头的时候，经常需要将思考升级为"信念"。说来不幸，即便我们以信念去支撑我们那短暂、脆弱、渺小的生命，也不一定能看到石头开花。是的，我们通常总是拘泥于或专注于生活态度，在本来无解的生活里寻求每一个清晰、具体的结果；而那些石头向我们呈现的却是一种生命态度，从始至终都无关什么结果。

从师宗回到会泽后，洪峰邀请我们一行去他的"珞妮山庄"做客。路上，刚满5岁的小珞妮，很自觉地从大家"你争我夺"的热络中挣脱出来，执意要站在副驾驶座位的后边，为司机看路，因为她知道爸爸洪峰的眼睛不好，夜间看不清道路。小小的人儿竟然如此懂事，如此温暖、体贴，直让在座的成人们感动得唏嘘不已。此前，大家还在一直担心，洪峰坚持不送珞妮去幼儿园让她和社会上其他孩子一样受传统的符合程序的教育，会不会影响她将来的发展。比如，升学，求知，就业，成名成家或出人头地……洪峰认为，这些都无所谓有，也无所谓无。有或没有，要或不要，那都只是生活态度问题，"而我只关注生命的态度"。

从目前小珞妮的实际情况看，洪峰或许是对的。一个孩子，当她的天性还没有受到污染或伤害时，为什么要急着让她进入泥沙俱下的社会呢？和不持偏见的父母在一起；和友善的亲人、友人在一起；和不懂虚伪的藏獒、小鸡在一起；和顺应天意、自然的植物们在一起，难道不比去那些掺杂了太多成人因素实际并不幼稚的幼稚园更好吗？

那些天，因为我的两只手不小心被一种不知名的小虫叮咬，起了很多大包，奇痒无比。于是，精于中医药的蒋燕便自制偏方，熬了一盆花椒水为我泡手疗"毒"。泡手期间，小珞妮就一直守在我身边，一下下撩水，浸泡那些泡不到的地方，表情专注而庄严，仿佛她自己肩负着治病救人的天职，她的手不到，我的"病"就会不去！那一刻，我突然因为这个可爱的孩子对云南以及云南的会泽有了更多的感念。毕竟，一方水土养育了一方人，一个完全受当地自然和人文滋养成长起来的孩子，就是那个地域的精灵，她的情感和心性之中必然要透出那个地域的文化基因和气息。

想当初，会泽也不是一个无名小镇。自商代开始，这里就掀开了因铜而名、而富的华丽篇章，一个兴盛周期下来就是遑遑的三千年。至今，上百座古会馆、寺庙、宗祠，集合一处被称为"一座没有围墙的古建筑博物馆"，仍无声地印证着往昔的繁荣与辉煌。大幕落下，荣华散尽，但三千年的文化积淀却凝固和留存下来。无论如何这地方是辉煌和昌盛过的，是有经历的。随意拿出一样东西，比如堂琅铜洗、会泽斑铜和有"世界钱王"之称的"嘉靖通宝"，都足以把一个没有见过世面的庸常之人"镇"一个"趔趄"。

作家洪峰的情况大约也和他安居的古城会泽一样，别看他主动选择了隐居，收起了他在文坛的声息，但毕竟是有过辉煌经历、见过大世面的人。作为一个作家，他的存在、他的气场和他在文学史上的地位和影响都还在。在这种地方，在这样家庭里长大的珞妮，就是一生也不去那些机械刻板的"学堂"，她的慧心也不可能不得到开启；她的天性也不可能不得到发挥和张扬。不管将来机缘让她走在哪一条路上，也决然不会等同于马武村出来的一名普通村姑!

　　脑海中突然映现出 1500 年前《爨龙颜碑》里的句子："独步南境，卓尔不群。"不免又犹豫片刻。虽然字面意思早已清晰明了，一个人是否"卓尔不群"与是否"独步南境"没什么因果关系，但直感上却犯了一个臆断的"毛病"，就是觉得如果一个人只要"独步南境"，或多或少都会显得"卓尔不群"。显然，这是谬解，但也不失为一种美好的愿望。但愿与这个地域有缘分的人，在身临"南境"之时，都能够在深入地品味和感悟中，得此处山水的灵性与精髓，进而使灵魂受到洗涤，境界获得擢升。

时间的形态

一

著名的宇宙学家史蒂芬·霍金坐在他的轮椅上，一双棕灰色的眼睛纯净、澄澈，如宇宙中一对未被污染过的星球。那时，他身体上唯一"活着"的器官大约只剩下这双眼睛了，它们已经成为一个生命退守的最后领地。因为它们到大脑之间的这段距离已经无法掩藏一个闪着奇异之光的灵魂，所以它们看起来明亮而又深邃。

每当我凝视这样的一双眼睛，就不由自主被它们强烈吸引，现实感顿然消失，仿佛置身于一个真实而又虚幻的秘密，一个关于时间的秘密。它们用一种若有若无的"声音"告诉我："时间原来是弯曲的。"

如果在三十年以前，我一定会像接受一个真理一样，毫不迟疑也毫不费力地接受并认同他的这个推论。那时，我的想象力十分丰富，对于任何抽象的结论或事物，都能够在生活中找到具象的表达或描述。

所谓的弯曲，不过是一段优美或并不优美的弧线。

每天，太阳从东方的地平线升起，又从西方的地平线消失，在天上兜了一个硕大的圈子，地上的一切就都被它圈在了里面。飞鸟在天空行进，瞬间将翅膀展开，然后又合拢，身体被气流托起，然后又按自由落体的运动曲线下降，其间不过是一秒甚至更短的间隔，如此循环往复，从静止到下一次的静止，有时会回到空间的起点，有时却仅仅是时间里一段开放的行程。但是，鹰在天空里盘旋，翅膀却会长时间保持一种平直状态，它们不屑于制造出那么多慌乱的扑打、摆动，因为它们有足够的能力把弧线画得不像弧线而更像直线。其实，地平线并不是直的，而是一段曲线，只是因为人类自身的渺小和局限常常凭直觉把它看成了直的。

从远处看，河是静止的，但其间的水却一直在不停流动，流着流着，就在某处多了一道弯，又在另一处少了一道弯，时间，就在那弯弯曲曲的变幻里藏下身来。因为人们缺少时间所拥有的耐力和能力，所以必定对时间形态和长度的变化无知无觉。

河岸上有一只觅食的苍狼，在草丛里从容地迈开它均匀的步子，一会儿弯向东，一会儿弯向西，头抬起来，又俯下……一只受了惊吓的野兔突然从草丛中一跃而起，它弓起又展开的腰身，有那么一个时刻甚至远远超越了高高的草尖儿，富有弹性的跳跃，每一次落地都如一只充满空气的皮球，立即弹回原来的高度。一双躲在芦苇荡里交尾的矮脚鹬，因为受到了意外的打扰，抛出一串极其圆润、波折的鸣叫在如洗的天空里，表达了柔情未尽的遗憾与不满。野麻鸭则像往常一样，扑棱棱地起，又扑棱棱地落，只将落脚的水面上砸出了一道道波纹，一圈儿又一圈儿，一圈儿又一圈儿，由近及远地扩散开去……

蔓生的牵牛花与豆角秧，在某户农家园子的墙里和墙外，几乎同时以"合法"或"不合法"的身份向上展开攀爬，欲望强烈的蔓儿们还没来得及长出叶子，就凭借自己高超的缠绕、吸附之功在泥墙边成功地画出道道弧线，让人感觉它们在攀升中抓住的并不是旁边可以依附的物体，而是那一缕缕温暖明亮的阳光。向日葵终于把高傲的头慢慢低下；采花的蜜蜂离开后似乎又想起了什么，一个圈子兜回来，再一次落在刚刚落过的花蕊之上；母亲那时还年轻，俯身将一枚西红柿摘下，放入篮中，一转身，仅仅历经了一道虚拟的圆弧，就再也寻不到自己的孩子，檐前的劳燕仍然围着旧家徘徊不去，而自己的孩子们却如一群"出飞"的燕子纷然离散，在不同的城市里筑起了各自的新"巢"。

一生没有离开过村庄的三奶奶，仍维持着多年养成的老习惯，在每一个风和日暖的好日子，以一根木杠支起自家的窗……那年也是这样的一个季节，她以同样的方式打开自家的窗，一段小小的弧线刚好展开，便有一枚巨大的炮弹拖着无形的尾巴从迎面的天空呼啸而至，像一只不祥的大鸟，闪电一般越过屋顶，在屋后的开阔地上炸开一团火光。随着一声沉闷的巨响，她的家和家人便统统消失了。人在失去知觉的时候，肯定不会知道时间是以什么形态存在的，或许，那一段光滑圆润如青花瓷碗的时间，早已在大爆炸中支离破碎成一地残片，并消隐于无觉无见的黑暗之中。当房子再一次从地上"长"出来时，三奶奶仿佛已忘记一切前尘往事，时间也如一棵弯弯的豆芽重新破土生长。至于那颗炮弹是谁人为什么扔下的，索性就不再去想了吧，很多事情你想或不想，知道或不知道其实是一样的，一切都在一条事先铺好的轨道上运行着，而这条轨道却如时间本身一样，从来都不会以某个人的意志为转移。对于这些，三奶奶什么也不说，只是信手抛一把火红的高粱，给窗外等着吃食的鸽子。

就那么简单的一挥手，很多很多美好或不美好的往事便随风而逝；很多很多曾牵挂或深爱的人便成离人。

爸爸在世时，力气很大，不管多硬的泥土，往往一镐下去，都能够刨进半尺有余。就那么一镐镐地刨下去，那些本来暗淡无光的岁月便有幸免于荒芜。那一日日、一年年的劳作连续起来，竟然成了一条时光的珠链，由一道道优美而有力量的弧线串联而成，沉实、绚丽地挂在记忆的胸前。

到底什么是记忆呢？不过是被时光的残骸层层埋葬的往事的残骸，它曾经确确实实地存在过，而如今，确实已无法重现，无法触摸。不管多么优美的弧线总会有另一些弧线取而代之。再回首，身后那条自以为很平很直的路，竟然也是一道道的起伏跌宕，一道道的弯转曲折，其上又撒满了左顾右盼、跌倒爬起、步履匆匆、欢呼雀跃、沉重迟疑、马踏飞尘、车轮旋转……种种纷乱无序的弧线尽皆凝固成过往的时光片段，纵然乘坐波音空客以一个更加夸张的跨度、更加霸气的大弧一日万里地追寻，仍难觅其踪。

其实，那些不耕又不种的老师，个个都精通时间的巫术，只要把教鞭一挥，那些小括号、中括号和大括号，就成了一道道枷锁，我们的童年和少年，便被牢牢地锁在其中。一直到我们以自己的血肉之躯将枷锁胀裂，分崩离析，我们都只是一个倒霉的逗号，没日没夜，无冬无夏，无休无止，上气不接下气地赶往一个虚拟的目的地。

正当我们在学校昏暗的教室里与时光较力的时候，爷爷却在窗外远处的农田里一点点弯下了腰，虽然他脸上并没有任何不快或痛苦的表情，但我知道时间的力量正沉重地施加于他的身体和生命。时间的狡猾与强劲，无人能比，它最知道什么时候对什么人动手，施加多大的力量，而每一个被时间征服的人，最后都要成为时间的傀儡，以一道曲度越来越大的弧线描述出时间的形态。

不难想象，有一些弧线，只要连在一起或当一个弧线在原有基础上继续弯曲，都能成为一个圆环。一旦弧线成为圆环的时候，最简单的事物就成了一道最难破解的谜题，成为只有一棵树的森林，人类经常会在这样的地方迷了路。

一盘磨，就那么日夜不停地旋转，如果有必要，最后的终点总能够与最初的起点重合，那一瞬，会让我们认定它此前从来都没有做过任何的运动。唯一不同的是，磨眼里的粮食从中间的孔洞落入，又从磨的边缘溢出，但却不再是原来那样完整的颗粒，而是破碎成不可复原的齑粉。直面时间，我们难免要深陷疑惑，我们到底是从哪一个入口误入了时间的流程呢？

夜晚，总是从黑暗开始。紧接着，时间便会在夜幕上显现，生出它银白色如钩如镰的幼芽儿。之后，它将如生命的领舞者一样，开始永不停止地循环和没有穷尽地往复——由小而大，由缺而圆，由盈而灭，以及再一次的开始……

二

本来，我完全可以像作家查里斯·兰姆那样刻意回避开对时间和空间的追问与思考。那样的话，我也能自然而然地像他一样发出这样的感叹："它们给我带来的烦恼比任何其他东西都少。"然而，一个人肩上一旦套上了科学的精神"夹板儿"，就注定会像一头驴子一样，终其一生对一切令人困惑的问题穷追不舍。即便是史蒂芬·霍金和爱因斯坦那样天才的科学家，在我自己没有充分领会和理解之前，也不会轻易相信或迷信。对科学和科学家的怀疑，本身就是一种科学精神的体现。关于时间，我所能够感受到的时间，其形态往往并不是"弯曲"那么简单，也许会更加抽象，也更加具体。

时间的广大已经毋庸置疑。如果时间是海，那么我们只能是海里一只小小的丁螺，甚至连丁螺都算不上，只是海底的一粒沙。在海的运动中，我们的一切行动都只是挣扎与蠕动，徒劳、微弱、不足挂齿。我们一茬茬、一代代，看似积极却实际很无奈地等待着那个不动声色却无往而不至的海，把我们生命的痕迹悄无声息地毁灭或推送到一个无法预知的角落。

在这种情形下，我们怎么能够知道时间是什么样子的呢？一切都只是想象与推测。唯有想象与推测。如果我们本身就是海，就是宇宙，就是时间，我们本身就是那些伟大的事物，一切都包含于我们的内部或胸怀之中，我们还用得着去想象吗？看来，想象与推测，已是弱小、无知者唯一可用的武器和必由之路了。但不管时间有多么广大无边，多么难以想象，都不妨碍我们独自拥有，就像一粒沙不管多么渺小仍然有可能拥有自己的海一样。时间的神奇正在于它可以任由时间之中的任何事物随意截取和剪裁，只是你要拥有一些捕捉的天赋。

时间的最初形态，在我的头脑里，不过是一滴晶莹的水。

早春的农舍，因为屋顶冰雪融化，檐前总会整整齐齐地悬挂着一排冰凌，仿佛一排等待着时间之锤击打的钉子。然而，年幼的我，虽然经常趴在窗台上，怀着惊恐的心情紧盯着那些尖锐的锥体，却始终也没有听到过那一声让人绝望的轰然巨响。太阳出来了，暖暖的阳光就像一些神秘而令人感动的话语，照耀、感化着一切。于是，有一些透明的液体，从冰凌最顶端不断地滑下，在冰凌的顶尖儿处汇聚成一粒粒圆圆的水珠，一颗接一颗均匀地滴落，并发出钻石般耀眼的光芒。一滴、两滴、三滴……时间就这样被分割成一粒粒水珠，等所有的水滴都落到了地上，春天就降临了。

但是，我只是看到了春天，那么时间去了哪里呢？那些小水滴，后来又幻化成了什么？走在上学的路上，我就一直思考着这个问题。而老师的课似乎总是很长很长，长到让我们感觉永远没有尽头。一个知识点接着一个知识点地铺开，当所有的知识连成一片，却又像倾洒了的墨水瓶将所有的知识糊成一团，一团黑暗得难以再度化开的墨迹。也不知过了几世几劫，终于有铃声如决堤的潮水从破窗的孔洞中灌注进来，这时我才恍悟，原来时间一直躲在电铃里，只等待着一道指令，只等待着一个出口儿。尔后，我们也如拥挤在一处还没来得及发出的声音，各自从洞开的教室门口，纷纷涌了出来，并释放出越来越大的噪音。那一刻，我们真以为我们拥有了时间，或跟上了时间的脚步。

最难耐的还是夜晚。在那些漆黑得甚至连一颗星星都看不到的夜晚，睡眠有时会突然无情无义地抽身而走，只把你一个人扔在无边无际也没有底部的黑暗之中。一个人，只有那时才能体会到沉沦的真正含义。沉沦，不仅仅是沉坠，而是沉坠得无休无止且无法控制、无可奈何。世界连同时间仿佛已经同时死去或昏迷。在那样一个没有一丝生气更谈不上生机的夜晚，哪怕有一声蝼蛄的哀鸣，哪怕有一串仓鼠的脚步声，都是一种恩赐。然而，世界并没有走到尽头，时间也没有死去或停滞。

嘀嗒、嘀嗒、嘀嗒……

墙上的老挂钟不停地传出一种金属摩擦混杂着脚踩落叶的声音。越是在这样的夜晚，它的节奏就越加清晰、透彻。仿佛真有一个人或一个神灵在黑暗里行走，如同在白昼里微笑而从容地踱着方步。千万不要把这种打破寂静的声音也定义为噪音，如果你能够把握它的节奏，理解它的真正用意，它会使你很快从烦躁中沉静、安定下来。

那是时间的脚步。

它的出现，倒像是一个充足且没有穷尽的应许；也像是一个可以秘密、独自享用的暗示。时光啊，不再是毫无节制，毫无目的地遍地奔流，尽管它有时是一种催逼，有时是一种牵引，但此时却仅仅是一种安抚。它事先就等在你家墙壁上一个小方盒子里边，此时，只为你一点一滴地释放，只为你一点一滴地消磨，就如美酒存于玉壶之中，只为你独自一杯杯斟满，再一杯杯饮尽。也因此，人们经常扬扬得意地自诩为"时间的主人"。

难道时间是一条狗吗？真的可以随人任意豢养和支配？

从前，人们把时间养在沙漏里，像遛狗一样，一段一段训练着时间，让它跑得精准无误，不差毫厘。后来，人们又把时间搓进了细细的线香，燃着，一缕轻烟缭绕，时间不仅有了丝丝袅袅的样子，还有了好闻的味道。再后来，人们变得霸气起来。有的把时间装进一块巨大的金属里，像囚着囚徒一样，只在一些固定的时间里由撞钟人将大钟撞响，让时间出来放放风，人们才清晰地感觉到时间的存在。有的则把时间装进一个大盒子，置放于钟楼或挂、摆在厅堂，那种声音往往庄严、洪亮，冲着人群一响，就成为一个城市或一群人共同的参照，而听到钟声的人，也往往会怀着神圣的心情予以驻足或侧目。那是时间发出的声音，也是时间拥有的尊严。

多年以前，我家的墙上挂着一架体型很大的挂钟，桌上摆着一本纸页很薄的日历，我认定，那就是时间在我家里的两种形态。一种步子较小，一种步子较大，一种能走出声音，而另一种却完全可以转瞬而过，且不发出任何声音。这是完全可以由我自己掌控的两件事物，并且有时会因此而天真地认为，掌控住它们就可以掌控时间。所以有一些年头，看钟点儿和翻日历便成为我最大的"爱好"。每天天不亮，我就会凝神于指针的滴答声，期盼着那个可以从床上一跃而起的时刻；起床后做完该做的事情，再看看钟点儿确定是否可以吃饭；上课时盼着早点儿下课；课余时盼着早点在约定的时间里与伙伴儿们一起去淘气；春天时盼着野地里的花儿快些绽放；夏天时盼着田间地头的昆虫快些长大，好供我们捕捉、玩耍；秋天里盼着地里的农活儿早些结束，让人和大地一起闲下来；冬天里则盼着这个年关和下一个春天早些到来。只要时间的轮子能够飞快旋转，把我从泥潭般的生活旋涡里甩出，我就有希望长高、长壮，不受别人的欺负；就会接过爸爸手上的镐头，刨去生活的贫穷困苦；也就有可能远走高飞，过上浪漫快乐的生活，彻底告别那些孤独寂寞的日子……

千万种愿望和理由合成一句话，就是要"骑上时间的快马"，奔向远方。然而，时间并不认我这个"主人"，越是盼望时间过得快些，时间的脚步越如病牛一样缓慢、迟疑。忽一日，我眉头一皱，计上心来，索性就擅自把钟点拨快。但到了与人约定的某个时间，只我一个人赴着空约，而别人的约期仍然在若干小时之后；为了让一个期盼的日子早日到来，我恨不得把几页日历一齐撕去，但那个日子却根本不听我的召唤，表面上应着，脚步并没有因为我的努力而加快半步。那时，我一直以为是时间背叛了我；后来才懂得，是我背叛了时间。那些钟、那些表，那些可撕或不可撕的日历本，不过是时间与我们订立的一个契约，那并不是时间本身。

当我拥有了第一块手表时，已经在一个企业单位的最底层当上了一名技术工人，监控着一些整天轰轰作响的电气设备，过着日伏夜出，难得见人的倒班生活。那时，我已深知前路凶险，不知道在错误的时空里再往前走能陷落多深，早已不敢冒冒失失地期盼着时光能够通过某一个"快进"按钮到达一个定点。每天除了怀着依恋的心情回忆一些往事，就是在昏沉的梦里一次次重回少年时代。抬起手腕，那块耗费我许多积蓄和精力换来的表，里边的时间宛若被谁下了蛊毒，很邪性地猛推着不容分说的指针，正一秒秒迈着正步坚定前行。仿佛有一个无形的刀片，削面一样，一刀刀削着我无可奈何的生命。这时，如果我还会如少年时一样无知，就一定会毫不犹豫地把那些指针统统转回往昔。

以后的日子，我就一直觉得自己坐上了一架失控的马车，疯了一样地跑在崎岖不平的路上，各种部件和木板的狂响淹没了我叫停的声音，我自身的不适、痛苦和恐惧如车后飞扬的尘土，轻飘而又扶摇直上。时间真的是一匹疯马，我们却抓不到它的缰绳。

我们不是时间的主人，我们从来也没掌握过时间，只是时间掌握着我们。

三

史蒂芬·霍金在写完《时间简史》时，侧歪着头颅狡黠地转动了一下他那棕灰色的眼球，于是每时每刻都摆在他面前的电脑屏幕上，出现了这样一行英文："时间是根本没有始终的，它不可能被任何空间所包含。"那么，在我们有限的智力所能触及到的范围内，到底能够确认多少无始无终的事物呢？闭合的圆环、扭曲但没有开口的绳套、一堆无序却首尾相接的丝线、一张没有出口的网或口袋、一只绝望的蚂蚁在一只玻璃球内部拼命地爬……一切都无法将时间描述和测量。

事实上，时间的浩瀚无垠和无穷无尽，并不是人类所能想象的。

有时，我们很像一群在时间里游泳的鱼，但我们却触不到时间的边缘，因为在时间的水面之下还有一张细密的大网，恢恢然有如"天网"。我们每一个人、每一个生命都在这张透明的网里，包括那些思考着这张网到底是一个什么形态的人：爱因斯坦、牛顿、霍金……不管是谁，一旦触碰到了这张网，就触碰了自己的时限。虽然每一种生命、每一个人离这张网的距离不等，却早晚有一天能够抵达。

这是一个最有争议、最神秘的时刻。要么，是你在这个时限到来之际真正消失，化为乌有；要么你就越过这张网进入另外的维度，放弃现在的空间形态开始另一种形式的生存；要么，你就像一只海豚或一条燕鳐，把身体投向时间之外，逃脱时间的限制通过"虫洞"而获得永生。

如果时间是一种液体，我们到底在时间之中，还是时间在我们之中？如果时间在我们之中，那么时间将我们充满之后，它又流向了何处？如果我们在时间之中，时间又为什么不将我们载向永远，而是中途毁弃？

很多的老人，很多在这张网里游了很久的"鱼"，当他们的生命即将终结时，都会意味深长地告诉后来人："我的大限已到。"说完，他们便从容、平和地离开，如同去附近的公园里参加一次钓鱼比赛，但再也没有回来与家人共进晚餐。难道那一刻，他们的生命之唇真的触碰到了那张不可触碰的网吗？如果我们有足够的勇气和冷峻，应该把他们叫住，认真地问问他们：时间到底是什么形态？时间到底是流动的还是不动的？我们可以占据时间而让空间处于流动的状态吗？但知道秘密的人却从来不屑于说出秘密。他们的脚步，不再为这个时空里的人多停留一刻。

我们只能孤独地占据着自己的空间，想象着时间的流逝。

其实，时间从来没有流逝过，它就那么无限浩大地静止在那里，世间的万物都不过是时间的器皿，等待着时间一点点将自己注满。

时间将秒注满时，秒消失了，而下一个秒正在等待；时间把小时注满了，小时消失了，而下一个小时也在后面补充上来；日注满了，月注满了，季节注满了，年注满了……它们就纷纷被时间融化，失去踪影，重新成为可以再利用的时间。

当时间把秋风注满，秋风就消失了，雪落了下来；当时间把雪注满了，雪就消失了，天空里飘起了白云；当时间把白云注满，白云就消失了，有雨水洒落在地上；当时间把雨水注满时，雨水消失，草的根膨胀并复活了，时间从草根开始倾注，先是草叶、草茎，然后是花朵，遇到了那么美好的事物，时间也没有停止它的动作，仍然一点一滴注入了花朵。当时间滴注得恰到好处时，花朵娇艳欲滴，我的双眼却被倒灌的时间呛出了泪水。不管是高原上热烈的格桑花也好，草原上勇敢的萨日朗也好，深情的野百合也好，能够摄人魂魄的紫丁香也好，就让我随手采上一束捎给远方的爱人吧。因为去年的花期已过，今年的花期转眼不再，明年的花期又遥遥无期。至于明年的这个季节，六月也好，七月也罢，纵然有相同的草木，相同的花开，也已然不是我们当初相约的地点。当时间将花朵注满，山冈上、草原上到处是一派残破的景象。红的花、黄的花、紫的花、蓝的花、白的花……都已在时间的催逼下丢弃了原来的颜色，一夜之间，它们纷纷被涂成夜色。

当草被时间注满，树叶被时间注满，鸿雁的鸣叫被时间注满，流动的水被时间注满，温暖的阳光被时间注满，一切的期盼、向往、思念、回忆……都被时间一一注满，寒冷的日子就近了，时间将带着具体的冷和抽象的冷一同注入生命体内。此后的日子，千万千万要学会咬紧牙关。

当时间把鞋子注满，一双双鞋子消失，只剩下脚印；当时间将那一行曲曲弯弯的脚印注满，脚印消失，只剩下了道路；当时间把一条条道路注满，道路消失，只剩车流；当时间把车流注满，车流消失，只剩下拥塞；当时间把拥塞注满，只剩下一片末日般的破碎与狼藉。

当村庄被时间注满，当城镇被时间注满，当都市被时间注满，当山川被时间注满，当河流被时间注满，当岛屿被时间注满，当大陆被时间注满，当我们的家园和故乡被时间注满……我们这个星球不过是一滴晶莹的泪水，欲滴而不滴。那时，将不会再有人类追问时间的形态。

史蒂芬·霍金，这个可怜的天才，不知道他是从什么时候开始与时间结怨并被时间死死纠缠的。他之所以对时间如此敏感，就是因为时间不仅仅从时间的维度，而且也从空间的维度对他进行了腐蚀，先是他的身体，后是他的口唇，之后是他整个面部肌肉，当他整个生命即将被时间注满，只剩下双眼以上部位没有僵死。这时，我们完全有理由痛恨时间，时间的手法、节奏和时间的冷酷残忍，已清晰可见。

站在空旷的宇宙，站在宇宙中的太阳系，站在太阳系里其貌不扬的地球上，站在地球上某个寂静的夜晚，遥望浩渺的星空，感觉无处不在的时间正一点一滴将万物注满、淹没、化为虚无，突然又对自身不可回避的结局感到释然，如果我们注定是时间的器皿，那么我们不被时间注满，我们还能够成为器皿吗？

可是时间，当宇宙万物以及宇宙之外的万物终有一天全部被注满、消融，它还能够将什么注满呢？时间，那时只有时间，亘古孤独的时间。

薰　衣　草

　　这是第三个连晴日。

　　在英国，一年中透晴的日子加在一起也不会超过 30 个，所以这样连续地晴，就会让人感到有一点奢侈，好像把不多的一点儿积蓄集中在这几天挥霍了。如果不是天气而是人类，大概只有在节日里才能够这样慷慨吧，在这一点上，全世界的人都拥有着共同的禀赋——"吝啬"，往好听的方面讲，是节俭。但无论如何，这几天于英国人于我，都是比节日还难得的好日子。

　　对英国人来说，虽然每年的节日也不算多，但那些日子终究会如期而至的，该来时必然要来，像尽义务一样。时间久了就习以为常，不必惊喜，也不必感激。但天什么时候晴或什么时候阴，可不会随人们的意愿而改变，那得老天说了算，只有老天高兴时才能晴，也只有老天非常高兴时才可以连晴，那就注定了英国的晴天比节日来得不易。这一点很好理解，如果自己的老婆在家里给自己做一顿饭，那是正常的，理该如此，自然不必感谢；但如果是别人家的老婆在百忙中为你准备了一顿饭并无图谋，只是因为你需要有人帮助，那么，不管是谁都会觉得那女人真的很伟大，圣母玛利亚一样可爱，岂止要感谢，还要崇敬呢。

对于我来说，这些天就更比节日珍贵了。许多年以来，一直也没有机会和女儿朝夕相处，一起做一些喜欢或不一定喜欢但是需要做的事情，哪怕是为了一些小事儿争论争论，和她一起吵吵嘴、生生气也好，最起码，想看到她的时候一抬眼就能够看到，想听她说话时，呼唤一声就会有回应。突然就能够和她在一起，并且大部分时间是和她没有阻碍、没有干扰地单独在一起，这岂不是比过节还值得珍惜的事情吗？

女婿浩提议，这么好的阳光，应该开车去农场看薰衣草。于是我们三个人怀着阳光一样的心情，笑逐颜开地上了路。如果时光倒退几十年，倒退回小学时代，为了这样一份好心情，需要写一篇应景作文向老师交差，我想我都会毫无怨言。

为什么要去看薰衣草呢？女婿浩从小在伦敦长大，平日里应该很少到乡下，对于薰衣草大概也是听得多见得少，偶尔想起这个世界级的"大明星"可能也是情系之，心往之，想看个新奇。另外，浩虽然生在中产阶级家庭，但并没有像中国的富家子弟一样养成好吃懒做的习惯，他基本上一切都不依赖父母，不但读书刻苦，生活方面对自己要求也很严格，一边在公司工作，一边还要利用业余时间攻读注册会计师，日子过得忙碌而清苦，很少有时间到处游逛。和女儿从恋爱到结婚这几年时间里，两个人也始终没有一起去看过薰衣草，不知道两个人以前有没有过这方面的约定和计划，但借陪我的机会，也算是做了一件与爱情有关的事情吧。

其实，薰衣草一直就与爱情有关。特别是这几年，通过媒体和网络，全世界到处都在流传着普罗旺斯、普罗旺斯的薰衣草和与薰衣草有关的美丽传说。其中有一则是这样讲的：从前，有一位普罗旺斯少女在采花途中偶遇一位受伤的俊俏青年，少女一见倾心，将青年人留在家中疗伤。痊愈之日，深爱的两人已无法分离。由于家人的反对，女孩准备私奔到开满玫瑰花的爱人的故乡。临行，为检验对方的真心，女孩依照村中老奶奶的方法，将大把的薰衣草抛向男青年，突然间紫色轻烟升起，男青年随之不见，只留下一个隐约而神秘的声音——"其实我就是你想远行的心"。不久，少女也随着轻烟消失，两个人共同融化在爱情之中。从此，普罗旺斯——法国南部一个不起眼儿的小镇便成为薰衣草的故乡，也成了爱情的故乡或代名词。

然而，我所知道的事实是，薰衣草作为一种传统香料，它的历史远比普罗旺斯和普罗旺斯的爱情更加悠久。这种开有紫蓝色小花的芳香植物又被人们称为灵香草、香草、黄香草，其英文名为 Lavender。早在罗马时代薰衣草就已经有很普遍的种植，原产于地中海沿岸、欧洲各地及大洋洲列岛，后被广泛栽种于英国及南斯拉夫。

在英国，早在伊丽莎白时代就有"薰衣草代表真爱"的诗意表述。因此，当时的情人们流行着将薰衣草赠送给对方表达爱意已经成为风俗。而在这方面，英王室也是做出表率的，据说查理一世在追求 Nell Gwyn 时，就曾将一袋干燥的薰衣草，系上金色的缎带，送给心爱的人。

比较而言，法国的薰衣草如普罗旺斯的薰衣草，香味更浓烈，更具有提神作用；而英国的薰衣草香味较淡，起到的是宁神的作用。这倒有一点一方水土一方人的意思。法国的薰衣草在特性上竟然和总体上浪漫、激情的法国人一脉相承；而英国的薰衣草却与英国人一样偏于保守、稳健、优雅、理性。

我们要去的农场在距伦敦并不很远的萨里郡的小镇班斯蒂德，据说这里种植薰衣草的历史已有三百年之久。薰衣草正常的收获季节大约应该在七月末八月初的样子，但对于这点我们并不是很了解，所以我们去的时候，收获季节已过去一个多月，已经看不到想象中的紫蓝色花海。

这时，田野上的麦子也已经收割完毕，只留下一片平整的麦茬，远远看去仍然显现出一片金黄。而近处采摘过的薰衣草田却显得有一些灰颓，除了少数田垄上仍有一些新生的淡紫色花穗，大部分田垄呈现出令人失望的暗灰色。有的是因为花穗被采摘之后，只留下了那些小灌木的枝叶；有的则是因为还没有采摘的花穗变老变暗失去了原有的色彩。但当我们走进薰衣草田垄时，仍然有阵阵浓郁的香气扑鼻而来。原来，这薰衣草竟是一种很奇特的植物，并不像一般的花草，青春逝去便芳华尽散。当它们颜色褪去后，便是最成熟的时候，这时会比以往更加芳香浓郁，更加令人沉醉。说来，这也正是人类中某一些人刻意追求的美好境界呢！

薰衣草的灵魂，就是它的香。人们先是沉醉于它的香，然后才喜爱它的色，否则光凭借它的颜色也不至于令人们如此迷恋。但人们的不良习惯就是有时太依赖眼睛，用眼睛替代一切感官。应该听的，我们要用眼睛去看；应该触摸的，我们也要用眼睛去看；应该用鼻子闻的，我们仍然要用眼睛来判断。久而久之，我们除了动用眼球就不再有别的评判能力，不管是什么事物，只要不能够吸引"眼球"我们就不闻不问，就嗤之以鼻。在这个浮躁跟风的时代里，我们并没有谁认真地想过这件事，但这样下去的结果，遭受损失的正是搞不准真假虚实是非好歹的我们自己。

面对眼前那一大片薰衣草田，身心沉醉于它的芳香之中，遂想起那句薰衣草的花语：等待爱情。一个"等待"便把爱情的本质和美学价值说穿。真正的爱情，往往并不是四处寻找和通过相亲找到的，它要你耐心等待，等待那个机缘的来临；真正的爱情，需要卿卿我我，却不能在卿卿我我中得到长久的延续，没有等待、没有思念的爱情会如没有阳光照耀的花朵一样日渐枯萎和凋谢；真正的爱情，往往就是在无望的等待中得以永恒。我们所熟知并深受感染的爱情故事，梁祝、孔雀东南飞、魂断蓝桥、廊桥遗梦，等等，哪一个不是因为等待和将进入恒久的等待，才得以升华和感人至深的！真正的爱情，原来是如此的忧伤。

据说在一些国家和地区，还有这样的传说：当你和情人分离时，可以藏一小枝薰衣草在情人的书里，当下次相聚时，再看看薰衣草的颜色，闻闻薰衣草的香味，就可以知道情人有多爱你。对于这件事儿，我是这样理解的，按照自然规律，每一对真心相爱的人，都在共同经受着岁月的摧折，总有一天会容颜老去，如眼前这一垄垄暗淡无光不再鲜艳的花穗；但所有的真情和真爱，一定不会因为时间的改变而变淡，它应该像老去的薰衣草一样，时间愈久芳香愈浓。

下午的阳光依然强烈，强烈得让人睁不开眼睛。但如此强烈的阳光却仍然不能让我感觉心情开朗，因为我一时还不能及时从薰衣草以及爱情的主题里抽出思绪。望着那些秋天里的薰衣草，我仿佛望着铺满秋天的爱情，并且深深地意识到，世界上最忧伤的颜色并不是那种如烟如雾如梦的紫色，而是比那紫色更深更暗的深灰，那是等待的颜色，是比地老天荒更让人心疼的颜色。

一个地址

我在距地球一万二千米的高空上飞行。

如果我能够飞得再高一些就好了，地球会继续在我的视线里变小，小到地球仪那么大，可以在掌间拨弄来拨弄去，那样，很容易就能够找到我要找的地方。

然而，现在从舷窗向下一望，地球的那个球的概念还不太清晰，一片云腾雾绕的景象，让我一时还无法确定我要寻找的地点。但毕竟这也算是一种超越，在某种程度上，我们已经摆脱了它对人类的巨大的引力和压迫感。

巨大的空客上搭乘了五百多位乘客，肤色和身份各异，就那么一起飞上了天空，想来也是件比较神奇的事情，难怪现代世界"妖魔化"的事情那么多，人们已经和传说中的妖精一样上天入地无所不能了，还能只过神仙日子而不受一点妖精的干扰和折磨。此时，看起来机上每一个乘客的表情都极其相似，若无其事或平静如水，有一些甚至木然。但我相信，很多和我一样平静的脸孔下边，一定藏着一份独一无二的心事和梦想，悄悄地揣在怀里，让心潮在人们无法察觉的内心深处澎湃，而一旦有机会说出，便是难以抑制的喜形于色。

我的衣袋里一直揣着一个地址：MS YUTING REN，FLAT 1 CHESTNUT ROW NETHER STREET LONDON UK N3 1G。这是我女儿的地址。每过一小会儿，我就忍不住拿出来看一看，这么一串洋文字母，到底表达着什么意义呢？

直到下了飞机后两三天，我才真正明白了其中的"意思"。在那个不同于中国方式的排列中，放在第一位的就是那个最重要、最关键的人。于我，也是此时最关心、最牵动心魄的女儿。她此时就是这个世界的中心，是在一切事物之中排在第一位的。有了她，我才会对接下来的信息感兴趣，否则一切又有什么意义呢？

如果这世界上果真有一个能让我感到慰藉的地点，那么女儿就是查找这个地点的鼠标。开始，这个鼠标一直晃动在中国东北的一些小地方，白城、长春，这里或那里。后来，一个大的跨越就滑到了丹麦，经过了大约三年时间的停留又跳跃到英国，在莱斯特和伦敦之间晃来晃去，最后终于安稳地停在了伦敦。

期间，我一直担心这个世界不断发生的死机和黑屏会给那只弱小的鼠标造成什么意外的麻烦，比如失控、停滞和更加可怕的消隐。但值得庆幸的是，她到底还是依靠着出人意料的顽强和忍耐给自己开辟了一条通往幸福的道路。这是一条时刻被艰苦、困难、失意、落寞和探头探脑的绝望干扰、威胁着的艰辛之路，这也是她穿越最初生活考验为自己画出的一条人生轨迹。这轨迹不但清晰地刻印在她的生命里，同时也清晰地刻印在我的生命里，它是我心尖儿上一道深深的划痕。今后，不管这个轨迹再延伸到哪里，我都祝愿并相信它一定会看起来顺畅自如、优美漂亮，不会给我带来任何疼痛或不悦的感觉。

FLAT 1，是她的住处。一室一厅的房子里堆满了她的衣物和首饰，虽然有一些乱、有一些挤，毕竟已不是一穷二白的状态了。从小到大，在我自己的成长过程中，我已经看到或经历了太多空无一物的赤贫生活，虽然我还不至于落下对物质迷恋、依赖的后遗症，但丰富的物质总是能够让我感到某种踏实和宽慰，所以对某些拥挤和"乱"的宽容度较高。

CHESTNUT ROW 则是那幢房子的名字。ROW 在英文里应该有里弄或小巷的意思，但却被她所住的那幢房子自己占据了。那是一座并不算太大的三层小楼，后边有一片花园，因为几个住户都在忙于外面的事务，没有精力经营，结果只有一个单身女人的花园还像个花园的样子，其余住户的花园都长满了杂乱的青草和树木。如果在盛产鬼怪故事的中国，足可让那些心思较重的人在黄昏或夜晚的一些时候想起传说中的花鬼狐妖。

房前所临的就是 NETHER STREET。这是一条从西南斜向东北的弯曲街道，虽然看起来仍然不够宽阔，但在这里已经是个很不错的级别了，如果叫 ROAD，就应该比这样的宽度再小一个台阶，看起来就会更加显得窄小和弯曲了。从整体看，这个城市里的路基本保持了很久以前人们的理念和需求，它们都无意在简捷、高效上下功夫，而更在意的是优美、安闲和温馨。所以大大小小的街路基本没有一条是宽敞和笔直的，它们给人的感觉是在一个花园小区里穿过。这里，街或路们的义务只是把一栋房子与另一栋房子、一处 GARDEN（相当于绿地）与另一处 GARDEN 串联起来，至于是否便捷合理，是否有现代感，它们可管不了那么多。这是一个城市的基本状态，也是我们面对的一个问题。但这问题也要看怎么看，如果对于一个急着赶路的人来说，在这样一张巨大得如蛛网一样曲曲弯弯、层层交错的城街里巴望着快一点到达一个明确的地点，那颗心一定会比放在油上煎还难受；但如果你只是想到处逛逛，找一点吃的喝的，顺便感受一下树木环绕下的城区环境，欣赏一下那些风格各异的建筑，那么你就会觉得这个城市的设计者简直是天才。

从 CHESTNUT ROW 一出来就是 NETHER STREET 上的一处小三角广场，其实不过就是一个三岔路口。向左走 30 米再向左就进入了一条宽不到两米的小巷，小巷的名字叫 LOVERSWALK，很浪漫的意思，直译就是情侣小径吧。因为小巷两边基本上由板障和树木围绕，所以显得格外幽静。早晨的太阳从巷口的方向照射过来，打在小巷上方的树叶上，给小巷增添了一层耀眼的光辉。这情景让人想起了一位摄影大师的作品《步入天堂的路》。

和女儿穿出小巷，就到了另一条比较开阔的街道。其实去 NOTTING HILL 是有好几种方式的。如果不开自己的车，而选择坐公车，也有三种方式。第一是叫出租车，很多黑色的老式轿车，随时等待着客人的召唤，只要你拨打一个出租电话，只是价格会稍贵一些儿。说贵，其实也贵不到哪里去，总不至于让人消费不起。但想到要把自己辛辛苦苦挣来的血汗钱就这么慷慨地花到洋人们身上，实在是心有不甘。更何况也少了一份从容、散淡与闲适，本来这次出来已经下决心让自己一直处于无所事事的状态，怎么也不能这么早就坏掉了节奏。坐地铁和公交价格基本一样。相比之下，地铁要快一些，但基本要在黑暗的地下穿行。这世界什么都越来越显得稀缺，可就是黑暗不缺，到处都是，又千篇一律，不管中国的黑暗还是外国的黑暗都是一样的黑暗。于是便让女儿安排我坐公交，坐在双层车的顶层，慢慢地走慢慢地看。这是一种比散步还不赶路程的方式，30 米、50 米，顶多 500 米一个红灯，刚刚过了红灯又到站口，这样磨磨蹭蹭地往前走，正好迎合了我当时的心境。我要好好体验一下那些道路的弯曲，好好享受一下他们花了一个多世纪打造出来的街景。

乘 82 路在那条叫作 BALLARDS LANE 的街上，坐到 GOLDERS GREEN 换车，再坐 328 路到 NOTTING HILL 下车，往前一走就到了女儿经常去的首饰店。期间的路途肯定不会有多么遥远，但总耗时大约要一个小时左右，一个往返下来，近两个小时，想看的也算看得差不多了。这是一个良好的开端，心情愉快，意趣盎然，感觉如同去乡间坐了一回驴车。

LONDON，这是一个曾以雾都命名的世界级著名城市。一提起这个城市，就会有人想到《雾都孤儿》和徐志摩的《再别康桥》。因为在历史上，它所产生的政治、经济、文化影响都太大了，大得没有人不知道它的名字，大得没有人不想知道它到底是一个怎样的存在。没有来到这个城市之前，我一直以为这个祖母级的大都市一定和东京、纽约至少与北京有着很多相似之处。真的走近时，心中那些固有的想象，基本被彻底颠覆。

首先，它已经不再天天起雾。

过去的雾，主要是由工业化初期大量工业污染造成的，本来就不是水雾而是烟雾。经过了近百年的发展和调整，这个城市早已经把那呛人的东西扫除城区，转移到了别的国家、别的城市，特别是那些一心想要膨胀的城市。尽管这个城市仍然时常会被阴云遮盖，尽管一年中阳光灿烂的日子不足三十天，但这里空气却是透明的，透明度高得有一点超出我们的正常想象。

初来，伦敦奇迹般连续透晴三天，晴得天空里连一丝云都没有。这在当地可是一个令人振奋的好日子，人们像迎接节日一样迎接那些难得的阳光。草地、广场、街边到处都是那些有意感受阳光的人们，有很多的人干脆就脱下外衣，在身上抹了防晒油，躺到草地上大晒起来。逢周末，伦敦的街上挤满了人，像过狂欢节一样。人流，像没有固定流向的水一样，在街道上无规则地流动；有人在酒吧里或酒吧外用那些高热量的食物尽情地填塞着本已经肥硕的身体；有人在广场上穿着比基尼或比比基尼更露的东西在拍艺术照；有人搭起个临时的场子即兴演唱；有人伸长了脖子进行围观；有人则把不多的街边草地当作夏日海滩，一个挨一个、一堆挨一堆地亮起"白条"，或闭目养神，或若无其事地闲谈，或亲昵拥吻，各自为政，旁若无人，仿佛这世界只剩下了两样东西：阳光和自由。

其次，它并不像其他国际化大都市那样混乱。

全面了解伦敦之后你会发现，伦敦是一个很有条理的城市。从主体上分，伦敦市区大约是由东伦敦、西伦敦、南伦敦、北伦敦和中伦敦组成的。中伦敦的英文是 CENTRAL LONDON，书面意思更贴近它的实质，是中央的意思。这个，我们中国人最知道它的含义及重要性。整个城市只有在这个部位才多一些高层建筑，塔桥、伦敦眼、大本钟、白金汉宫、圣保罗大教堂……各种历史遗迹、各种政府机构和金融机构、高等级商业中心，等等，都集中在这个区域。这是这个城市的真正核心。人潮汹涌，繁忙喧嚣，很多政治、经济、商业或文化、军事等重大活动、重要事件都从这个部位酝酿、策划、实施、发生。就连气温，这里也比其他领域高一些。如果把伦敦比作一块铁，那么这个部位的分子运动是最高速、最剧烈的，所以就自然地转化成了很难及时散掉的热能。

我理解，这个区域是伦敦的工作区，而其他几个区域则基本上是生活区。

在其他几个区域里活动，不论是中产阶级的居住区、富人区还是印巴、中东人集中居住的平民区域，基本上都是一派安闲宁静的景象，房屋的高度大多在三层以下，最高的楼层也不过五层，节奏则表现出老牌资本主义的优雅和从容。

如果打一个形象的比喻，把伦敦比作一只鸡蛋，那么其他几个区域便是蛋清，清爽透彻，散淡自在，而中央区则是蛋黄，重要性极大，活跃度和运转速度极高，营养丰富但胆固醇和脂肪很高。对于这只蛋，我的理解和评价应该是能够客观一点的，因为女儿和女婿在伦敦生活，他们对这个城市了解得会更加全面，对于各个区域的好恶也不会仅凭一己情绪；但如果遇到一个口味刁钻一点儿的"食客"，毫无疑问地要把这个蛋黄信手丢掉，而只留下蛋清细细品味。

　　接下来的是最后一个信息符号 UK，英联邦，这个史上的日不落帝国，曾给人类带来过多少希望与失望、多少憧憬与憎恶、多少福祉与灾难、多少荣誉与耻辱！想到它，我就会想到那场改变了中国历史的鸦片战争；想到它，我就想到了改变世界历史的工业革命。它让人想起的东西太多了，但作为一个普通访客，我暂时还没有必要想得那么多、那么深远。看在我女儿和女婿的面子上，看在它很客气地把它自己放在地址的最末端，我就不在这里评断它的是非功过了。如果它像我们国家一样，把它自己排在地址序列的第一位，让我不通过它无法继续往下走，那么我肯定会牺牲点休闲的时间和心情好好琢磨一下它。

来世还要做父女

车在苏格兰高地上飞速向前，我的目光却与车行的方向保持垂直，投向窗外的景物。此时的苏格兰正值秋高气爽，虽然气候仍然是风雨无定，一会儿风来，一会儿雨至，但一会儿又能够云开日朗，秋空如洗。

这是我见过的变化最快的天气，一天里竟然三晴四阴。曾有人形容不稳定的天气或阵雨天是猴子的脸，说变就变，但用这样的比喻来形容这里的天气还是有一点不太贴切，因为它的状态和国内的阵雨天气完全不同。这里的天气是那种我们平日罕见的大阴大晴，阴就阴得没有缝隙，让人感觉到不会再有晴的希望；晴也晴得光辉灿烂，让人感觉这一晴就定了透彻、明媚的乾坤。

当浓云散去，阳光从云隙里把收割后的麦田照亮，一幅令人振奋的油彩画立即在眼前展开：碧蓝的天空、洁白的云彩、一望无际金黄耀眼的大地，其间点缀着一两处树木围绕的哥特式建筑，偶尔，又有几头牛或几只苏格兰黑头羊或静卧或行走在田野之上……在这样的田野里拼命赶路，就如在美丽的画廊里奔跑，也兴奋也遗憾。也许世界上的一切事儿，都注定无法完美。

几天来，由于气候和气温几次突变，竟然把很少感冒的女儿折腾病了。她就把头靠在我的肩上，一会儿瞌睡，一会儿醒来，小声说一些眼前或很久以前的事情。这情景好像曾经发生在多年以前，又好像以前从来不曾经历，这让我感觉如在梦中。时空的概念消失，使我此时的心境如苏格兰多变的天气一样在今生来世、短暂与永恒间转换不定。

突然，我们的大巴与对面的一辆大卡车擦肩而过，两车的最小间距不超过10厘米。司机边刹车边打舵，苍白的脸一下子就涨红了，一直红到耳根，险些就发生不测。惊魂甫定。之后，就没有心思去看风景，而是把注意力全部集中于摇摇晃晃如受伤如醉酒的大巴，集中于它每一次小间距的会车。英国的路太窄了，尤其是那些山路，窄得让人心惊胆战。我知道这样惊恐是无济于事的，但如果一旦危险发生，我起码可以及时用身体把女儿护住。

随时可能发生的危险，让我满脑子都是那些可怕或血腥的场景。如果一旦发生危险，不管让我求谁，上帝、佛陀或真主，我都会求他保佑我和女儿平安。如果必须要发生不幸的话，我就宁愿自己替女儿去死，我已经活得这么久了，几乎经历过人生中的一切，而她还年轻，还有很多的人生经历是一片空白，生命与生活的真谛需要她去好好体味。如果不幸真的选择了她，让我在一场车祸里失去了女儿，我想我就没法儿活了，我会因为心碎而死的。如果两个人一起发生了不幸，我就认了，能和自己的女儿一路同行，也未尝不是件幸运的事情，但那些未了的心愿却要指望着来世了。

来世？！

如果真的有来世，我想我还是要选择和她做父女。

做夫妻肯定是不好的。不管以前有过多好的感情，一旦做上了夫妻，鸡零狗碎或柴米油盐的一搅和，都会把最初的浪漫情怀搅成一碗精心熬制的牛肉汤。一口锅里碰勺子，近是近，香也香，但是有条件、有时限，只限于短时和初期；当然也庸俗，实际生活里飘出的香，总也不是春暖花开时的芬芳，充满了烟火和腥膻气。那是初期。如果这碗汤继续要留下去，喝下去的话，你就得小心经营，每天加热，稍有怠慢它就会变馊，胆敢不理，过些时日它就会变臭，让你无法下咽，甚至一想起来就恶心。就算你小心侍候着，天天加温加料，想让它保持原有的鲜美那也是不可能的，就在你自欺欺人地认为它依然如故的时候，它已经在时间的流变里失去了原来的品质和本质。更何况人性的致命弱点让人无法把一种兴趣和感觉坚持到底，只要有足够近，只要有足够久，就会生出足够的腻歪和厌烦，新鲜的都会被认为不新鲜，更何况真的不再新鲜。

有人说，女儿是父亲前世的情人。我觉得这话或许有些道理。但经过了一世劫难赚回来的经验一定会使两个人达成一种共识：做情人不好。所以今生才自觉转换了一种关系和活法儿。

情人的名字是好听，但却难做。能够结婚的情人，都结了婚，就不再是情人；剩下的情人基本上是不能结婚的了。实际上，情人多是爱情语境里的孤魂野鬼，三界无着，不得轮回，自然是苦不堪言。做情人难，难就难在一样的感情、一样的爱，如果冠以情人的名头，圣洁就被作践成邪恶，阳光就被隐藏成阴影。做情人苦，几乎会包含人世间的一切苦。你说你在爱，可是不会有人认同你那份感情，连你自己也是诚惶诚恐不敢让世人知道，尽管你每时每刻都想向全世界宣布你们的爱情以及爱的真挚、爱的深沉。你说你想念，往往却只能以想念安慰想念。很多时候，为了短暂的甜蜜需要付出几十倍或几百倍痛苦的代价。但你却没理由去抱怨命运的不公，命运往往是一个心狠手黑的奸商，也阴毒也讲理，这交易虽然近于讹诈但你却不能中止，无法中止。命运看准了这一点，就是再讹你几倍你也得受着，并且不会承认自己不愿意。别人的日子按天算，情人的日子按年算。如果爱情是花，一年几日的盛开，就得付诸长达四季的期盼和等待。最关键的是，不论她有什么危险，你都无法伸出救援之手，尽管你心急如焚，也找不到出手的机会和借口。

这一切旁观的人看得清清楚楚，只是误入其中的人因深深陷入或叫一往情深，所以就难以自拔。这样的酸楚这样的苦，不知也罢，明明知道怎么能忍心让自己最爱的人去经受？

好吧，那就做父女。来生依然从很小就把你抱在怀里，看着你一天天长大，为你做一切你需要的事情。在你开心的时候和你一起开怀大笑，在你忧郁的时候守在你身边，默默地为你分担，或喋喋不休地和你说这说那分散你的注意力。你有困难的时候，我会倾尽一切心力和物力为你排除障碍；你困了或累了，随时可以靠在我的肩上歇一会儿；你想倾诉的时候，我会一直陪着你，做你不知疲倦的倾听者。

　　如果，发生什么危险，我就用我自己把你严严地护住，有我在就有你在；但最好永远没有那个如果，一直到你也很老了，我还是把你当成孩子一样对待，很自然地拍拍你的肩或抚摸你的头，表达一下内心难以言说的喜爱。

土 豆

　　当我叫了一声土豆，又叫了一声的时候，好像那些圆头圆脑的小家伙就从老家黝黑的泥土中纷纷现出了身形。

　　这时，四季轮转的时间背景正好定格在北方的九月。天高云淡，暑气渐消，四处游荡的风为大地带来了初秋的信息。一趟犁刚刚过去，厚实的田垄从中间开裂，土豆们便从那湿润而芬芳的泥土里蹦了出来，白白亮亮地在阳光下滚动，如玉，如珠……如果时光能够像重放的磁盘一样回转到从前，我一伸手准能捉到它们其中的一个。我要把它放在手里，细细打量，我要好好看一看这一张张与我失散多年的亲切"脸庞"。

　　本来，土豆有自己的学名，叫马铃薯，但我从来都不愿意那么叫，因为那么叫起来心里多年积淀的情分一下子就被冲淡了，不贴心。就像对那些与自己要好的小伙伴一样，我从来不叫他们的大名，而叫他们"狗儿""柱子"什么的，那是一个道理。

　　小时候，我和那些土豆差不多形影不离。任何时候，我心里都会非常清楚属于我家的那些土豆所处的状态，长在地里、储藏在窖里、煮在锅里或煨在火里。之所以能够这样，就是因为那些土豆和我们的胃口、心情每一天都发生着不可开脱的关联，在那些缺粮少米的年月里，全仗着那些既是"副食"又是"主食"的土豆，每天从饥饿的苦海里把我们一次次打捞出来。记忆中的土豆，永远是那副鬼头鬼脑的顽皮相，既滑稽又可爱，既忠实又体贴，不管什么时候需要，它们总会以一种无怨无悔的殉道者的姿态出现在我们面前，有效地解除我们的身心苦楚。因此，我一直对土豆怀着深厚的情谊和无限的感激，并在心里暗暗称它们为好兄弟。

我之所以与它们以兄弟相称，除了情感上的原因外，我一直认为，也有血缘上的因素。我这一生因为酷爱，吃了太多的土豆，以至于血肉和灵魂里都不可避免地与土豆们含有共同的成分。但我确实已经有太多年没有看到土豆长在土里或躺在土里的样子了。而土豆只有在泥土之中或还没有离开土地的时候，才如精灵一般，是活的、有生命的，看起来也才像家乡的父老兄弟般拙朴无华，可亲可近。当它们一旦断掉与母体间的脐带，被装进麻袋，码在车上，进而又被运到城里，变成了失去原形的丝啊、块啊、片啊什么的弄到餐桌上，那就只是地地道道的一盘儿菜，不再是我要说的土豆了。

我要说的土豆是那些从小和我一起生在故乡、长在故乡的土豆。那些土豆，我曾经亲自把它们栽入泥土，亲自给它们浇水、施肥、铲草、松土，耐心等待着它们在土地里悄悄长大，并亲自把它们从土地里收回来，甚至是找回来。

每年四月，当北方大地刚刚解冻，原野上的青草还没来得及放出叶片，深藏于地窖里的土豆们便悄然地打开自己的生命密码，每一个芽坑里的嫩芽都呈现出些许萌动，芽尖上那一点隐约的红，便开始变得饱满、鲜艳起来。这来自安第斯山的精灵，不忘本、懂怀旧的物种，便集体害起了思乡病。隐在时光深处的记忆，故乡的风、故乡的阳光、故乡那湿润的泥土和沁凉的地温无不构成它们的思念与哀愁。人们知道，这个时候，它们的时刻已经来临，它们必须从黑暗的地窖里回到与生命起点相同的泥土之中，完成它们对土地的亲近，也完成自身能量的释放和生命的又一轮传承。

人们把那些被选作种的土豆从地窖里拣选出来，然后按照种芽的分布进行分割，使它们实现生命流程里的最初裂变，一分为四甚至一分为八。而这每一小块块茎将来都要在土地里扎根繁衍，派生出一个昌盛的家族，硕果累累，子孙满堂，如它们的种植者一样，共同承接着大地的恩惠，共同成就着大地的美意。世间没有什么比土豆与土组合到一处时更让人感觉到和谐。当我们把那些块茎按照一定的距离摆进又湿又冷的田垄里时，我看到它们异乎寻常的平静和安详，好像它们从来就应该躺在那里。我甚至能够看到它们隐秘的笑意，一个土豆，也许只有进入泥土，才算真正获得了新生和自由。

把土豆种埋进泥土里的好长一段时间，我们并不知道田垄之下一直在发生着什么事情。但是有一天，垄上突然就拱起了等距离的小土包，从南到北，从东到西，像是有一个统一的口令在我们听不到的暗处指挥、操纵着一切，这有一点儿像一场齐举右拳的集体宣誓。再有一天，田垄上便齐刷刷地伸出了长有两三个犄角的墨绿色枝叶，紧接着，每一个叶片便如小旗子一样，一面面展开。

北方的季节，也就这么一天天地热烈起来。

当粉白色或蓝紫色的土豆花开时，北方的夏天已经进行到如火如荼的境地，但我从来没听说谁赞美过那些挤在一处开得密密麻麻的小花儿。它们那平实而又祥和的笑容里面，没有一丁点儿的妖艳与妩媚，如世间一切母亲的笑容，毫无引诱的成分和媚惑的力量，这样的笑也许只有自己的孩子能够看懂，能够发自内心地赞美。不知道生在地里的小土豆们那时能不能够懂得这些。

其实，土豆最初被人类关注和移植并不是因为它们可供食用，而是因为它们那美丽的花儿。很早以前的欧洲人，一直把土豆花种在花圃里或花盆里娇生惯养，如公主一样。后来因为发现土豆的根块可以做食物，便把它们移出后花园进行大面积种植。而一旦人们太过关注它们的实用价值时，自然就不再去关注、欣赏它们的另一面，不再有兴致去发现、挖掘、培育它们的美。曾听有那么一点儿"飒"的孙二嫂说过这样一句话："女人用来爱的时候，是公主；用来生孩子的时候，就是老母猪。"我觉得，她的话更像是在说那些被列入另册的土豆。另外，从人类最普遍的审美心理缺陷看，就是容易"花眼"，就算是土豆花真的好看，许许多多的花挤在一处时也没有谁还能看得出其中某一朵花的美丽。

在那些土豆丰收的年份里，土豆秧下面结出的土豆会多得挤破地垄。还没有到收获期，地垄上就已经出现了大大小小的裂缝，有一些土豆因为缺少生存空间，就险些从地下拱出来。这时，每个家庭里的妇女、儿童们便挎着筐，断断续续地到地里去"摸"土豆，把那些浮在地表的土豆从土中挖出，充当应季的时蔬。农村的六七月份，正是青黄不接的时候，在大部分年景里，这部分先被挖出土地的土豆往往要作为主打品种去解决村民的吃饭问题。

如果恰好哪一年遇上了早霜或冰雹，土豆便会从第四大作物一跃而成为第一大作物，也就是说那一年农民的食谱里就会有很大比例的土豆出现。每日三餐里绝大部分断不了土豆汤、土豆丝、土豆酱、土豆块。如果哪家孩子能够在饥肠辘辘时得到一只灶坑火烧出来的土豆，简直就可以视为人间第一美味，那又沙又面又烫的土豆从口腔快速向胃里滑动的一瞬，准会有同样滚烫的泪水从心口刷地升至眼角。

那丑丑的土豆啊，原来竟也是一份厚重的情义，一份来自天空的眷顾、一份揣在大地怀里的秘密糖果。当我们手中的粮食用尽或不足时，上苍还在胸怀里为我们预备了一份。因为它们，世世代代的人类免去了不知多少无着的泪水。

家乡大面积种植土豆是在人民公社时期，因为其他作物不容易获得好收成，所以具有每亩一千几百公斤产量的土豆便成为人们的首选。尽管大量食用土豆让人们的胃很不舒服，但这种"饱"着的不舒服却不知道要比"空"着的不舒服强过多少倍。也有村民因为胃口长期被土豆占领，便本能地对土豆产生厌恶情绪，连奚落谁都用土豆做比。比如说谁长得又小又丑就说谁长得像个小土豆似的。但到底，却没有一家敢在种植的选择上放弃土豆。每年到收土豆的季节，家家户户都要准备好麻袋和足够的力气，按人口分，每人一麻袋的话，对于人口多的家庭来说就是一件麻烦事。那时大姑家人口多，老少共十多口人，再加上自己家自留地里收回的土豆，一共就得二十多麻袋，光往窖里下土豆就得用去大半天的时间。

那些年，每到生产队收完土豆时，爷爷便扛一个四齿的耙子，带上我去收获过的土地里翻土豆。在土豆的生长过程中，总有一些淘气的家伙跑得更远，扎入远离母本的深处，也总有一些被浮土掩住没被人发现的，这就给那些不拥有土地的人们以通过另外渠道得到土豆的机会。曾有人总结过多年的农家经验，不管人们在收割时多么用心和仔细，却总是不能够做到"颗粒归仓"。颗粒归仓是人的意愿，但天意并非如此，天意是让这地上的一切生命都要生存。《圣经》很早就告诉我们，天上的飞鸟不种，也不收，但它们必得食物，上天自有预备。这总也收不净的那个部分就是上苍为弱者预备的。自然所确定的取食顺序应该是先人类，后鸟兽；先强者，后弱者。就这样，每一年爷爷和我都按照上天的意愿，一起盘桓在看似空空如也的田地里，不懈地搜索着那些被人民公社社员落在地里的土豆，并且每一年都有很大收获。收获最多的一年，我们一共翻回5麻袋残损程度不同但还可以食用的土豆。尽管如此，到了冬天的夜晚，仍会有很多饥饿的野鼠野兔来这些土豆地里觅食，每一个冬夜，那些小兽们仍然有不错的收获。

后来，因为耕种技术的先进和生产制度的科学，各种农作物的产量一年年攀升，老家那些吃够了土豆的人就不再种土豆了。因为那些年天天吃土豆都吃伤了，现在好歹可以不再吃土豆了，谁还再去种它呢？据亲戚们讲，老家人基本不再大面积种土豆了，就算种也数量不多，象征性的那么一点点，留着自家偶尔一食。甚至有人干脆就一颗不种，既然种粮能赚钱，那就只种粮，什么时候想吃土豆，可以到别人家或城里去买。而我，这些年反而越来越想念那东西，也越来越喜欢吃那东西，有一点吃土豆吃出了瘾，每到饭店必点一道土豆。按理说，土豆曾是我困苦时的"恩人"，我现在可以怀念但也不应该再吃它了，毕竟，吃，在人类的理念里是一种伤害。

突然就想起了大悲尊者太子以身饲虎的故事，如果大悲尊者太子不入虎口，怎么能够立地成佛！如果土豆不入我等凡夫俗子之口，又怎么普度众生！或许，人类与土豆之间从来就应该是一个互动的整体，有人越爱越吃，有人越吃越爱，如果天意果然如此，那么我仍将满怀哀怨与欣慰，继续吃着我命定的土豆。

霜花朵朵

今冬酷寒，室外的气温骤降至零下 30℃，但城市供暖房屋的塑钢窗却仍然明净如洗，没有一丝有关寒冷的印记。难道这个时代的窗子和这个时代的人们一样，都不再愿意映现或留存那些遥远的记忆了吗？

记得三十年前，乡下的每一方玻璃窗上似乎都挂满了霜花。

那时，似乎每一个冬天都是严寒的。十月一过，那个冷面冷眼的冬，就迈着方步走来了，俨然铁面无情的催债人。他的脚步一向沉缓而坚定，从北到南一直踱过去，走到哪里，哪里就一片肃杀，凡带着一些生机和色彩的事物他都要尽皆没收，全部带走。幸好，在他宽大的袍子后面还躲着一个调皮的小女孩，在那些最寂寞最黑暗最难以忍受的时刻为我们演示了一场场小小的魔术。

于是，我们还是在严酷背后发现了些许的趣味，不得不在瑟缩中继续期盼着寒冷。我们知道，只有寒意在冬天沉重的脚步声里愈加浓重起来，那只看不见的手才肯在一个个玻璃窗后面有条不紊地施展她的手艺——

　　事情总是从一抹雾气开始，很突然地，就那么洒下来，并严严实实地遮掩住原本透明的窗玻璃。窗外的落日余晖也好，晚照里匆匆归巢的喜鹊也好，一切归于平静之后那一幕初临的黑暗也好，便统统在人们的视野之中隐去。我们只能把阳光明媚时发生的一切都抛在脑后，而把目光凝注于正在发生着某种变幻的窗间。

　　待雾气凝结成薄薄的清霜，一些精细而流畅的线条开始显现，丝丝缕缕的裂隙或匠心独运的凝结俱如心手相应的勾勒。一转眼，窗棂间的空虚处便一片丰盈，呈现出梦幻般的繁荣与葳蕤。

　　各种各样的植物竞相伸展开晶莹剔透的枝叶，有的如素菊狂放，叶片与花朵层次分明；有的如牡丹含苞，花朵从花萼里将出未出；有的如雨林在望，阔叶的芭蕉、条叶的棕榈、细密精致的散尾葵遥相呼应；有的则如芳草与树木混杂而生，这边的芦苇已经抽穗扬花，那边的合欢树却正枝繁叶茂……

　　那时，我正在痴迷于《聊斋志异》，满脑子都是那些有关花鬼狐妖的故事和想象，常常遥望灰蒙蒙的天空生出满怀怅惘，并深深感慨于现实生活的冰冷、残酷。父辈们因为旷日持久的阶级斗争在相互攻击、相互仇恨；一场接一场的政治运动，使每一个人的脸都挂上了可疑的表情，除了忧愁和愤怒是可靠的，连平静与微笑都不知道具有何种含义；孩子们一边在担忧着“全世界三分之二尚未解放的劳苦大众”，一边跟随大人们维持着清晰的派性，反复演练着拉拢或挤兑、团结或分裂的把戏。那时，我只愿意让目光和思绪游离于现实之外，只要一不经意，收拢起冥想的翅膀，失落的心就会如阴云密布的冬日天空，除了阴郁与绝望，不敢再有任何关于温暖和明媚的向往。

难道说，在现实之外，在阳光之外，在远离人群的荒郊野外，真的存在着一个扑朔迷离的异类世界吗？如果真如书上写的那样，在那个在与不在都无法考证的时空里，动不动就会有穷困潦倒者得到了意外的尊重与爱，就会有孤独寂寞者得到了温暖与抚慰，就会有贪得无厌者得到了警醒或惩戒，就会有不幸者因为善良诚恳而有朝一日时来运转……是人是鬼是狐是妖又有什么关系呢？有正义、有情义在，就胜似冷酷、混乱的人际！是不是断壁残垣、草舍破庙又有什么关系？只要有温暖、温情和真正的家园感，也总强于那些充满了恐惧或荒谬之气的广厦与殿堂。

正心意浮动之际，冬夜里的风骤然从窗外刮起，仿佛有杂乱的脚步从窗前掠过，又有手指轻轻扣动窗棂，窗间的霜林雪野竟然也随之颤动或摇晃起来。想来，这样的时刻、这样的情景，总该要发生点什么事情吧？就不会有精怪和灵物从其中潜行而至或伏在暗处对灯火下的人们窥视、窃语或暗动心思吗？

此夜，会有哪一位温婉娇妍的女子如黄英、葛巾、白秋练等掀开梦的门扉，前来这冷得彻骨的土屋一叙衷肠呢？或有哪一个心怀友善的朋友如酒量无敌的陶生和能够预知未来之事的胡四相公穿墙而过，或隔着一层薄薄的幔帐，相约明日去远方的原野做永久之游？

夜里，果然就有长发白衣的女子魇身入梦。当她张开巨大如天鹅羽翼般的臂膀，一个如梦似醒的春天来临，熏风浩荡，鸟语花香，清清亮亮的小河水流到哪里，哪里就如跟随着笔锋行走的墨迹一样，染上了浓浓的绿色……美梦醒来，又是一个曙色微明的清晨。白色的光从窗口及墙壁上同时倾泻下来，依稀可感的暖意已荡然无存，寒冷的土屋依旧寒冷。

起身掀帘而视，窗间已一片荒芜，厚重的霜雪完全覆盖了昨夜的花草树木。我伏在窗前，慢慢将窗子上的凝霜用口中呵出的热气一点点融化，遂有一个洞口从其间露了出来。一个光明的洞。目光一经越过洞口，便跌入了梦境之外。白白亮亮的光，照耀着不容置疑的现实——夜间已有一场大雪悄然落地，一片迷迷茫茫的白，遮掩了物体的轮廓，弥合了小村横横竖竖的道路，大面积的空旷地看上去差不多已经连成一整块。清凌凌的晨风，依然如夜晚时一样，不慌不忙地翻墙过户，走过人们的庭院和街路，但如谎言一样不留任何痕迹。只有一行黄鼬或艾虎的足迹，轻轻细细地印在窗前，佐证着昨夜从此处经过时的慌乱或犹疑，但很快也消失在房屋的转角处。

阳光持续地照在窗上，宛若母亲站在床前对孩子久久地凝视。于是，窗间的霜花雪树以及隐于其间的种种心思和故事，俱如难以诉说的秘密，在一片光明中融化、消逝。

直到我懵懂地走在上学的路上，整个身心仍然沉浸在昨夜如真如幻的梦境之中，情绪和感觉的惯性让我无法仔细关注周边的景物和人，眼前的一切都匆匆而过，反如一抹虚浮梦幻的掠影。然而，回首思量，梦中的一切又确已无踪无影、灰飞烟灭，难免心中又是一番惆怅。不知道下一个夜晚来临时，自己会不会再一次陷入寒冷的包围，也不知会不会仍有一些温暖的事物突然莅临，把我从绝望的寒冷中解救出来。一整天，我都处于一种失神落魄的状态，不断把思绪从课本上移开，一直飞到未来的某一个时点，守候在夜的门口，等待着夜幕降临、霜花绽放。

那真是一个神奇的冬天。多年后回想往事，我不知道应该赞叹神明相助还是赞叹我自己的臆想天赋。

那一年冬天，每当我凝望或冥想着一窗霜花沉入梦乡，总会有同样或相似的情节在梦里再现。总是那白天鹅一样白衣长发的女子，总是温存里的眩晕和意识渐失，也总是一切尽随霜雪的消逝而踪迹全无。

有时我会因此而感到内心里一阵阵洋溢着隐秘的狂喜。在那些奇妙的梦里，我不但能够受呵护于那又强大又温暖的翅膀，而且我自己也能够独立地在天空中飞翔。反反复复地试飞，让我确信自己已经被赋予了一种超然的能力。原来，传说中的田螺姑娘并不是遥不可及，只是她并没有藏在水缸里，也没有隐蔽在墙壁上的画儿里，她就居住在一帧帧晶莹的窗花里。

有时，我也会感到内心里涌动着一阵阵绝望和忧伤，因为我知道，一只田螺壳可以藏到一个别人找不到的地方，一轴画可以收起锁进柜子，也可以紧紧卷起，让人无法打开，但一帧窗花却无论如何也无法收起或隐藏，并且它总是在冬天的夜晚出现，却又在阳光升起时开始融化并最后消失。所以，我心中的田螺姑娘终究是一场春梦、一个必将散去的幻象。

为什么窗子上会结满美丽的霜花呢？这美好且没有来由的事物，终究是我心中一个无法化解的块垒，我不得不在爷爷高兴的时候悄悄去问他。爷爷说，那是因为窗子一年四季都在看着外面的风景，有很多花草树木的影子映到窗上，窗子就很喜欢并牢牢地记住了它们的模样。在寒冷寂寞的冬天里，不想一些美好的事情，时光怎么打发呀？于是那些看似无心却很有心力的窗子，便边想心事边结了霜，结果就结出了那些连人都想不到的图画。

可是，事情总是不能尽遂人意，正在我一片痴情地迷恋那结着霜花的冬天，一转眼春天就来了。春天来的时候，窗玻璃从早到晚，再从夜里到黎明，一直那么如同无物地空着，不再有霜花凝结其间。更让人绝望的是，在一个阳光明媚的上午，母亲又特意擦了一次玻璃，于是那窗子便明亮得仿佛空气落在上面都会打滑，连一粒灰尘也难以驻留。而我依然旧习难改，于每一个傍晚时分心怀幽怨地凝视那扇不再提供任何内容的窗。对于我目光里的怨恨之意，窗子们却是一脸的无辜，它们像在老师的教育下，改邪归正的学生，不但不再继续犯错，而且表现得好像从来就没有犯过任何错误。它们看起来似乎从来也没有结过霜花。

就在那个春天，我家的邻院建起了"知青点儿"，一群我叫作姑姑和叔叔的年轻人先是从窗外打打闹闹、说说笑笑地走过，后来便径自走到了我们家里。其中有两个"姑姑"眉目清秀、态度温婉，很有一些梦中人的意味。对于她们经常的光顾、友爱的言行、流盼的目光和时不时对我的夸赞，我曾一度想入非非，认为她们一定与霜花或梦境有着某些关联。于是便在一个大人并不注意的时刻问其中的一位："姑姑，你知道冬天里的那些霜花吗？""姑姑"大笑，用不屑的口气说："傻孩子，霜花算什么呀？你看窗外。"我顺着她的玉指看去，果然，窗外那几棵沉默了一冬的杏树，已经绽开了满树花朵。

暗香浮动之中，我不敢再提及冬天里那些来去无踪的霜花以及与霜花有关的梦，因为我拿不出任何证据证明它们曾经的存在，更无力说服别人支持我的怀念，我只能随着姑姑们沉浸于对眼前鸟语花香的欣赏和玩味。

多年后，父亲送我去县城读书，在街道上遇到一个戴着套袖和大口罩的扫街妇女，她突然放下手中的扫帚，过来和我们搭话，原来那就是曾与我们隔墙而居知青点里的一个"姑姑"。当她摘下那个号码很大的口罩时，我刻意在她脸上搜寻着当年的俏丽，但除了目光里的浑浊和一脸黑红，什么都不复存在。那时，正是暮春时节，满街的落红正如伤口上脱落下来的血痂，在地上随风翻滚。我知道它们是花的遗骸，是曾经的美丽留下的痕迹或结果，但我的心仍然充满了悲伤。

俱往矣，那些少年时代的迷乱与感伤。在亲历了人生中无数的花开花落和枯荣兴衰之后，我已经不会轻易为哪一个美女老去的容颜以及哪一段往事的一去不返而徒生悲叹了。

然而，那些悄然发生又悄然消逝的霜花，却仍然能够于不经意间在我静如止水的心上荡起波澜。我知道，那些没有色彩、没有芳香的虚幻之花虽已阔别经年，但它们并没有真正消逝，它们同我那没有结果的青涩年华一同，在我的生命里以一种不易察觉的形式隐匿下来，在血液里或心脏的某个角落，偶尔的躁动，就会让我无端地生出曲曲折折的感念。

天堂的隔壁

　　站在平阔的巴塘草原，仰望玉树的天空，耳边响起扎曲河的水声。

　　天空开始像河水般流淌。此时，我感觉自己像一只眩晕的鸟儿，已经飞到了某一航程的终点，不得不停落于红尘的杉树梢头。海拔3700米的高度，已接近了我的生理极限，再高，我便不再敢打开生命的翅膀，因为那样会让我感到彻底失去大地的支撑和人间的依托，进入上下无着的"天"界。

　　世人没有见过天堂，当然也想象不出天堂到底是个什么样子，但看了玉树那蓝得透明的天，我一下子就想到了天堂。天空上，那些洁白的云朵，想必就是天堂里盛开的花吧。我猜不出那些天堂之花由谁、怎样培植出来的，但它们那纯净、纯粹、圣洁的样子，却让我内心充满了感动。那一刻，我想到了在三年前大地震的烟尘里飞升的那些灵魂。我相信那些云肯定带着天堂的信息和能量，它们不仅有力量感动我，也有力量感动整个巴塘草原、草原上每一棵野草、每一朵野花以及和我一样来到玉树的人们。

传说中的伊甸园，有比逊、基训、底格里斯、幼发拉底四道大河流过，滋润了境内的荒芜。与其相比，玉树亦独具特色。因黄河、长江、澜沧江几条世界级的河流均出此境，因此玉树一向有"江河之源"的美誉。且有巴颜喀拉山脉、唐古拉山脉、可可西里高地、昆仑山从东南西北四面环抱呼应，又成为理所当然的"名山之宗"。说是自然巧合也好，说是造物主的刻意安排也好，这样的资源配置和山水布局，就算它不是什么"神设之园"，也与真正的天堂相去不远了，或许，它与天堂也仅仅是一墙之隔。

不知距今一万二千年的岁月跨度算不算远古，据考证，从那时开始，就有人类在玉树地区活动。据此，完全可以推测一万二千年前的玉树，其丰饶和美丽一定远远胜于现在，因为远古人类在栖居选择方面，要比现代人的自由度高过百倍千倍。一个地域，如果没有足够的魅力，怎么能够留得住来去无定、自由、挑剔的远古人类呢？到了两千多年前，生活在玉树周边的部族之间以及他们与吐蕃和中原之间便开始了频繁地交往、物的交流、文化的交锋与交融。虽然说高原上每一块水草丰美的绿洲，都是要用水和比水更珍贵的血去滋养，都曾上演过无数的争斗和战争，但短暂的烽烟散去，仍然会露出祥和的底色，从总体上说，还是宁静多于冲突。

几千年来，玉树人一直在这片"流奶与蜜之地"过着优越、富足的生活，在边远中承袭着独有的繁荣，在荒芜里领受着世人所不知的丰腴。直到今天，他们仍能够感受到上天的美意与恩赐，仅仅靠优质的虫草和牦牛、藏獒，就可以过上衣食无忧的安稳生活。也难怪去过并了解玉树的人们不约而同发出感叹："世界上再也找不出第二块这样的殊胜之地了！"

然而，一切似乎都在悄悄地发生、悄悄地进行。玉树好像一朵被人们忘记、忽略的世之奇葩，很多个世代，它就美妙而公然地摆放在那里；很多个世代，它却如一处敞开着入口的"秘境"，默默无闻地"隐身"于人们的视野和关注之外。直到2010年4月14日那一场震惊中外的大地震发生，人们才一齐把目光聚集到玉树这个鲜为人知的地方。

玉树，在藏语里本是遗址、废墟的意思。是天堂的旧址或天堂里的废墟吗？不！据藏文史料记载，在600年前的明代，玉树首府结古镇镇址之上曾存在着一个繁荣的大城市，藏语里称"宗鄂"。公元1411年9月29日，青藏高原上发生了一场惊天动地的大地震。据《大龙教法史》记载，地震发生时，山崩地裂，湖泊塌陷，河流改道，村庄消失，人畜死亡不计其数。有专家考证、推测，玉树历史上的"宗鄂"很可能消失于那次规模浩大的地震及其次生灾害。所谓的遗址或废墟，正是针对那个繁华一时的"宗鄂"所言。那一次灾难过后，只有九户人家最后幸存下来。劫后余生，惊魂未定，哪还有什么勇气延续那个"宗鄂"字号，就叫"结古"吧，藏语里结古就是九户幸存的意思。结古，这个镇名，既包含了人类的自认渺小，又包含了人类对自然的畏惧和感恩。可是上天啊，为什么让自己亲手栽种的蓖麻长高长大，然后又亲自放虫把它毁掉呢？

公元1738年，玉树与天堂之间的那道隔墙再一次坍塌。当然，每一次坍塌，"墙"都是要倒向人类这边，于是又有很多人直接去了天堂，而另一些人却要在天堂之外承担着与天堂隔墙而居必须要付出的代价。天堂，也从来都是一个悖论。据说二百多年前的那次玉树地震，有一位活佛头一天晚上得到了梦的启示。第二天上早课时，他问在座的僧人，是一个人死了上百人活着好，还是一个人活着上百人死了好。所有的僧人都回答，一个人死了上百人活着好。活佛说："好，你们都到山上去做功课吧。"玄机就在这个"好"字上，因为这个"好"解释起来总会有一百种说法儿、一千个角度。结果，当晚地震来了，活佛在地震中圆寂，引用佛教里的术语，不知是不是可以叫往生了。当然，另外一百多僧人幸存了下来，仍然在山上或寺庙里日夜苦修。到底是进天堂好，还是在天堂的隔壁继续活着好，每一个人的理解肯定各有不同。关于那次地震，《玉树藏族自治州概况》中有相关记载。虽然书中并没有详细描写灾难现场情况，但还是从侧面透露出那次大地震到底对玉树族、年错族等八族人，造成了巨大打击和损失，以至于清政府最后出台了一条"永行免赋"的赈济政策。

没有人能够悟得准什么是天意，所以在某一具体的事务或事件当中，人类无法确定自己的抗争和放弃，到底哪一个算是顺应天意。然而，回望历史，玉树却从来都没有选择过放弃。并没有谁代表玉树发出过"倒下一千次，还要一千次站起"的豪言壮语，但每一次灾难过后，玉树都完好地保存了梦想的种子，在焦土上重植绿色，在废墟上再筑繁荣，最终从窘迫和疼痛中重新找回幸福和快乐下去的理由和感觉。公元 1411 年到公元

1738 年是三百多年；公元 1738 年到公元 2010 年，又是近三百年，期间两次大灾难损毁的都是人类最美好的物质和精神成果，是鲜活的生命、美丽的家园和平静的生活。其实，每一次都是真正的悲剧。但是，每一次他们都无一例外地在废墟上重新树立了生活的信心、生命的信念，重建起天堂般美好的家园，让世人感知到他们的顽强、达观，感知到他们在精神和物质上那种超强的愈合、修复能力。

2010 年 4 月 14 日的大地震，以玉树为震中，很快把疼痛和悲伤传递到了全国各地。政府和各地人民纷纷伸出了援救之手，并把情感和关注的重心移向玉树。各种各样的援救、援助和援建行动、400 多亿资金的援助总量，似乎仍然不足以表达全国人民乃至世界各地人民对玉树的关怀和关爱。很长一段时间，人们为玉树的不幸，为玉树人失去家园和亲人而感到深深的哀痛，更为他们未来的生活感到深深的忧虑。然而，三年后，当那些关注玉树、一直为玉树担忧的人们来到玉树的时候，发生在这里的一切，再一次让人们感到震撼和叹服，心为之一颤，眼为之一亮。

灾难与困境，总是把人类与时间逼上同一条跑道。如果在两个世纪以前，三年时间，一个去内地易货的古代商人，离家而去再经过必要的辗转停留，差不多刚刚能够返回家中。人类的脚步稍稍迟缓，时间的脚步就会显得飞快。灾难的尘烟也许会在三年里落定、散尽，但一个伤口来不及完全愈合的残破"家园"，还是无法抚平其游子心中的感伤。但三年的时间用在今天，用在了玉树，却创造出了人间奇迹。如果那个古代商人能够借助传说中的"时光隧道"转回来看上一眼，相信他脱口而出的四个字一定会是"恍若隔世"。

仅仅三年时间，原来的玉树已经随着那一阵巨响和那一片惊惶失措彻底消逝了，一个焕然一新的玉树又一次在扎曲河畔劫后重生。街道看似原来的街道，但却比原来更宽更平更坚固，房屋神奇地长高长大了，原有的风格及纹饰似曾相识，但再面世已经不在旧日的门楣、檐下，不一定再属于旧主人。纪念馆、学校、机关、宾馆等各种公共设施宽敞、雄伟，重建的寺庙金碧辉煌。除了零星的收尾工程正在勾画着某一建筑的最后轮廓，绝大部分居民都已经迁回了自己崭新的家……只有一座半垮塌状态的建筑从"4·14"那个黑色日子开始，就一直孤零零地守在路边，作为那次大地震的见证，向路过的人们讲述着这座城镇那段难忘的经历。扎曲河的水穿城而过，已经变了形的河道以及部分建筑垃圾的逼仄仍然没有阻挡它的水势湍急，在这缺水的高原，显现出独具一格的汹涌澎湃，像这个小城汹涌澎湃向前奔走的脚步。

威武的格萨尔王铜像，仍然完好如初地挺立在广场之上，大地震并没有对它造成任何伤害。它就像一个古代英雄一样，穿越时空，代表并引领着玉树人的精神。大地震期间，格萨尔广场是一处临时避难所和祭奠亡灵的地方，当惊恐、伤痛的人们，仰望废墟中那尊巍然挺立的铜像。他的英姿、他的刚毅、他挥剑扬鞭执着前行，所向披靡的气势，为他们正处于暗淡、敏感状态的心灵注入了光芒和力量。于是，他们相信，存在于人类中的某些事物如信念、精神、灵魂等，是不会随时间流逝和物态的变迁而泯灭的。他们看到了万事万物随生随灭表象下的某种永恒。

在玉树那几天，我每天想方设法与玉树人接触、攀谈，想了解一下那场地震对玉树人的心理冲击到底有多大。如果可能，我愿意用我自认为还有一些力量的手，拂去大灾后留在他们心头的阴影，但实际上每每受到抚慰的却是我自己。从他们生命里散发出的气息、力量一次次将我感染、净化。

且不说官方人士的言行妥帖、收放自如，身体力行，以自己的实际言行向人们传达积极向上的信息和导向本是他们的天职；也不说那些歌者舞者的纵情抒发、慷慨激昂，他们有一些时候就是要挖掘、展现和表达出人们心中所期待的那部分欢乐；也不说那些披着紫红色僧衣手摇着转经筒的僧人，在他们心中，大悲、大喜都是虚妄的"色业"，他们毕生的追求就是心如止水，多数时只是选择性地映射出无色无香的天堂之花；我们只说民间，那些如草一样平凡，但却栉风沐雨，体察和体现节候冷暖、炎凉的普通民众。

七月的玉树清晨，清凉如水，工地上忙碌了一夜的施工机械停止轰鸣，而迟睡的建筑工人们也尚未起床，空旷的街上，有一男一女两个老者在忙碌，他们不停地把街上的碎石、泥块儿和纸屑收到塑料袋里，然后扔到街边的垃圾箱。一开始我以为他们是身着便装的环卫工人，但后来看到了真正的环卫工人时，才知道他们不过是普通的居民。我想，他们是在用一个无声的行动表达着他们内心某种强烈的愿望吧。

在嘛呢石经城，我遇到了一个在地震中保持完整的藏族家庭，一家四口，一个老妇人，一对夫妇，一个孩子。四个人挥汗如雨，把一块块硕大的水泥垃圾从坍塌的嘛呢石经城里搬运出，然后把原来的地方清理干净。四个人中唯一能用汉语和我交流的是那个还没有上学的孩子，他告诉我地震时他们家的人都很安全。当我问及他为什么要不辞辛苦去搬动那些垃圾时，他挠头不语，好像我问了一个让人很难回答的问题。许久，他才用不流畅的汉语对我说："为了别人。"那么别人是指谁呢？是那些在地震中逝去的人们，还是活下来的人们呢？在藏族人的心中，死亡只是一道门槛儿，过了这道槛儿，生命便进入了另一种境界，死不过是生命的另一种形式，没有人会真正地死掉。从这个角度讲，那个"别人"也许就更难以界定清楚了。这个问题，确实难为了一个学龄前的儿童。期间，几个大人都停下了手中的事情，始终微笑着注视着我们。或许，他们也能够听懂一点儿我们的谈话，或许根本无法听懂，但无论如何，和善的微笑总算一种有效的交流。那一刻，我觉得他们有一点亲切和熟悉，也有一点陌生和异样，甚至有些无法确定他们心里装的东西比如情感、观念以及其他的一些想法等是否完全和我们一样。毕竟，他们世代生长在高原，那些离天更近的地方。

转过身，我突然看到了一个老妇人正俯下身去，从土中挖出一块刻着"六字箴言"的嘛呢石，轻轻擦拭然后摆放到显眼的地方。湛蓝的天是她的背景，洁白的云朵如花，绽放在她的头顶，与她神圣的表情、凝重的姿态、身上黑白相间的衣裙构成一种完美的呼应与映衬。这一幅令人心动的画面，让我想起了米勒的《拾穗者》，但这老妇人手中握着的并不是麦穗儿，而是通往天堂的钥匙。在她身后，是绕嘛呢石城转经的人流，人们并没有因为大地震改变了嘛呢石城的排列秩序和状态而降低对它的信任，每逢初一、十五仍然人如潮涌。

其实，嘛呢石经城并没有坍塌，永远也不会坍塌，它在玉树人的心中是不灭的。27亿块嘛呢石，是27亿个祝福，并没有因为地震的发生而有一块的缺失或减少。相反，它的数量仍然在与日俱增。一块镜子碎了，会有无数个太阳映射出来，一座嘛呢石经城因为受到了大地震的摇撼，所有的石头都发出了声音，更多因叠放而深藏的经文，也将在阳光下折射出神性的光芒。

直到太阳西沉，转经的人们仍然不愿意离去，顺时针一圈圈绕着石经城旋转不停。据说，有个别极虔诚的人，即便是夜晚也要不停地转下去，真是不舍昼夜啊！时光如无声无息的流水，显然，那些转经的人选择的是在顺流而下，所以他们尽管有时看起来像是在争分夺秒地奔忙，但本质却是淡定和从容的。因为他们心中并没有明确的功利欲求，他们自然就不必焦虑与急躁。

突然想起另一种方向的旋转，逆时针的旋转。小时候家乡有磨道之驴，蒙上"蒙眼儿"后就会绕"磨道"一圈圈儿旋转，是逆着时针而动，好像它那么一圈圈儿拼命奔跑就能够把痛苦劳累的时光冲销、磨灭掉似的。后来，我发现，世界上所有跑道的设计如出一辙，所有赛场上的运动员，也都必然在沿着逆时针方向奔跑。虽然那些争夺名次的人们，内心里并没有驴子的苦难，但他们却永远逃不掉内心的焦虑、紧张与恐惧。

这一点，正是身处高原有着极浓宗教情绪的人们与我们之间在人生观及宇宙观方面的根本不同吧。或许，只有那些住在天堂隔壁的人们才能够正确感知到天地自然的脉搏啊。

时间的下游，才是真正的未来！

离开高原，离开玉树之后，我一直在思考着一个问题：在高原上的各种事物之中，能不能找到其中一种，最能够和那里的人文精神相契合？于是，我眼前再一次浮现出覆盖了山川、大地并为高原上一切生命提供了生存基础的草。

高原上的草，永远都在山坡或平坝上匍匐着，什么时候看见它们都是那个样子，似乎一千年没有长高，一千年也没有真正死去。它们并不像低海拔地区的草，受阳光、雨露以及养分的蛊惑，拼命地向上生长、拼抢。占得先机便在丰衣足食中葳蕤繁华，占不到先机便在贫寒交加中奄奄一息；春来不可一世地昌盛，秋去惨不忍睹地凋零。它们似乎从来也没有把生命的目标放在资源的拼抢与自我膨胀上。如果生的终点必然是死，繁荣的结局必然是衰败的话，作为草，为什么要拼尽气力去生长呢？所以它们并不需要太多的养分，也不需要太多的氧气和雨水，在安守贫瘠和宁静中，保持一份优雅的高贵。春去春来，于别处的草，已经是一度轮回了，而它们不过是睡去了又醒来。醒来后，仍然会以一种不变的生存姿态和心态注视着这个纷乱匆忙的世界。

草一旦活成了精，就会比花更有味道、更有深度。花儿只是装点一个季节，而草却要用生命营造一种境界。我不敢断言，玉树的草都已经活成了精或玉树人个个如成了精的草，但我敢说，不管谁达到了玉树这样的一个高度，就不得不想一些与这个高度相对应的事情。

品　酒　师

坐在我对面的韩树峰端起高脚杯，轻轻一摇，夜色就渐渐地深了。

一种莫可名状的芳香，迅即在空气里弥漫。我微微闭上眼睛，仿佛有无数奇异的花朵正在暗红色的液体里，纷然绽放。

此夜注定非同凡响。

因为简单，简单得只有一个简易的方桌、四碟干果、一瓶红酒和两个男人，所以就显得复杂。复杂，有如一款酒或一个人难以说清的生平。最终，一切的经历，一切的记忆和往事必将被简化或抽象成一种味道。那么，我们也只能从一种难以追溯的味道开始追述。

平心而论，在柳河这个区域，韩树峰并不是唯一的国家级品酒师，但若从对红葡萄酒的热爱与理解这个角度论，他却很可能是走得最深、最远的一个人。当一类或一款酒过了他的眼，又过了他的心，再经过他的"品"，一经被他以一种简洁而传神的语言表述出来，一杯或一瓶平淡无奇的红酒，便不再是只供人们"消费"的饮品或"物",而是一个有灵有肉有经历的生命。

他甚至会以特殊虔敬的态度提醒我们,生命与生命之间的关系从来都应该是平等的,是相互效力、相互尊重和相互成全的。

谈笑间,我们同时把杯举起。举起,贴近口唇,我突然感觉那是一次冒险,一次生命与生命之间相互敞开、相互试探和相互影响的冒险。

很快,韩树峰就谈到了缘分。这个已在世俗里被反复"流行",变得轻之又轻、薄之又薄的词汇,今天却因为表述者态度的凝重和内容的充实而显现出其本有的庄严与神圣,重新拥有了宗教意味。

韩树峰与这个世界的缘分,始于1968年。这一年,韩树峰和1000株名曰"红香水"的家植葡萄一同在偏远的小城柳河诞生。那是韩树峰的父亲韩敬伦先生从老家山东日照来到柳河县的第六个年头。作为一名从外地引进的专门技术人才,韩敬伦不仅在林果种植业上取得了初步的成效,而且在未来人生和事业的规划上,也有了一个更加远大的目标。

初生的儿子和粗具规模的果园,虽然不约而同地为他带来了成功的喜悦,让他内心里充满了自豪,但他更知道,属于他的美好人生则刚刚起步。他不能停下来,他要依凭自己的聪明才智创造出更大的奇迹,让柳河这小小的山城因为自己的存在而更加不同凡响。从此,韩敬伦先生便一边养育儿子,一边开始了他漫长的野生山葡萄栽种之旅。

别人家的园子里种满了瓜果蔬菜,韩敬伦家房前屋后却种满了葡萄——拥有了好听名字的贝达、有着浓郁香气的"红香水"、又鲜艳又芬芳的"红玫瑰"以及幼小的韩树峰无论如何也叫不出名字的其他杂交品种。整整30年的时间，韩敬伦以葡萄园为家，以家为葡萄园，辗转于小城柳河和那道名叫驼腰岭的山上，开发出一个个山葡萄家族的新品种——公酿一号、双优双红、左优红、北冰红……

从人生的"爬行阶段"开始，韩树峰就与这种以"葡萄"命名的事物结下了不解之缘，在葡萄架下往来穿梭。每年，春天的葡萄树刚吐芽苞，韩树峰就从新鲜泥土和即将伸展的叶片间捕捉到了一棵葡萄和其他植物迥然不同的气息；之后，他每天盯着房前屋后的葡萄树，看它们在阳光和春风的催促下抽枝展叶，开花坐果。葡萄蔓在向上攀爬的过程中，必须伸出青青嫩嫩的触须，以此固定住自己的高度，小树峰便怀着好奇的心情悄悄掐下一段，放在嘴里咀嚼，又酸又甜的滋味从口腔直入鼻翼。他会意一笑，那就是葡萄最初的味道了。

刚进6月，北方的葡萄树就纷纷开花。有一些小朋友说，葡萄藤上的那些米粒大的小东西，既没有香气，也不漂亮，不能算花。可是，什么才是真正的花呢？韩树峰才不在意别人怎么看，他坚持并坚定地说，那才是真正的花！

正在争执之间，有一天葡萄藤上成串成串花状的小东西，突然就不见了。继而，青青嫩嫩的小圆果儿就挂满了果穗儿。韩树峰摘一颗小小的果实放在嘴里，细细品味，这是一串葡萄无味的童年。从此，每隔一段时间他就从葡萄架上摘一枚青果品尝一下。那些不同生长阶段的果实，如同漫长而风景各异的人生之路，有时令他眉头紧锁，有时让他激灵打个冷战，有时却又令他身心舒畅。从起初的酸涩生硬、到后来的颜色初着，再到后来的苦尽甘来以及酸、甜、涩、香复杂难言，韩树峰几乎全过程跟踪，无不一一领略。试问，除了这样一个对葡萄如此痴迷的人，又有谁能比他更了解、更熟悉葡萄的味道？

然而，葡萄仅仅是葡萄酒的前生前世，仅仅是韩树峰的父亲一生所致力的事情。韩树峰是品酒师，他虽然知道种植环节的重要，但并没有从父亲手里接过接力棒，致力于葡萄的种植，也没有在种植的下游接住葡萄酒的今生今世，致力于葡萄酒的酿造；他最终选择了品评，选择了跳出创造之外去理解和欣赏一种生命的创造。

果然，韩树峰对一款酒的态度或姿态迥异于常人。当他从内室里取出自己多年的收藏，他并不是像对待一只被宰杀的鸡一样，很随意地攥着或拎着，而是用双手托着或捧着，一手扶"肩"，一手托底儿，像拥着舞伴共赴一场令人期待的圆舞。他目光里泛着异彩，说这是1996年的"宝德嘉纳"。

从时间上推算，这款酒已经在黑暗的瓶子里沉睡了20年。但从1996年至今，并不是它确切的年龄，只是在那一年，有人让它的生命改变了一种形态，并给它起了一个名字。一般来讲，一款酒的生命长度是很难界定的，向前似乎可以追溯到产地、酒庄或一棵葡萄，甚至一棵葡萄的根系；向后，则一直可以追溯到一个饮者的微醺或沉醉。

业内有一句公允的话："好酒是种出来的。"对这句话，韩树峰自有他独特的感悟和理解，也深表赞同，所以他随即讲起了宝德嘉纳庄园和葡萄园悠久的历史。1996年，发生了很多事情，但对于法国的波尔多产区菩依乐村的葡萄来说，最严重的事情莫过于区域内百年不遇的大旱。旱情最严重的地带，有一些几十年的老藤葡萄甚至枯死。想来，一棵葡萄赶上了这样的年份，就相当于一个人赶上了大饥荒，比如1942年的河南，比如1959年至1962年间的中国。

1962年，正是我出生的那一年。虽然著名的"三年困难时期"已进入尾声，但灾害已然在我没有出生之前就影响了我长达数月之久，以至于我一出生就带着先天的不足——营养不良、发育缓慢，就像那些失去水汽滋养的葡萄一样，果稀、粒小。直到长大，长成，才发现，虽然都是一母所生，我比身后的两个弟弟都矮了接近10厘米。世事的奇妙却正在于此，上帝在此处关上了一道门，却打开了一扇窗，在让你失之水灵的同时，也让你滤除了多余的水分，更懂得用一生的努力去弥补先天的不足。人也好，物也罢，也许只有经历过生活和生命里种种的苦，才会激发出生命深处那种汲取和积累"甜"的潜能。就像苦难成就了善于吃苦耐劳的人们，1996年的大旱成就了菩依乐村的葡萄酒。因为大旱，当年的葡萄产量降得极低；也因为大旱，当年的葡萄品质却升至极高。在葡萄酒的纪年中，那一年成为历史上一个具有传奇色彩的好年份。

宝德嘉纳庄园，按照法定等级，仅为列级名庄的第五级。韩树峰之所以会精心收藏了一款宝德嘉纳，并每每谈起多有尊崇和赞叹之词，我想除了酒品和酒名，更主要还是因为这个庄园背后那一段向死而生且意味深长的往事。

从18世纪开始，克鲁斯家族就一直苦心经营着这座宝德嘉纳庄园。但运行至 1973 年时，一个突然而至的可耻事件却使酒庄遭受了灭顶之灾。这一年，克鲁斯家族的一个表亲皮埃尔，也是这个家族旗下的一个分销商，为了攫取更多的商业利润，竟然将他代理的西班牙廉价酒与宝德嘉纳庄园的酒勾兑，利欲熏心地伪造宝德嘉纳庄园的商标，意欲在市场上行骗销售。结果事情败露，还没等实施就被告上了法庭。一个法制和道德体系健全的国家，对商业欺诈是真正的零容忍。在 1973 年的法国，皮埃尔未果的欺诈行为，已经触犯了法国社会的道德和法律的双重底线。审判的结果，不仅皮埃尔本人锒铛入狱，克鲁斯家族也因为他的牵连而名声扫地。当时，宝德嘉纳庄园主汉文·克鲁斯眼见已经传承了 110 年的家族基业在自己的手中蒙羞、被毁，也觉得无颜面对祖先和世人，羞愧之下，便驱车坠崖自尽。这是一个脆弱而追求完美的人，竟然把尊严看得比命还重。当然，也有一点儿以死抗争的意味，告诉人们这个家族也许犯了管理上的低级错误，但拥有的传统和品格却是不容置疑的。

汉文·克鲁斯坠崖的第三年，1975 年，富有实力也独有见地的著名干邑酒商迪狮龙家族收购了奄奄一息的宝德嘉纳庄园。一方面利用迪狮龙家族的金字招牌对消费者施加正面影响，一方面在经营上更加苦心孤诣、殚精竭虑。庄园主阿尔法·迪狮龙曾说："我每天清晨刮胡子的时候，脑子里想的都是今天我能为宝德嘉纳做些什么，以促进它品质和信誉的提升。" 20 年后的 1996 年，宝德嘉纳酒庄终于凭借一款 "别有一番有趣风味" 的好酒而一扫阴霾，酒、酒庄、酒庄的故事一同被消费者认同并推崇，成为令人感叹的 "三绝"。

这时，韩树峰也轻轻地叹了一声。但他的叹息很是轻微，轻微得如同于旋转的杯中之物在轻轻私语。我想，将一款有来历、有内涵的红酒称为"杯中之物"，韩树峰肯定会很介意的，因为开杯以来，他已经第三次强调，红酒不是"物"，而是一种需要用心、用爱、用时间将其慢慢唤醒的生命。

世人好酒如好色，大致不过三点直白的缘由：一是难舍那令人愉悦的颜色和观感；二是沉迷于喉舌间那短暂的满足和快慰；三是贪图那份借名酒之名而带来的附庸风雅的虚荣。而有些商业中人，则把全部的心思用于将手中的酒以更快的速度和更高的价格卖出去，让它们为自己创造出更多的利润，换回更多的钱。没有更多的人愿意花更多的时间、心思和成本提升它们的品质和内在价值。

似乎人人都可以张口闭口对一款酒说喜欢或爱，可是有几人真正懂得什么是爱呢？韩树峰说，爱，就是不轻慢，不亵玩，是一往情深地了解、理解和欣赏，是不讲代价地专注和尽心尽力，甚至像汉文·克鲁斯那样以命相偿。爱，就是一代代前仆后继，全力以赴，为了造出一款好酒不惜代价，不计成本，不问利润，投入，投入，再投入，包括资金、精力和情感，一直到终于将你的酒打造成"倾国倾城"的"名媛"。

韩树峰又浅浅地啜饮一口 1996 年的宝德嘉纳，表情神秘而悠远。他意犹未尽地说，爱就是一分钟一分钟安静而耐心地相守，感受它每一个时段的气息和个性变化，它的口感、它的味道、它的情绪、它的韵致、它的生命的波动……

这是第三个五分钟。

在第一个五分钟里，酒仍似一个贪睡的少女，意绪恹恹，如被夜露打湿了翅膀的鸟儿，滞留于雾霭沉沉的梦里，迟迟不得也无意展翅。帷幔初启。她不过翻了一下身，抻一抻腰肢，打一个哈欠，但已洋溢着生命之初的羞涩与清新。那是清晨的气息、青草的气息、麦苗刚刚及拃的春天的气息。

在第二个五分钟里，我仿佛看见抽象的太阳在具体的夜晚徐徐升起，明亮的阳光像一支魔力的画笔，触碰到哪里，哪里就焕发出了光彩。花儿慢慢地展开了花瓣，芬芳丝丝缕缕地蒸腾起来；少女的脸颊上现出了水色与红润，双眼将睁未睁之际，似乎有一种温暖而又顺滑的甜，如一群闪光的鱼儿欢快地游来，点点银星由远而近，刺破幽暗与苍茫。

而此时，温暖又圆润、轻柔又顽强的馨香，已直入肺腑，直摄魂魄。是谁隐在胸前，藏在背后，或抵于唇齿之间吐气如兰？你能感觉到那些存在却无法显现的一切吗？微张的湿润的唇、低垂的含羞的眼、狂乱的勇敢的心……在薄而透明的杯沿上，时间与空间、世界与仙界、物类与人类、梦境与现实、液体与固体已相交相合，混淆了原来设定的维度和边界。

之后的混乱，可以称作"沉迷"，也可以称作"通灵"。饮者与酒，不知道从此谁进入到了谁的生命，谁附着于谁的灵魂。当酒终于进入人的身体、人的精神、人的记忆和人的情感，才知道，这是一次成功的逃逸或解放，原来瓶和杯才是它们难以突破的牢笼。人的姿态依旧，安静或沉稳地端坐于桌前，但生命深处却暗暗地起了波澜——春风春雨、秋风落叶、如花绽放的欣喜，如雾盘桓的哀愁……就这样看似无依无凭地孳生出来。

于是，迎面萦绕起岩石或泥土的气息、青草或嫩叶的气息、花儿开放的气息、云和雨的气息、黑暗与阳光的气息、某种树木生前或死后的气息、现实和历史的气息、死亡和再生的气息……那正是酒的语言、表情和心境；那也正是酒在以自己独特的方式，娓娓展开的一场倾诉。它们把身世、历史、经历、遭际、爱恨情仇、心思意念、性情禀赋都寄托于一种气息和味道。

也许，人与酒之间的对话和一个人与另一个人的交往同样，就是一种冒险。有人喝了某种酒之后，感觉味道、口感和入口后的身体、意识反应均佳，便会脱口而出二字：好酒！而另一些人却可能感觉味道不合意、口感不相宜，且胸闷气短、头痛"脚沉"，于是便不假思索地断言，自己遭遇了劣酒。其实，人与酒，也是要讲缘分的；感觉爽或不爽或美妙与否，完全取决于是否相遇；相遇后是否"同频"；能否互动、共振。玄一点儿说，这也是人与酒相互选择的结果。

一般情况，韩树峰品酒从不轻易使用好、坏、优、劣这样的险峻之词。作为一名对酒有着深刻理解的品酒师，他最知道酒的复杂，正如他最知道人的复杂。他对酒的品评常常使用比如轻盈、厚重、适中、甘洌、凌厉、顺滑、威猛等纯然中性的技术术语，充其量会使用一些喜欢、不喜欢、适合、不适合等个人化的评价。即便是他最中意的宝德嘉纳，他的评价也是平和、客观的。他说，宝德嘉纳样样都好，就是少了一点明亮、通透的酸。这就像一个女人不会流泪，一个男人不懂忧伤，你可以称其为乐观旷达、刚强坚忍，或性情豪迈，但终究还是缺了一点儿立体性和丰富性。世间没有完美的人，也没有完美的酒，唯有丰富与复杂才能演绎和调适出一个鲜活生命所必有的魅力和韵致。

当品评进入第六个五分钟的时，一般的酒都会彻底醒来。酒"醒"的概念，相当于一个人从沉睡之中的意识蒙眬到神志清醒，信息和感觉传导透彻无碍；或者一个人，进入"而立"与"不惑"之间，已经历了人生应该有的绝大部分酸甜苦辣和波折历练，已经在自己的生存环境里找到了一种相对稳固的调和与平衡，气息与格调已经不会发生很大改变。真正的品酒师，只对，也只敢对"醒"好的酒发表自己的看法，做出自己的评价。

由于西方特别是法国葡萄酒在中国市场上的绝对强势，令业内、业外与葡萄酒有关的各方面人士，不敢对纯正的进口酒有一丁点儿的微词，提起列级名庄的酒，基本众口一词："酒体均衡，几近完美。"但在千差万别的"完美"中，韩树峰坚持着自己的客观与清醒。他认为，"旧世界"或"新世界"的酒，虽然因其低酸和糖度适中，所酿的酒口味纯正，但也不是毫无瑕疵，在色泽上和口味上，因为"酸""苦"要素的缺失，还是稍显单调和沉闷。

第八个五分钟临近，宝德嘉纳的酒体里单宁继续加厚，并透出了隐隐的苦。这一变化令韩树峰大为惊喜。这正是好酒所应该表现出的禀赋和特性——酸、甜、涩、苦、辣的兼备与均衡，并且能够经得起岁月的考验。酒体如人生，应该有的经历和味道，一样都不能少。辣是酒的根基，也是人的血性，没有一点点的辣，酒则不成其为酒，人也难以立事、立世。甜则是人生意义的根本所在，生而无乐、无甜、无趣，人为什么要来世间走一场？五味中，酸几乎就是甜的孪生姐妹，是甜的反证和互动，没有酸，甜必无着、无证、无趣、无益。涩是情感、口感、存在感的"摩擦力"，如果说没有摩擦力就没有运动，也没有运动的世界，那么人生或酒里没有一点涩的感觉或味道，生活和生命，终究不过是一杯白水。苦是五味的根基，是生命成长过程的必修课。苦味入药，则益智、去燥、明目。不经过苦的打磨、浸泡和淬火，生命就会缺少必要的硬度，酒就失去了复杂和丰富。

第九个五分钟来临，韩树峰仍然意兴未尽，一边感慨于宝德嘉纳于平凡中凸显出峭拔的独特，一边畅想着能有一只执掌造化的妙手将柳河、通化地区山葡萄里最独特、最有趣的"酸"转移到宝德嘉纳里一点："那样，岂不两全其美，宝德嘉纳也通透活泼了，我们这个区域的酒也平滑、平和了。但话又说回来，凡事为什么要追求违背自然本意的极致和完美？"

是的，世界上从来就没有也不应该有完美、极致的事情。有"求全"，就必有"责备"，任何人、任何事，都不可以完美无瑕，如果上帝真的一心软，满足了人类的全部意愿，人就不再是人，而为神；物也不再是物，而为神器。反过来说，人之所以永远成不了神，就是因为天天在追求完美，反使得自己变得更不完美。求全，只是人的思维，而不是神的思维。神的思维是一切存在都为圆满，都为完美。在不可选择中选择，在不可挑剔中挑剔，显然就是对自然、造物主以及一切受造之物的不尊重、不理解和不宽容。正如，沙漠覆盖的中东出产石油；雨水丰沛的巴西出产粮食；而炎热得衣不得遮体的泰国可以吸引人们去观光一样，法国的"旧世界"、拉美和澳大利亚的"新世界"以及比"新世界"更新很多的中国其他产区都已经在上帝那里分得了自己应得的一份，不能再多了。再多，连上帝都会觉得自己过于偏心而不好意思了！哪能把一切好用的、珍稀的资源都放在一个地方呢？

现在，终于临到了自古以苦寒著称的长白山区。

这里，一年中有半年被冰雪覆盖，夏短冬长，昼短夜长，人们在皑皑白雪中期盼着绿色；生物们在冗长的冬天里企盼着阳光和温暖。如此与众不同的地方，当然要有一些与众不同的事物与之相匹配，这是上天的旨意和公义。于是，长白山脚下的众山城就拥有了别处没有的独特资源——野生山葡萄。《诗经·豳风·七月》里说："六月食郁及薁。"译过来就是：六月里吃郁李和野葡萄。薁，也为蘡薁，就是野葡萄。《唐本草》也有记述：薁，山葡萄，并堪为酒。

据史料记载，从前，野葡萄的踪迹遍及华夏，河北、陕西、山西、山东、江苏、安徽、浙江、湖北……似乎有山就有山葡萄。可事到如今，书上记载的各处山葡萄分布地，都已经鲜见山葡萄的踪迹了。偏偏是书上没有提到的东北，东北的长白山区、通化或柳河小城，山葡萄仍然多得可以支撑起一个庞大的产业。这正是："近来始觉古人书，信着全无是处。"书上没有记载，并不代表实际上并不存在。也许，正因为长白山区古来一直是一片人迹罕至的荒芜之地，更加之清政府一百多年的封禁，连闲杂人等的马蹄都不允许触及，连文人们的笔尖儿都不许随意指点，才使这片寂寞的土地上的资源得以较好地保存。

长白山区的山葡萄，根植于原始森林肥沃的黑土，沐浴着自天池而来的甘洌山泉，冰清玉洁，清香袭人，酸甜醇厚，出落得如不咸山下的美女"黛玉"。其性异也，酸也突出，甜也突出，用术语说就是高酸高糖，以其所酿的酒，偏酸而甘，喜欢的人自然会认为是酸甜可口，不喜欢的人则嫌其"刁钻古怪"。所以，这个地区以山葡萄为原料酿造出的葡萄酒，大多具有三大突出特点：一是色泽靓丽娇艳；二是香气优雅隽永；三是果酸凌厉别致。其酒体中三条主要风味支柱，酸、甜、涩几乎等长，如此结构，决定了它必然在甜酒和冰酒领域表现优异，一起步便依凭着优越的"天资"而晋身世界级的好酒行列。不管国际上的什么机构评酒，这个地区的酒往出一拿就是金奖，或金奖、银奖一同拿下。但美中不足的是，在酿制干酒时，剔除酒体中桀骜不驯的酸就成了令无数专家挠头的难题，若论平和柔顺，目前还无法与欧亚种系匹敌。也就是说，一个"心似比干多一窍"的林妹妹，无论如何压抑和克服自己的个性，一时还难以达到宝钗姐姐圆滑敦厚的境界。

现在是第十个五分钟。如花绽放的葡萄酒已经如孔雀开屏一样，释放出它生命里最为绚烂的激情，渐渐地韶华消散，意绪阑珊。韩树峰举杯示意，我们再一次怀着眷恋的心情深吸一口那酒的余香，并以告别的心情饮进最后一口宝德嘉纳。从此，那一袭飘荡着的芳魂，便移居我们的记忆、情感和血液，以另一种形态继续生存、奔涌、飘荡。

一切的过程都将有一个必然结局，包括一个晚宴或一场人生。我一直不是很理解，为什么西餐里最后一道饮品一般都是甜酒？当然最好的甜酒还数中国东北或加拿大这样寒温地域所出的冰酒。今天，韩树峰也比照西餐的规矩，开了一瓶本地冰酒——"华龙一号"。酒一入口，立觉繁花似锦，花香弥漫。仿佛一支乐曲进行到尾声，圆号、黑管儿、萨克斯、长笛等"重器"已轮番过场，突然，万籁俱寂，一阵琵琶轮指，清凌凌如一脉小溪自山间的石缝中淌来；如一只机警的火狐迅即划过雪野，撒下一行匀称精致的梅花足踪。或时值深秋，如水的长天正与透黄的树叶在长风里对望，无可奈何地等待着日子在一天天变冷，变得萧瑟，突然就来一个艳阳高照的暖日，让人感觉到时光倒转，一切又回到了从前，春天的脚步仍在耳边回响，门扉翕张之间，尚见她发梢一晃。

后来，我终于想到了"甜"的隐喻和真正的意义。不仅是西方人，可能全世界的人，都对甜有着某种近于宗教的信仰。一个复杂的晚宴，期间必然经历过麻、辣、苦、咸等诸般味道，又有咀嚼的劳顿和吞咽的风险，在一切即将结束时，来那么一点甜，激励、慰藉或总结一下，也属人之常情。就如很多人花去一生的时间所期盼的那件事——一生奔忙，当生命已经走到尽头时，自己的脸上尚能剩有一个满足或释然无憾的微笑。

韩树峰的"谢幕词"很独特。他凝视手中艳若桃花的"冰红"说："这是一个寂寞的事业。"我一时竟不知道给他所说的寂寞定位。他是在说种植葡萄的事业寂寞；酿酒的事业寂寞；品酒、评酒的事业寂寞；还是人生寂寞？其实，他说的不过是一个普通的道理，想做好任何一件事都需要耐得住寂寞，没有那个黯淡无光的过程，就不会有最后的华丽蜕变。譬如爱，不用心，不动情，不忍受孤独，不把生命一起押上去，你怎么可能达到那个幽深玄妙的境界？可是，"不知情之所往，一往而深"，一深就感觉到了无朋的孤独；一深，就感受到了刻骨的寂寞。

　　一开始，我就认为，像韩树峰这种幽深、颖悟的人在柳河这样的小地方定然会感到寂寞和孤独的。随着彼此交流和理解的加深，更让我感觉到他倒是与这个地域的山葡萄有着相同的际遇。但对我的"惺惺相惜"，他似乎并不领情。他认为此生能与这个地域的山葡萄和葡萄酒紧密地绑定在一起，这已经是一份美好的机缘和祝愿，没准儿，这正是上天刻意设计的一场"成全"。至于地域的大小，他曾有这样的表述："你看法国的菩依乐村和普罗旺斯小镇，哪一个比柳河这块地盘儿大？可是，谁又敢说，它们是个小地方呢？等有一天，柳河小城也成了东方的菩依乐或普罗旺斯，你就知道我已经有多么幸运啦！"

　　至此，我不想再继续说些什么。望一眼窗外，突然想起，曾有一位作家说过这样的一句话："我要在巴掌大的地方做出天大的努力！"这是一种人生的境界，也有一点儿像哲学。

　　窗外，不知什么时候下起了雪。落雪的时候，小城的夜空就会变得明亮起来，可以搬个凳子，坐在院子里看书。这样的情景真是奇妙，雪花落在书页上就成了黑色的字，书页上的字飞起来，就成了飘动的雪花。

山的襟怀

　　将进十月，长白山上的草，早早地黄了。

　　穿过海水般碧蓝的天空和梦一般洁白的云帆，阳光温暖地播撒下来，将苍翠的针叶林带和赭红色苔原带之间的广大地域，涂抹成一片耀眼的金黄。零零落落的岳桦树因为脱尽了叶子而露出洁白的枝干，沿山坡逶迤铺展的秋草则如某种巨大动物的金色皮毛，在微风中熠熠闪光，一直延伸至远处那道隆起的高坎。

　　之于北方,这时节,已是入冬前最后一段好日子。在此期间，天空多半晴朗，无限明媚的阳光，常如世间最灿烂、最有感染力的微笑，一闪就会把人心融化。有了这样的照耀，似乎从此大可不必再忧虑或畏惧接踵而至的冬天了。这样一幅暖意融融的画卷，总会让人情不自禁地联想起诗意的、浪漫的或温馨的家园。只可惜，人并不具有动物们的本事，并不能真正在这柔软的深草里安居。

　　尽管有些许向往，也不过任由一只野性的小鸟，从灵魂的居所出发，掠过晴空，掠过树木，在那草丛中做短暂的停留，随即又飞去，终至无影无踪。想来，还是山间的獐、狍、野鹿、雉鸡、野兔、艾虎、黄鼬等真正与山相守的鸟兽们，比我们更懂得山的真意和种种好处，也更知道如何尽情地享受和珍惜这一份自然的赐予。

其实，走在长白山的山脊之上，就仿佛走在了天空之中。举头仰望，不染纤尘的穹顶已伸手可及，转腕之间，扯去那层柔滑如真丝般蓝色的天幕，似乎就可摘得藏于其后的那些银光闪闪的星星。再回首，遥看四野以及山下的房舍树木，已然一片苍茫，烟岚下，浑然一团，不过是一片失去了形态和质感的墨迹而已。

及至峰顶，揽蔚蓝、澄澈的天池水为镜以自照，却看不到自我的形象或形态。这时，对面的崖顶上已经覆盖了一层皑皑白雪，白雪下赤色的岩壁鲜艳如花，而岩壁下的天池水却装着整整一个深不见底的蓝天。那么，我自己呢？或许因为山的托举，或许因为长久地凝神伫立，已然成为山的一部分。渐渐地，我忘记了自己的来处和身世。在一片无涯无际的苍凉与寂寥中，我的思绪如天池水中自由下沉的一颗石子，穿过冰冷的岁月，一直沉入池底，沉至山的根基——

一千二百万年以前，随着一声石破天惊的轰鸣，古老的长白山脉就已经在这片素有"苦寒"之名的北方大地上诞生了。在之后漫长的数百万年里，它以其间歇性的火山喷发，一次次地改变着自己的状态和高度。或许，我们可以理解为那就是一座山的成长历程。一次次的涅槃，一次次的新生，其称谓从最初的不咸山变成了后来的太白山、长白山……其声名也由原来的无人知晓、名不见经传，到被载入千古名典《山海经》。至宋朝，长白山神已被"皇封"为"兴国灵应王""开国宏圣帝"；至大清，长白山更被大清皇帝康熙封为众山之尊、五岳之首，奉为神灵，并聚集当朝知名学者从水脉山源的视角得出一个风水学上的重要论证——"泰岳诸山从长白山来"。

然而，时至晚近，这座本应该名满天下的山系却仍不被世人所熟悉、所推崇。历尽了千"劫"百"遭"之后，它仍旧是一座孤独的山、寂寞的山、境遇清冷的山。无人为其树碑立传，也少有人为其歌咏诗赋，以传美名、佳誉。偶来一游的过客们，又总是浮光掠影，来去匆匆，谈之唯唯，论之诺诺，一知半解的认识，只鳞片爪的领悟，终不能让一座真实的山在他们灵魂的底片上留下确切而深刻的印记。

忽而有风，从难以判断的方位轻轻拂过天池，原本晶莹如玉的湖面顿起一片波光粼粼的皱褶，蓝色的水体和洁白的云影遂如某种起了微澜的情感，久久不能平静，如悲，如喜，又如悲喜交集。难道说，这就是此山此刻传递给人们的情绪吗？

据传，在无法探知的暗处，长白山是与大海相通的。《长白山江岗志略》曾记："天池，在长白山顶……群峰环抱，池高约二十里，故名为天池。土人云：池水平日不见涨落，每至七日一潮，竟其与海水相呼吸……"如此说，这座大山的"心"就更加深奥而不可揣测了。或许，我们的眼，只能，也只配在事物的表象上往来穿梭。于是，当我凝立于天池之畔，便索性循着风隐去的方位放眼远眺。目光所抵，正是天豁峰和龙门峰中间的宽大缺口。其间，有一水自天池湟湟然而出，曰通天河。通天河翻滚激荡，过天门纵身一跃，又化作飞沫流泉的长白瀑布。水，从跌倒处爬起，再上路，便顶起一条江的大名开始独自闯荡江湖，但从此却永远告别了母体。

原来，面积不足9平方公里的长白山天池，竟是地理上罕见的众河之源。从此处出发，有三条举世闻名的大江，分别沿三个不同方向展开了它们气势恢宏的叙事。松花江向北，图们江向东，鸭绿江向西，一路收纳各种沟壑、石隙间的蛰伏之水，集万千条涓涓细流于一身，浩荡远去。也聚敛，也布施，直把面积达两千多平方公里的原始森林以及林区外更广更大地域上的草木和农田滋养得昌茂葳蕤、生机盎然。

如果说，山以风光、景色为貌，以物类、涵养为品，那么长白山足可谓品貌俱佳之山，称其为大美,绝非虚夸之词。相反，倒是它现在的"名"与它拥有的"实"已经远远不相匹配了。我并不确定山知不知道或在不在乎命运这一说，但如果按照人的功利之心论山，长白山的确是一座运气不佳的山。因为所处偏远，因为所居高寒，它就永远摆脱不了被阻隔、被遮蔽的境遇，成为"遗世而独立"的渊薮。

一年365天，长白山有258天独自站立于冰雪之中。在漫长的冬天里，鸟兽大多从长白山的主峰上撤离下来，除了由山北转往山南觅食，偶尔路过的老鹰，天池附近几乎看不到什么生物了，甚至连树上的叶子都纷纷离开，去了更加温暖安全的角落躲避风雪。平均8级以上的大风雪，经久不息地吹过十六峰的垭口，呼啸着在天池边上荡来荡去，无朋的大山，一半陷于冰封的大地，一半隐没于云雪相接的天空。于是，人迹罕至、冰冷寂寞便成为这个苍茫洁白的山脉和冰雕玉琢的山峰所处的常态。

古籍中曾有过很荒谬的记载："长白山在冷山东南千余里……禽兽皆白。"这就从另一个侧面证明，从古至今的长白山一直被人们所离弃、所误读，没有人知道这山的真相和本质，更没有人知道上天放一座山在这里到底有什么深意。

正在我胡思乱想之际，忽有一哨黑云从天池的西北角斜刺里杀出。先是如丝如缕，然后渐浓渐厚。尔后，呈现出翻滚浩荡之势，不多时，整个天池已经在彤云的覆盖之下，冷风中，已经有密密麻麻的雪糁凌厉而下。长白山，又开始进入另一季的云遮雾掩。

我们像逃避噩梦一样，从山顶仓皇向下"逃窜"。一直逃到山下，心绪仍裹在那团云雾中难以解脱。可是，回望山顶，虽然已被一层白雪严严覆盖，但那一袭醒目的晶莹剔透与上方宁和、蔚蓝的天空以及山下红黄间杂的秋叶却形成了妙不可言的相互映衬，显现出一派华美明丽、豁然开朗的景象。长白山的天，就这样说晴就晴个透彻！

后来，我们就邂逅了那条河，就是天池南那道最别致的小河——秃尾巴河。很难查考，出于什么原因或因了什么典故，当地的山民才为它取了这么奇怪的一个名字。

午后的太阳在西边的树梢上缓缓地下沉着，暖色的夕照平射在周围树木的叶子上，使它们拥有了光的质感。于是，一切都变得通透起来，红的如火，黄的如金，也有一些树叶仍然青葱，苍翠如玉。当阳光照在河水上的时候，从远处看则明亮刺目，仿佛河床里流淌的并不是水，而是一泓融化了的金子。走至近前，却完全是另一番景象。河水清冽得如同无物或如液态的风，河底丰茂而浓密的水草在流水的"吹拂"下，俯仰自如，微微地泛起绿色的波浪。天空和岸边树木的颜色倒映进来，在水流中轻轻摇荡，恍如多彩的梦幻……这一湾明媚的秋水，不知道从哪里缘起，又将在哪里终结，但它却在我的心里激起了无边无际的喜悦。有那么一刻，我甚至感觉到已经窥见了长白山那华贵、美好的精魂。

我决定在长白山下的客舍里住下来，用长白山的温泉水洗濯我那被世俗之风吹得冰冷且落满灰尘的胸怀。

这一夜，我睡在了山的怀抱之中，仿佛在温热中"液化"并与山融为一体。

睡梦里，只觉得体内有温热的液体在不停地激荡、奔涌，却无法分辨那是炽热的涌泉，是沸腾的岩浆，还是自己流淌不息的血。但有一点，似乎是可以肯定的，那就是我与山之间竟然融合得彼此难分。所谓灵魂，似乎已通过某种不为人知的方式缠绕在一处，能够同忧同喜；所谓的心怀，也突然被某种力量扩大，大如一个庞大的山系。

如此，不管冬天的脚步有多么沉重，也不管那脚步已经逼迫到哪里，都不会打扰到我们甜美的睡眠。山一觉醒来的那个清晨，已经是我们的另一个春天。

清晨的鸭绿江河谷

这个清晨，有雾来自遥远的长白之巅或老龄山脉的丛林之间，像一只巨大的鸟儿，降落在鸭绿江河谷。一时间，河谷两岸的树木和房屋都隐藏在她柔软的"羽毛"之下。

我早早从鸭江谷酒庄的客舍起身，想下到江岸去，看看河谷里的风光。没想到，当我拉开窗帘，窗外又有另一重帘幕挡住了视野。

这样的天气，无论如何，路是看不远了。但只要往前走，就会有相同长度的路面"躲闪"出来，像是有一双看不见的手，在人的前面，边走边为你撩开一段帘幕。

雾中的感觉很奇怪。虽然视线走不远，但声音却似乎不受任何阻碍。它们就像生在海水里的那些飞鱼，往复穿梭，欢畅自如，想去哪里就能到哪里。

一路上，来自路旁葡萄园中的各种鸟鸣，不断从辨不清方位的浓雾之中传至耳边。久违啦，这些清丽、美妙的音符！如今听起来，多么陌生，又多么亲切！好像人生又回到了从前。

从前，那些心猿意马的清晨；从前，那些每天都有很多向往，每天都有很多期盼的少年时光……

　　视线之内，总还是能看到一些低矮的葡萄架，规则、整齐地排列在道路两侧，这和以往的印象极不相同。记得小时候，家里也种了两棵葡萄，巨大的葡萄架从院中一直要搭到房檐。夏季来临，浓荫蔽日，可以搬个小凳在葡萄架下边读书，也可以把饭桌放在葡萄架下吃一顿清凉的晚餐。但这里的葡萄架却十分奇怪——低矮、规则、漂亮，就算是葡萄们长到了全盛时期，总体高度不会超过人的身高。大概，这样更便于管理和采摘吧？

　　葡萄架的下边，像草坪一样一棵挨着一棵地长满了蒲公英。蒲公英正值开花时节，绿的叶子，黄的花朵，间或还有一些已经结了籽的银色的"毛毛球"，一颗颗小伞等待着有风吹来，借风而奋发，把生命的基因传向远方。如果天气晴好，有阳光照耀，从远处山冈上看过来，这里一定像一张美丽的绣花地毯或一片金色的花海。

　　前夜，听葡萄园的主人老孔介绍，五年前，这里是一片荒山，灌木丛生，杂草恣肆，根本就看不到几朵有颜色的花儿。老孔的弟弟，在辽宁做企业，也许离家太久了，想慰藉一下自己的思乡情结；也许是奔波得倦了，想找个安静之处颐养天年，就一心想在这山水之间寻一块净土，建一座自己的葡萄园。

　　没想到，葡萄园建起后，一年接一年、一茬连一茬地人工除草，把别的杂草都砍得筋疲力尽，倦于萌发，却让蒲公英找到了理想的繁衍之所。铲去一棵，生出两棵；铲去两棵，生出四棵……不到三年的时间就密密麻麻地铺了一地。也好，有它们在，葡萄园里的葡萄们就多了一批保持水土和抑制杂草的"卫兵"；有它们在，老孔这个圆梦的葡萄园，看起来也更像一个美丽的梦了。

我来老孔的葡萄园，这是第二次。第一次来，是去年冬天的"国际北冰红节"。那时，正好赶上鸭绿江河谷中的大雪。漫天洁白的雪，将整个山谷涂抹成同一种颜色。道路、河面、山间空地、对面的水库……举目一片纯净的银白。只有远处的房屋，露出明黄色的墙壁和红色彩瓦的边缘；只有葡萄园中的葡萄像躲在白色帷幕后一双双好奇的眼睛，乌溜溜地打量着来往的行人和这个不可思议的世界。那么多的车辆，那么多的行人，似乎都不能有效地打破那里的安宁。比起色彩斑斓的现在，那时的葡萄园可能更像一个梦境，虚无、缥缈而又玄妙。记得在品尝葡萄酒时，一个女孩端了一杯鲜榨的冰葡萄汁在雪地上摆姿势，拍照，随着"呀"的一声尖叫，一杯鲜红的葡萄汁倾洒于地……我记得，那是那天唯一的一个声音和唯一的一种色彩。

快走到江边的时候，雾已经散了很多，但还没有散尽。从云峰水库的湖面上望去，还看不到对岸的景色，但近处的山光水色，却已清晰可见。一条宏阔的大江行至此处，突然就在山间旋住，就如人从窄路走到了一个宽阔的广场，不由自主地放慢了脚步。人总是被一些事情追着，认为自己必须在某刻某刻赶往某地，而江却从来不像人类那样自以为是，它不着急，它知道水走到哪里都是水，存在的意义并不是急匆匆地赶路，而是存在本身。

清晨的江水，大约也是闲来无事，便一下下轻轻拍打着石头堤岸。浪涌上来又退下去，发出了低沉而又渺远的声音，有如呢哝，有如叹息。

我抬头眺望迷蒙的远方，虽然眼前有雾气遮掩，我却能够感知到这条大江的古老，感知到它的来之悠悠，去之遥遥。几千、几万年的时光逝去，它依然在以它不变的节奏从容漫步，也依然在从容、自在间保持着对岁月的傲视。它怎么会发出只有人类才有的忧愁和叹息？如果有，也一定是为匆匆而来，又匆匆而去，总是在劳碌奔忙，却总是劳而无功的人类所叹。

关于这江，史上有明确的记载。《新唐书·东夷传·高句丽》曾记："有马訾水出靺鞨之白山，色若鸭头，号鸭渌水。"也有传，因这河流中生长着的一种名为"雅罗"的鱼，被满语读为"鸭绿"，于是江水因鱼而名。"鸭绿"一词在古阿尔泰语中有"匆忙的、快速的"意思，形容水流湍急。我怀着好奇之心，仔细地观察了江水。确实，那江水清冽、澄澈，色泽绿中有蓝，看起来十分奇特。

雾终于变得稀薄，对岸的山峦和建筑渐渐显出轮廓，我的边际意识也才清晰起来。所谓的鸭绿江河谷，无非是半个河谷、一道江岸。一直以来，这条江都是中朝两国的界河。本来，自然有自然的法则和体系。江的两岸都属于这条江，包括植被、气候、生态等都具有不可分割的完整性，但因为两岸的土地归属于两个不同的国家，似乎一切都已迥然不同。

先前，人类的生活习惯、生活理念、人们的语言、性情等都依据水系划分，差不多一个流域对应着一种文明。"我住江之头，君住江之尾，日日思君不见君，共饮一江水。"那时的水系和族群的血脉一样，能带给人以亲情甚至爱情的联想。但后来，人与人之间的隔阂、壁垒深重起来，自然的法则就被打破、颠覆，人们不管面对怎样的山水，都保持有足够的理性并恪守人类社会的规则和理念。人类，其实从来没有真正懂得过一条江的心思，更没有像一条江一样去思考，去作为。

太阳，好像突然之间从雾霭中跳出。就在我们转身之际，天空已云开雾散。早晨的阳光像一把金色的扫帚，只挥舞了那么几下，就把天空打扫得干干净净。不仅天空，仿佛山中的一切都已被拂拭得焕然一新。

葡萄园中早已经有十几个工人拉成横排在薅草了。远远地，我就看到了身材高大的老孔，他也在那些劳动者中间。我在向他那边张望时，他也在向我这边张望。彼此挥挥手，心有会意，我们又在清晨里续上了似乎没有聊完的话题。

我问老孔："别处除草都已经用除草剂了，你们这样的干法，要多付出多少成本？"

老孔淡然一笑说："老板不怕多付成本，只要活儿干得好，干得漂亮就行。"

虽然老孔是"老板"的亲哥哥，葡萄园里的一应事务都由他主持，也算葡萄园的主人，但他却不以主人自居，他仍然称自己的弟弟为"老板"。老板是个什么样的人，我没有见过，但让农民出身的老孔认同并佩服，大约还是有一些过人之处吧！

老孔说，自从"老板"投资这个葡萄园以来，就没计较过成本，几千万都搭进去了，还会算计这事关品质的一点儿小钱？既然"老板"坚持，宁肯把一辈子赚的钱都搭上，也要做出世界一流的好园子，他也就只有按照"老板"的心意，帮他把事情落实、办好。别人家种葡萄能用机械就尽量用机械，老孔家却能用人工就尽量用人工；别人家买什么都找便宜的，老孔家却专门找贵的，只要不影响葡萄和酒的品质……

老孔断断续续地说，我就在一旁断断续续地想，他的"老板"一定是一个理想主义者，一个为了梦想不要命的人。在内心里，我倒是很佩服这种人，因为我也一直认为，人活着不能没有理想，为了理想也不能不全力以赴。但同时我也为老孔的"老板"担心，因为在我们的市场环境和商业生态还没有彻底走出初级阶段，人们还不懂得自觉地辨识、爱护和尊重英雄。尽管人们对英雄的反义词恨之入骨，但为了眼前利益还是会亲手在英雄的后背捅上一刀。但对着他的亲人或员工，我能说什么呢？我只能在心里祝他们有个好运气。

老孔虽然表面看是个粗人，实际上内心细致敏感。大概看出了我的心不在焉，所以就马上把话头打住。建议我自己到处走走，或到酒庄的楼顶平台去看看葡萄园的全貌。

登上鸭江谷酒庄的楼顶平台时，已然旭日高悬，本已澄澈的四野，变得更加通透、明亮起来。目光在这样的山水间游弋，便如将羁鸟放归于无际的蓝天，一时竟忘记世间曾有收束二字。如果，不是有对面的山峰阻挡，我自信，举目一望，必至千里。

放开远眺的目光如迅飞的鸽子，沿葡萄园的上空一直飞抵对面的云峰湖上，便发现，整个葡萄园竟是一个钢琴形的半岛，或者按直感描述，就是一架放在水上的三角钢琴。

阳光在整齐、规则的葡萄藤和那些绿色的枝叶间闪烁、跳跃，仿佛正是从那架钢琴飞出的明亮的音符。一首无声的天籁之音，正在鸭绿江河谷的上空响起……

我突然想起了《海上钢琴师》那部电影和电影里那个无处可去的钢琴师。

等到有一天，我已身心疲惫或无处可去，我就会再来半岛，请那"老板"借我一隅。为此，哪怕要投掷毕生的积蓄，我也要在这里盘桓下去，听听自然的声音，听听自己心跳的声音。

西旗的云

我们行走，在西旗干旱的草原上——

如果是从前，那些没有公路和汽车的年代，数骑并驾齐驱，在这样的地上或"路上"，一定会蹚起一路滚滚的烟尘。

还好，从呼伦湖西岸到宝格德乌拉，一路陪伴我们的，除了地上不时走过的羊群，还有天空里那些美丽的云，那些美丽得如传说一样的云。

如果说，天空是蓝色的草场，那些云就是肥硕而又洁白的羊群，或者说就是一群结队飞翔的百灵鸟，快乐得喊哑了歌喉，如今只是止住了歌唱，却止不住到处飞翔，自由自在地飞翔。如果天空是一个干净的街市，那些云就是结伴而行的白衣少女，风吹起了她们衣服领口上的流苏，吹变了她们裙裾的形状，一会儿鼓鼓的如一个装满了粮食的口袋，一会儿如迎风飘展的旗帜，但无论如何，风也吹不散她们快乐的情绪和四处游荡的兴致……在阿拉坦额莫勒镇附近，一哨白云逆光飘起，一朵接一朵排成一个长阵，既彼此独立又相互照应。每一朵都纯净美丽得如刚刚出浴的仙子，闪亮的光晕勾勒出它们明亮的轮廓，在水蓝的天空映衬下，洋溢出一派吉祥的氛围。凭直觉，还以为天上正在举行一场神圣的婚礼，只是在那一群仙子中，我们并辨识不出哪个是新人，哪些是伴娘。

西旗的云，很容易让人联想到天堂，却联想不到雨水。这样美丽的云彩，怎么可以想象要想让它们下一场雨？那不是和见到美丽的少女就想让她生一个漂亮的娃娃一样，荒唐可笑或过于功利吗？偶尔也就那么怯怯地想一想，内心里便会泛起丝丝袅袅的"耻"感或"罪"感，但脚下的这片草原真的是太需要一场透彻的雨水啦！

草原上民谚有"大旱不过五月十三"的说法，如今都已经进入农历的六月了，整个蒙古高原上还没有下过一场可以叫作雨的雨。旱情最严重的蒙古国东方省已经湖泊干涸，不少野生黄羊渴死在无水的湖底。有朋友发来微信，图片上横七竖八的黄羊尸体，看过后，直让人内心充满悲伤。与蒙古国毗邻的呼伦贝尔草原右翼广大区域，两万多平方公里的草场，也因为持续干旱而停留在"草色遥看近却无"的"初春"状态。满目焦黄，满目土色。200多万头牛羊纷纷埋下头，在裸露的泥土上，寻找和追逐着草的踪迹。饥饿和焦渴，以及不再从容的脚步，使它们看起来很像一片片从土地上隆起并向前滚动的泥团。而在它们身后缓缓升起的尘埃，则是它们直抵云霄的苦情。

小时候，我一直天真地认为，天上的云就是地上的尘埃或水汽所化，原本也属于草原。它们就像从地上起飞的鸟儿，尽管可以在天空里飞来飞去，由于心仍被大地牵着，终究还是会降落到地上的。但现在，我不太敢那样想了，尤其在这旱情弥漫的草原。地上的一切，似乎和天上的云没有任何关联。在碧蓝如洗的天空上，云，依旧是那样的洁白，洁白得一尘不染；依旧那样的闲适，闲适得无动于衷。它们时而翻卷，时而变幻，时而与那些我们看不见的风互动一下，向前或向后移动一段距离，似乎，就是对地上的一切视而不见。

如果，它们真的有"眼"，只要没有闭着，就一定能清清楚楚地看到草原上那令人心焦的旱象啊——

没精打采的乌尔逊河和克鲁伦河已经瘦得细若游丝；呼伦湖和贝尔湖从原来的岸边在一步步向后退却；草地上很多中、小型泡沼已然干涸，露出了白白亮亮或幽幽暗暗的湖底。阳光照上去，像一个个空空的、敞向天空的碗。那些盖不住地皮的小草，纤细、短小得如一棵棵气色不佳的松针，如果从高处看下来，任凭多好的视力也看不到地面上还有"物"的存在。以至于那些紧贴地面埋头吃"草"的牛羊们，看起来很像在啃食着泥土或不间歇地与大地亲吻。与其说那已是它们无法选择的生存姿态，还不如说那是一种表达内心愿望的仪式，比如说，祷告。

虽然，云是天上的事物，也还是有应尽的职责和义务吧？难道说，云的职责不就是为干旱的土地"施"雨的吗？入春以来，哪怕是只下一场雨，也算是天上的云尽了它们的本分。可为什么事已至此，它们仍然像往返于草原上的那些过客一样，保持着身心轻盈，优哉游哉，对地上的一切既不走心也不关情？难道它们真的听不到地上传来的那些声音或信息吗？那么多焦渴的生灵在期盼着久违的雨水啊！纵然看不清小草们的枯萎和憔悴，也无法了解它们渴望的心情，还看不到牛羊们焦灼的眼神和空空的咀嚼中所夹杂的绝望吗？纵然这些都不能入眼、入耳、入心，还看不到牧人们策马奔突的身影吗？听不到他们一声接一声无奈的叹息吗？听不到从他们鞭梢上发出的一声声诘问和长调里传达出的低沉而又悠长的倾诉吗？茫茫无垠的大草原啊，无草的时候，比有草的时候显得更加空旷、广大、无垠，更加需要有苍天一样宽广的胸怀将其包容、抚慰或滋润。

然而，云并不是苍天。

或许，云只是苍天与大地之间的一种特殊语言或表象，在天与地之间传递和表达着"情""意"和能量。当天地和谐时，云行雨施，阴阳调和；当天地失和时，纵使云卷云飞，也尽皆徒劳，不是大旱就是洪涝；纵使云聚云散，也于事无补，不是形同虚设，就是劳而无功。如此说，草原上这一春零半夏的持续干旱，定然是天地之间因一气不合而展开的一场旷日持久的较量，或"冷战"。这对于拥有着无限时空的天和地来说，这自然是一段小之又小的风波或插曲，但对于靠雨水活命的草来说，却是难以应付的大事。雨水是植物生长的指令，没有雨水，植物就不敢贸然"挺进"，特别是草原上的花草，在没有雨水的年份里，只能凭借生命经验和本能，默默忍受着干旱，将根系扎向泥土的更深处，而露在地面上的部分，仅仅可以证明自己还活着。如果运气好，就等待着下一次雨水到来时集中精力生长；如果运气不好，就只能等待下一年自天而降的生机。也就是说，野草们虽然迫于无奈，但毕竟还有一些资本和能力"搅"在这场风波里，它们可以因为"天气"或"地气"不顺而停止生长，等躲过风头之后，再做"重生"的计议。但人和牲畜是耗不起的，如果没有食物和水的支撑，很快就会如耗尽能源的钟表一样，让生命的指针永远停止在某日某时的某一刻。

或许，云只是司雨之龙麾下听令的小卒，在没有得到行雨命令之前，它们只是一些散兵游勇，或躺或坐或悠然独处或聚而嬉戏，懒懒散散地分散在天空各处，形成不了任何"行动"的力量。只有得到明确的行雨指令，它们才能凝聚成一个有战斗力的"军团"，向大地施雨。这几年，厄尔尼诺现象尤其严重，南方的雨下了又下，已至成灾；北方却没有一场透雨，甚至滴雨未见。想来，一定是那司雨之龙"懒政"，就地就近，不离南方，就把降雨的指标用完，然后回天庭草草交差；也可能因为那龙的正义感极强，因为人们破坏了自然生态，败坏了他按律行政的好心情和必要的环境，一怒之下，就降灾于这片草原，让所有在草原上和来草原的人们，好好地想一想，问题出在哪里，怎样做才能更好地调和"地气"和天意。天道自然，有时也过于苛责。

毕竟，我不是天上那不染红尘的云，且我自己也属于那些从血气而生的污浊之物，所以就算凑巧猜中并理解了天意，也还是要对那些在焦渴中忍耐和挣扎的脆弱的生灵怀有深深的同情。于是，便一边在那旱得冒烟的路上行走，一边仰望着天上的云痴痴地想，天上那么多的云朵，怎么都像大街上内心麻木、没有表情的路人？就不会有哪一朵云能发一发恻隐之心，自作主张能给草原一个承诺？公然或悄悄地下一点雨，哪怕只够洇湿草们干渴的口唇，也好让它们获得一些在焦渴中坚持下去的信心和勇气。

住宿在阿拉坦额莫勒镇的那个傍晚，天空里的云突然聚到了一处，色彩也由原来的洁白变成了灰黑色，幽暗地，遮挡住了曾经透彻的天空。我突然有所感悟，原来白色是云嬉戏、游玩时的着装，黑色的"衣服"才是它们工作时的着装。看来，久久期盼的雨终于是要来了。我心里暗暗地兴奋，希望雨尽快下来，越大越好，哪怕大得阻碍了我们的行程。我要和草原上的牧民们共同关注、经历和庆祝这非同寻常的时刻。夜里，我几次处于半醒的状态，似乎还隐约听到了窗外的雨声。待到天色微明，我迫不及待地打开窗帘儿，想看一看昨夜的雨到底下成了什么样子。可令人沮丧的是，地上并没有一滴雨，我听到的不过是一夜风摇树叶的窸窣碎响。

又是一个响晴的天。仍然有云挂在天空，如今它们只是一些空空的佩饰，没有雨，没有重量，也没有情义。

我们到草原深处米吉格牧场去体验生活。当人们拎着一只装有奶水混合物的壶，喂那头走起路来摇摇晃晃的小牛时，我看见有一头瘦骨嶙峋的花母牛一直神色焦躁地在附近徘徊，欲进又止，不离左右。据主人介绍，那是小牛的母亲，由于草原干旱缺水，和许多产犊的母牛一样，母牛已经瘦弱得没有一点儿奶水，牧场的主人就只能到超市买来奶粉喂养它们的小牛。我们猜不出那头母牛当时的心情，是担忧，是愤怒，还是喜悦。但有那么一瞬间，我突然发现，它的两只突出的大眼睛里，似乎装着满满的忧伤。于是，我又想起了那个横着很多黄羊尸体的干涸的湖底。

　　我的心，突然一阵紧缩。此后，我不敢再看脚下干裂的大地，地上的苦情太重了，我只能仰起头看云，看天地相合的远方。但不知那些漂亮的云，什么时候才能脱去它们身上的美丽婚纱，进入幽深潮湿的夜晚；也不知那些曾经看到过草原丰饶美丽面貌的人们，会不会特意来探望一下焦渴中的草原。这草原，已经有难啦！

西街的老布店

关于西街的那家老布店，我一直不知如何描述它的形态。有时，它就像一个奇怪的旅客，眼看着一趟趟时光的列车从眼前奔驰而过，既不搭乘，也不转身离去，而是在站台上恒久地伫立或守望；有时，它又像一个拒绝潮水冲卷的鹦鹉螺，安静地躲在岁月之海的岸边，以一把金色的海沙掩住久远的心事和美丽的花纹，任身外月圆月缺、潮起潮落，却始终不肯表露自己究竟在回忆，在倾听，还是在等待……

每天清晨，布店的第三代"掌柜"颜国建都会穿过长长的西街，准时打开布店的大门，无论冬夏，风雨无阻，节奏精准得如同开元寺应时响起的钟声，如同金门岛外如期而至的潮，亦如同巷口那蔓牵牛花在清晨里的绽放。于是，西街的阳光、西街的色彩、西街上喧嚣的市声和复杂的味道便如汹涌的潮水，瞬间从敞开的门口涌入。从此刻起，西街的时光和布店的日子，也就有了某种奇妙的关联。

店铺不大，总共 20 平方米的样子，却层层叠叠地装满了往昔岁月。掌柜颜国建每天进店的第一件事总是默立于店铺之中，以一种幽深、温婉的目光"抚摸"一遍他的布匹——靠西墙最里端的那些布匹都是 50 年前最流行的各色纯棉印花细布，艳丽的色彩和丰富的图案，酷似那个年代燃烧在人们内心的向往；往外一些，是 40 年前最时尚的"涤卡""的确良"和呢、毛料子，虽然色彩单一质感参差，但终究代表着一个时代的"高贵"；紧靠门边的大段区域摆放着用来做新婚被褥的彩色绸缎和大花棉布，夸张的花朵和浓艳的色调洋溢着久违的奔放、浪漫气息和难以抑制的青春活力……仿佛有一扇时间的大门，在小店逼仄的空间里，在他无声的默祷中，正吱呀呀地隆重开启。

西街上几百家店铺组成一个合唱团，每天它们都站在自己的位置上发出属于自己的气息和声音，众声喧哗，汇成了古城古街的主旋律。走在街上的人们，看这家老布店，可能和西街上的任何一家店铺都没有太大的区别，但凡来过的人，却会发现，老布店和其他的店铺并不相同，它是安静的、很少发出什么声音的。安静，带一些地老天荒的况味。每天，从早到晚，颜国建就如他安静的店铺一样，不声不响，不离不弃地守着一匹匹折叠整齐的过往，守着这片独立于岁月之外的小小光阴，等待着那些命里注定的客人，突然或如约而至。

浊浪翻滚的红尘里，有人是奔跑着向前的，可是跑着跑着就发现，有一些东西遗落在从前，他们要返身寻找；有些人却被浪潮推着走向前去，可是走着走着就发现，冰冷的时光不知什么时候已经带走了内心的温暖和情义，于是，便屡屡怀着依恋的心情将生命的触角再一次伸向岁月之河的上游；而另一些人，则是翻滚着向前的，也追逐，也抗拒，但终究在冲突中丢失了生活的原貌、目标和方向，他们要找到一种方式重回起点，好好找一找属于自己的方位和感觉……但不论你是哪种人，心中回荡着怎样的怀想，一旦走进老布店，总能够在那光影交错的布匹间寻得几尺几寸的慰藉。

来老布店的人，多数人过中年。一把沧桑，满面风尘，但眉宇间却留存着几许信念和隐约的梦想，双脚一迈过门槛儿，眼里立即就放射出孩童般烂漫的光彩。于是，布店的老板就不忍心再把他们当成一般的顾客，也来个投桃报李，在实实在在的物质上格外地加载了一些"精神"。顺手斟一盏清茶，拉过一个方凳，让他们坐下来，像亲戚或故人一样，放松身心，慢慢地指点，慢慢地陈说。手中一把被岁月磨得精光锃亮的竹尺，紧贴着光滑细腻的布面，跳来折去，自然而然也就留足了人情的尺度。他在用尺子专注地量着布，喝茶的人在一旁悄悄地量着他的心。久而久之，这个在西街上打出明晃晃商业招牌的老布店，却被店铺里的交流和交往悄悄浸润成一个怀旧者精神或物质的驿站。

也许是受了这店铺独特气场的感染，几个似曾相识的老主顾，在店里见面，竟直接以"老哥们儿"或"老姐妹儿"相称。有时，几个人干脆就针对哪一款质地或花色的布匹入题，聊起从前的日子和往事。仿佛那些老布上的每一个纹理、每一个图案背后都藏着一个话题或一段故事，无穷无尽。而每一个话题又可以轻而易举地打开另一扇时空之门，先是由物及人，之后再由人及事，最后，总要由一事或几事牵出一个遥远的时代。

片刻间，几颗怀旧的心便不约而同地飞离了白发苍颜的现实，转而成为一个个翩翩少年——哪一年，哪一天，谁谁就是穿着这样一条花裙子，飘然行在街上，牵引了多少孟浪少年追逐的目光；哪一年，哪一天，谁谁新婚，就穿了一身这种毛料的制服，典雅高贵得如同王子，一下引发了为期数年的时尚；谁谁铺床的新婚喜被用的什么绸缎；谁谁就喜欢穿着什么料子的睡衣招摇过市……这一场精神漫游，如一驾跑野、跑疯了的马车，一往无前，还未及有一丝疲倦或兴味索然的感觉，天色就已经悄悄地暗了下来。

天暗下来的时候，店里的其他客人就渐渐稀少了，有那么一个时刻，只剩下几个神游者。有几位就意犹未尽地站起身来，夹着早已经扯好、包妥的布匹出门归去。其中，却有一个中年妇人怅然若失地站在店里不走，一边用目光在货架上梭巡，一边不无遗憾地轻轻摇头。这时，平时很少说话的颜国建只好微笑着对她解释一番："你需要的那种花色，我在本省的各个货站和国内的厂家问过了，都已经不再生产；但听马来西亚回来的朋友说，那里还有华人开办的作坊里出产这类花布。你别急，我已经安排进货，估计下一个月就有到货的可能……"

当然，也有一些无"旧"可怀的年轻人经常光顾老布店，他们是把复古当作时尚追逐的一群。自从鲤城区政府在西街组织了"老布新生T台秀"之后，来老布店的青年和儿童更加多了起来。其中有一对新婚夫妇，一次就从店里预订了五千多元的"行头"。从被褥的面料、礼服丝绸和内衣的用料等，到一应物品的设计、制作，全都是复古格调和极其个性化的考虑。曾有科学家推断，时间的形态是一个闭合的圆环，看来与时间有关的时代和时尚也是环形的，总有一天会从当下流行再回到从前。

小店里的顾客尽散，从敞开的店门望出去，已经有早开的街灯闪烁出最初的光华，喧闹的西街再一次进入了喧闹的高潮。各种特色小吃店，四果汤、面线糊、土笋冻、海蛎煎、润饼皮、满煎糕、十八芝等不但以高声叫卖，还以肆意散发的香气，劝诱着行人；各色传统或现代手工艺品店，如木雕、漆饰、纸织、通草画、锡雕、金银首饰等各种店铺，则以不断变幻、闪烁的霓虹灯光向心猿意马的过客暗送秋波。而一向沉默的颜国建，这时变得更加沉默了，一个人站在柜台后边望着西街，看上去有一点儿孤单也有一点儿恍惚。街上诸般的声色、光电、气味、行人，以及流过西街的几千年时光，在他眼眸的反光中，已模糊成一种液态，一排跳荡的光斑或一脉不息的流水。

也许，他还没有留意，此时，站在高处看夜幕下的西街，却正是一条绚烂的河流，是恣肆汪洋的灯光之河，也是浩浩荡荡的时光之河。从西街继续向西，是更加宽阔明亮的新华路，由新华路左转并入江滨北路，一直向前，便到达东海岸边。

回首，那片拥有数千年文明史的大陆、大陆上享誉世界的"东方第一大港"和闻名遐迩的"光明之城"就在眼前，并呈现出迷人的华彩；远望，几万里的"海丝"之路，似乎只有起点，并没有终点。在那片夜色掩映却充满生机的海上，突然有明亮的弧光一闪，然后隐去，但却让人难以确定，隐去的究竟是苍苍茫茫、无穷无尽的航程，还是岁月运转的隐秘轨迹。

秋　声

天起了凉风，耶和华上帝在园中行走。那人和他妻子听见了上帝的声音……

——《圣经·创世纪》

秋天已如期而至，天又起了凉风，我们却再也听不到上帝的声音。也许是因为我们走得太远了，如今，传到我们耳边的，只有此起彼伏的"秋声"。

风仍然很经典，从西南而来，千年以前那个著名文士在一首大赋里将与其有关的声音命名为秋声。那么就叫作秋声吧。也不知道它从隔山隔水的远方带来了什么消息，凡经它耳语过的事物，都立时变了表情。

草木失色之后仍然是有颜色的，只是那种生机勃勃的绿色，一下子就从很多植物的叶子上消失了；江河湖泊里的水，像是突然遭到了呵斥的宠物狗，马上收束了一向的欢蹦乱跳，垂头、垂耳、垂低了目光，一派安稳平静的样子。水的澄澈，正是此时它们清冷失意的表情，而滞重的浪涛拍打在岸，发出的声音已经不似暖春和盛夏时节的大呼小叫，细听，总如一声接一声绵延不断的叹息，继续以浪的形态向远方传送。最不禁推敲的就是那些出自人类之手的大小建筑，如此强硬的外表竟然支撑不起其内心的虚弱，风过处，竟忍不住发出刺耳的哀号。而所有这一切，躲在那些建筑物玻璃窗后边的人们都知道得一清二楚。

风只是在人的额头上轻轻一拂，人的心就摇动了。人知道风是无形无迹的，所以也不刻意去寻找和揣测它们的行踪，只是站在大地上静静聆听自己，看身体内部是不是有什么被吹得响了起来，但并没有任何东西可以像树或窗子那么响，只是有一种什么东西被吹走了的感觉,根本没什么可响,只是空空荡荡。

先前，我们脚下的大地也和我们此刻的心一样，空空荡荡。后来，人们来到了土地之上，以冰冷的犁铧剖开湿润而温暖的泥土，撒一把金色的种子进去，再将泥土合上，就有庄稼从泥土里生根、发芽、脱颖而出，在阳光下把"手臂"伸向天空。庄稼长在地上也长在人们心上。当来自高处的恩泽一天天积累，人们就穿过季节看到了未来的许诺。金灿灿的粮食、红艳艳的果实，总如富有鼓动性的语言，让人们沉浸在丰收的满足与喜悦之中，暂时忘记了当初大地上的空和人们心里的空，于是心便和地一起丰盈、充实起来。没想到，秋风一吹，人的心又倏地一下就空了，似乎心里有一个永远无法弥补的深洞，现实的一切，不管有多么丰硕或宏大，都只能支撑起短暂的充实。

一群鸿雁，排成了一个意味深长的"人"字，飞过村庄，飞过原野，离开它们的出生地，飞向遥远的南方。一声声冰冷、透明的鸣叫，自天空而来，将声波所及的一切染上无限秋意。于是，苍天就变得更加苍茫，远方就变得更加遥远。

雁过也，却把叫声遗落于地，挂在庄稼和野草的叶片上，凝成了霜。人在地上，巴望着渐行渐远的雁阵，心里便一点点泛起了忧伤，仿佛那些凄凉的声音并非来自于鸿雁，而是发于自己的胸膛。一种猝不及防的冷意，就这样从大地深处和内心深处同时升起，形成夹击之势，把人的血液、肌肉和骨骼从里至外地浸透了。

对于鸿雁的哀怨，我们很容易推导出缘由。一春一夏的好日子过后，它们不得不带着羽翼稍丰的子女举家远徙，身后有寒冷与饥饿的驱逐，前面有凶险与不测的伏击，凭着一双单薄脆弱的翅膀与喜怒无常的命运拼搏，自然会从灵魂深处发出这悲戚的哀鸣和叹息。可是人类呢，安居于大地之上，似乎哪里都不需要再去，哪里都不用"回归"了。只要把心安顿下来，以信念以意志拘起地上的泥土，像燕子筑巢一样，将自己的情感、渴望以及对未来的种种希冀和期盼细细密密地编织起来，我们的房子、家园就会拔地而起，为我们遮挡风雨，呵护梦境。时光的尘埃一层层落在脚边，越积越厚，而我们的生命却以繁衍和基因传递的形式，越传越远，枝繁叶茂，日新月异。可是，为什么我们的心还是不能恒久地安稳，我们的心意仍会在秋风中随草木飘摇不定？

神说："园中树上的果子你们都可以吃，唯有当中那棵树上的果子，你们不可以吃，也不可摸，免得你们死。"时光的深渊，广阔而又幽暗。透过烟波浩渺的岁月，我们的记忆终于又一次抵达了最初的那个秋天。

秋天是一个多么美好的季节！饱满圆润的果实挂在枝头，像一张张妩媚的脸庞，尽管有脂粉般淡淡的薄霜覆盖和暗绿色叶片的婆娑掩映，仍然藏匿不住果体内充盈的浆汁与可口的甘甜，隐约闪烁的情态，时时诱惑、挑拨着采摘的欲望。经过整整一个夏天阳光的灼烤，庄稼的籽粒已经充分发育，呈现出结实饱满、膨大鼓胀的状态，越是美得动人心魄，越让它们状如成熟的少女，羞涩地垂下头去，躲闪并期盼一次隆重的收获。

秋天，注定是一个神圣的季节、感恩的季节，也注定是一个欲望膨胀的季节、背叛和惩罚的季节。就在这复杂而混乱的秋天，蒙昧无知的童年人类，留下了第一道"罪"的齿痕。我们的始祖在瑟瑟的秋风里，浑身发抖，供认了自己犯下的永罪："与我同居的女人，她把那树上的果子给我，我就吃了。"

一切都源自那个秋天。一切都只在那扬手的一瞬发生了逆转性的变化：快乐变成了忧虑；呵护变成了驱逐；祝福变成了诅咒；宠爱变成了惩罚……人类在秋天里被放逐，在秋天里永远失去了家园。从此，秋天成了人类心中难以抚平的愧恨和疼痛。

"天起了凉风。"不知道天堂里有没有那么多的残垣断壁和裸露着的树梢，风会不会边走边打着呼哨。人类开始"流离飘荡在地上"。伊甸园以东的"基路伯"是个什么地方？离人们的心，离人们最初起点该有多远？伊甸园已经在身后，在脑后，在目光之后。仅仅是那几声诅咒，仅仅是那"转动着发火焰的剑"，又怎能平息上帝心头的震怒？人必须要把双眼和双脚朝着伊甸园相反的方向径直前行，并将怀念和依恋的力量加给双脚，以回归的迫切和匆忙，走在告别的路上。有时，我们就像丢失了洞穴的黄鼠狼一样，怀着悲戚的心情在每一寸土地上寻找，挖掘着自己的家，而真正的家却永远被遗忘在别处。

路，终于远得失去了方向。脊背上和灵魂里的鞭痕无数次脱落之后，不断重复的疼痛消失了，最初的细节消失了，目的与意义、初衷与希望都消失了。后来，我们彻底忘记了很久以前的那个秋天，忘记了我们在秋天里永远丢失了自己的家园。剩下的，唯有莫名的哀伤如定期复发的顽疾，牢牢地镶嵌于我们的灵魂深处和本能之中。

中秋一过，北方的原野上到处涌起虫鸣。就连小区的草坪、树丛或墙角都有很多叫不出名字的小虫，从早到晚唧唧复唧唧地叫个不停。这种不间断的吵闹，让人想起没有缝隙的时间，误以为它们就是附着在时间上的一个发音器官。它们均匀的节奏和没有衰减的振幅，又让人想起永动的播种机，窸窸瑟瑟，不知疲倦地震动着，将一些细小得难以观察的种子向着空旷的秋，向着人心，密密地播下。尔后，就会有绵密的哀愁如透明的发丝，交缠着疯长起来。

最是那"七月在野，八月在宇，九月在户，十月蟋蟀入我床下"的蟋蟀，寻隙入户之后便做起了夜的内应，一声声翅羽的摩擦和抖动，如一把把锐利的飞刀，掷向窗口的玻璃，冷冷的月光就如冰冷的水，从无形的孔洞中涌进来，潮水般从地板涨至床头，再从床头涨至心头。于是，整个夜晚以及夜晚中轻盈如絮的梦境，俱被秋的情绪浸染、濡湿了。

这最后的欢呼、最后的声讨、最后的热烈和最后的凄凉，如一个不可更改的结局，占据了世界的每一寸空间，填满了世界上的每一道缝隙。

人类终于被逼得无路可逃，在无边无际的秋声里，如无家可归的宇宙孤儿，徒然伤感。因为伫立、犹疑过久，人竟在岁月里站成了一棵盘根错节的老树，自己成为自己的重负，自己挡住了自己的眼睛。我们怀念，却不知道自己从何而来，有什么遗失于往昔；我们期待，却不知道自己应该走向哪里，是什么绊住了前行的脚步。

有一种流浪，并不需要迁徙。

一个月或两个月之后，一场弥漫了整个季节的盛大合奏将在第一场来自西伯利亚的寒潮里谢幕，所有的口器或翅羽都将停止运动，停止发声，一切都将归于沉寂。螽斯们最后一次将产卵器官插入泥土，为自己留下了一线将生命拷贝至来生的希望，然后静静地安息于干燥的草丛之中；脱了壳的"金蝉"早早地隐去了身形，它们的躯体和魂魄都以另一种方式深深地藏入泥土，这一夏一秋的鸣唱让它们深感疲惫，这一次它们要好好地歇息了，也许下一个春天或数个春天之后，它们的身影与歌声才能重新加入到那场自然的合唱；蟋蟀们完成了自己的使命，悄然将夜色一样小小的身体融入那些隐蔽的缝隙、墙脚、地裂以及不见天日的洞穴，也许它们永远都不想进入那个白亮而寒冷的第四季节……濒死的高潮来临，懒洋洋的秋风、融和的秋风里的阳光，便如甜稠、浓酽的酒浆四处流泻，将一种对于温暖、黑暗、沉寂的渴望传遍大地。

生命的聚会已经散场。空空的舞台上，只有人类满怀悲戚，孤独地守候在边缘。突然，一个古老的声音隐约传来："你必依恋你的丈夫。"在那暗示了苦与罪的诅咒中，女人满怀快慰地期待一点点靠近并抱紧了她所爱的男人。因为她是他的"骨中骨，肉中肉"，是她灵肉所出之处，她必须与他"联合"再一次回归泥土，才能够抵达他们共同的故乡，那可以接纳、包容、融化、勾销一切的终点或起点。

于是，他们不再顾及另一程的相思、分离之苦和纷争、嫉恨之痛，共同进入了命定的渊薮。无限的温情、无限的慰藉，无限的近于死的安详，再一次覆盖和笼罩了他们。在羽绒般柔软、温馨的环抱之中，两颗饱受驱逐和流徙之苦的灵魂便如归巢的鸟儿，收拢了徒劳扑打的翅膀，进入暗昧而混沌的梦境。

迷了路的人，定然要到处痴痴寻找，但走遍了世上所有的路，却仍然无法再一次走上曾经丢失的那一条。

秋天已越发幽深了，竟连那些用以悦人眼目的树木也不想在冷风中苦撑。起初，树们只是换了表情，由青葱转为明黄或艳红。秋日的阳光照在上面，宛若一片燃烧的火，通透、明亮、热烈。后来，那些树就成为一些受了重伤的大鸟，失去水分的叶子宛若片片羽毛，从空中轻盈地飘落。先是倏然的一片或两片，突兀地穿过树冠与大地之间的阴影，很像黑暗里划亮一根火柴或夜空里有一颗星星打着旋儿从高处滑落下来。随后，就开始一片接着一片地不停坠落，有如一个满心悲伤的人眼中难以抑制的泪水；有如一群饥饿的鸟儿，一只跟着一只争先恐后地扑落到地上觅食。就这样，空中的火一点点熄了，地上却铺满了轻而细碎的金箔。不知道风在这个时候悄悄地穿过杳无一物的树林去干什么，或许它们行走在一条走出这无边凄凉的秘径上吧？它们以为自己的脚步很轻，却在不经意间被地上窸窸窣窣的黄叶透露了行踪。

人们明知跟不上风的脚步，却还是寻着风的足迹从落叶上走过，想去体会一下那温暖中的凄凉或凄凉里的温暖。就这样，一个男人独自走过，一个男人和一个女人手牵手走过，一群人沉默着不说话一起走过，脚下便传出微弱的然而却惊心动魄的响声——嚓嚓，嚓嚓——那是心碎裂的声音。

人们走了一程又一程，落叶也在脚下嚓嚓地响了一程又一程，本以为已经走了很远，可是一抬头，却发现自己仍在原地没动，只是秋，已悠然远去。

秋远得看不见背影的时候，时空深处就隐约传来了另一种砰然震颤的声音。有人感觉，那是另一个季节的脚步；也有人感觉，那是自己心的律动。

秋临"大水泊"

十月里的清晨，炼乳一样浓稠而洁白的大雾正笼罩着松嫩平原。四野一片宁静，空气中充满了慵懒而又有香甜的水汽。

不知道这场雾起自何时，又何时能够散去，一切都要看草原上的风向而定，如果风一直向西，那么来自查干湖源源不断的湿气，将继续把大平原深深地掩埋，就像一个吝啬的人，会花上一生的时间去埋藏他的宝藏一样。如果真是那样的话，就连时间也会被浓雾劫持，随其一同返回到很久以前或上古时期。那时，查干湖并不叫查干湖而是叫大水泊或大泽；那时，透过时光的雾霭，我们甚至随时都能够听到老鹳、天鹅和丹顶鹤那深沉如历史、高远如天空一样的鸣叫。

然而，一般情况下，风是不会向西的。这个季节，风只会从南方或西南一直流向人们正在思想着或潜意识里期待着的未来。这是风，也是时间的必然走向。5个时辰之后，或许我们就能够看到大平原清晰的面容了。

那时，我还没有离开故乡，仍然是查干湖湿地边缘草甸式草原上的原居民。当我在那个早晨醒来时，还没过 13 岁生日。那时，我虽然也隐约听说过，在村子的东方，似乎十分遥远的地方有一个东旱河，虽然我住的房子其实离查干湖岸边只有不到 10 公里的路程，但我却从来不清楚"东旱河"就是查干湖，更不知自己就居住在古代传说的"大水泊"之滨。那个年龄、那份心智和已有的见识还不能够让我看清周围的一切。

雾已经无声地移动了它的脚步。这原本在天空中流浪，被大地的温暖和尘缘迷惑而跌落凡尘的云，以一种极其眷恋的神色，一步三回首地慢慢消隐于村庄那边的树林背后。然后，我们看到了草尖有一点发黄但却十分广阔的草原，看到了聚集在村庄周围的参差间种的农田，有一些早熟的品类已经被收割完毕，秸秆一堆堆地堆放在地垄之间，一些从果荚或果穗上脱落的籽粒散落在各处的泥土之上，在秋日的阳光下闪烁着钻石般的光芒。

天空碧蓝如刚刚织出的一匹彩缎。有透明的风在其间穿行，像一束看不见的丝线，牵引出人们意想不到的声音和图案。

大雁总是以偶数结群，排成令人遐想的人字队列，飞在高处，一路行进，一路撒下此起彼伏的鸣叫，高一声、低一声、平仄交错。每一声雁鸣都如一层凉凉的水波，轻轻地漫过我的心头，仿佛来自岁月深处的某种叮咛或提示。

许多年来，我始终习惯性地认为大雁的鸣叫声里透出的是一种苍凉与悲戚，并习惯于以人的逻辑去猜测一只雁的际遇和心情，主观想象着大雁们所经受的千万里跋涉的风尘、饥饿的折磨、子女的夭折、同伴的殒命以及各种各样的凶险和不测……

它们的身影、它们的声音总会让我牵肠挂肚。

雀鹰似乎是这片草地上常驻的税务官，不论春夏秋冬，它们天天搜寻在树林与草丛之间，突然而来，又突然而去，随意捉去一只山麻雀或草原鹨，就算是这一片草原向它缴纳的税金或"租子"了。

而大天鹅是轻易不肯露面的，偶尔有三五只从高空中悠然而去，给我们的感觉，总如白色的梦幻一般，轻盈而缥缈。它们不露疲态的身姿，无数次地向这里的人们暗示着一个错觉，它们用不着在任何地方收拢翅膀，驻足停歇，不需要吃任何尘世间的食物，它们洁白的羽毛永远都不会沾到泥土，因为至少我本人从来没有看到过它们在陆地上行走。它们的从容与优雅，总是让我想到，它们一定是鸟儿中的贵族，它们的生活只合在天上。

在这个季节里，野鸭是不会成群结队的。偶尔，它们被突然从哪个池塘的芦苇中惊起，充其量也不过是三五只的规模，忙乱的翅膀频率极高地一阵噼啪乱舞，直打得银色的芦花四处飞扬，仿佛整个秋天都跟着慌乱起来。它们这时给人的印象就是队伍瓦解之后的散兵、流寇。但是在春天，我们会看到另外一种让人震惊的景象，我曾见过的最大一个野鸭群约有数千只，凤鸭、麻鸭、绿头鸭，品种混杂，大小各异，叽叽呱呱吵成一团，把一个5000平方米的水洼差不多全部占满。春天的野鸭们以大声地喧哗证实自己的存在，以空间上大面积的覆盖向人们声明它们与这片土地的关系。

每年春天，那些去冬离开的野鸭重新集结，共同回到湿地草甸，然后四散开来，在草甸上产卵和抚育后代；当秋天来临之前，它们又带着自己的子女到另外一个秘密的地点集合，陆续飞往那些不结冻的水域，所以在视觉上，便呈现出春天的浩浩荡荡和秋天的零零落落。

与其他鸟类相比，野鸭似乎没有什么理由过于清高，它们也从来没有表现过清高，虽然也算作候鸟，但它们并不会严格恪守时令的明示。如果这里的水，冬天也不结冻的话，它们就会留下来不走。在长山热电厂的循环水出口，因为库里湖大面积水域常年不冻，每年冬天，就会有一群不愿远徙的野鸭，在那里留守。它们对这片土地既有着主人的心态，也有着主人的情感，它们是这片土地上的半个土著。

如果一个人在梦里，却在梦境里寻找梦境，那么他就注定错过梦境；如果一个人在天堂的边缘，却背对着天堂去寻找天堂，那么他最终也将不知天堂究竟在何处。我生活在查干湖湿地，却没有面向着那湖，没有对其遥望或移动脚步，所以好多年以前我没有发现那湖。

每当我看到拖着两条长腿的丹顶鹤在夕阳里飞过树梢，每当我看到农田里的某一积水处聚集着各种各样的水鸟，心里都要泛起深深的疑惑：为什么在老家那个十年九旱的地方，会有那么多水禽或依水而居的鸟类来往、出没？直到后来才发现，那些鸟儿的集散地就在不远处的查干湖上，它们在那里有大规模的活动和聚会，它们到我所居住的村庄来，就如同我去自家的后园一样方便随意、自然而然。

大规模水鸟的出现，曾让我感到惶惑与恍惚。当一只孤独的斑纹鸫在干涸已久的池塘底部徘徊，神情里充满了哀伤和依恋，我不知道自己和那只鸟谁才是那片土地的真正主人，谁更有理由留下。

事实上，我们看不见的，鸟儿能够看见；我们无法记清的，鸟儿们仍然记得清楚。亿万年来，这一片湿地就是鸟儿们的领地。自从地球的造山运动把数亿年前的大湖之水从大小兴安岭以南的簸箕面儿倾入大海之后，贯穿整个松嫩平原的广大湿地生态就已经基本形成。以扎龙、萨尔图、莫莫格、向海、查干湖、大布苏等大面积低地水域为中心的草甸、水泽，向四周辐射、延展，构成了它们世代生息的家园。

后来有了人烟，有了一批多于一批闯关东的先民，有了逐渐增多、不断扩张的城市和乡村。再后来，人们在这里居住得越来越久了，就一点点忘记了湿地的历史，忘记了时间流程里的很多事情。自然的伦理、湿地上的秩序，变得一天比一天更加模糊、复杂，像不再清澈的湖水，像不再宁静的天空。

八百年前，弯弓射雕的成吉思汗时代，湿地上的鸟儿们仍拥有着不可侵犯的尊严，仍被当作主人或者贵客一样款待着。马可·波罗曾在游记中这样记述："在查干湖，大汗有一座雄伟的宫殿，宫殿四周有一片栖着鹤的大好平原。他委派人种植黍和其他谷类，好让那些鸟儿没有挨饿之虞。"时至今日，我的父老乡亲仍然在种植着马可·波罗时代的庄稼，原野上到处种植着高粱、玉米、谷子、荞麦与杂豆。但不知从什么时候开始，那些鹤及其他鸟类已经不再是这些庄稼的享用者，人们种植庄稼只是为了自己糊口，而不再是为了让那些鸟儿不再有饥饿之虞。

当鸟儿仍以主人的姿态光临那些庄稼时，庄稼的主人便像鸟儿一样地叫起来，嗷嗷地对它们发出驱逐信号。人们放喉一吼，声音传出一里，而鸟儿们临水而鸣或凌空一跃，声音却传出五里，声音远高于后来者。声高者即为强者。它们虽然张开了翅膀，但并不会真正飞走，它们只是从这片庄稼转移到了另一片庄稼。人与鸟之间无休止的"论战"，不知持续了多少年代，直到后来人们找到了有着钢口铁喉的猎枪做帮手，才宣告一个时期的终结。猎枪夹带着硝烟磷火的发言，惊心动魄，声播十里，如撒但的咒语一样，压盖了所有鸟类的声音。

不知道以最高的声音说出来的话语，是不是就意味着真理，但很显然因为力量上的强大，人类已经成为这片湿地的真正主人。鸟儿们虽然往返于自己千百年一直沿袭下来的迁徙路线，但它们的正当性或正义性已经受到土地主人和钢枪的严重质疑，因为它们的翅膀之下，是大片大片正在成熟的庄稼。

爷爷在世时，曾绘声绘色地描述过那个狩猎时代的零星片段。一个拥有枪支的人，一开始是不屑于在那些小型的鸟兽身上浪费子弹的。一只长须鹬落在地上时，比一只羊还要高大，一个枪法精准的猎手躲在 200 米外的树丛里，在鹬群惊飞之前只要能够连发两枪，所得到的重量就得动用勒勒车往回运送。一只成年老鹬的体重 40 多斤，据说要将这么大的一个家伙喂饱一次至少也得 5 斤玉米。接下来的就是天鹅、大雁、黄羊、野兔、绿头鸭……枪声响到哪里，鸟兽的身影消失到哪里，沉寂覆盖到哪里。爷爷见过的最悲壮的也是最后一次大规模猎杀，是一群"当兵的"人开着卡车在东边草甸上追杀一群黄羊，四五支快枪不停地响，一路留下黄羊的尸体，等到羊群最后被打散消失的时候，"当兵的"再回过头来拣装猎物，整整装了一卡车。

然而，这并不是最终的结局。

之后，就有各种大型农机吼叫着向湿地的腹地逼近，大片的草甸和鸟儿们的窝巢在钢铁的履带下变成泥土。湿地退去的地方，露出了盐碱，盐碱被反复研究之后，暴露出下面埋藏着的石油。当初谁也没有料到，上帝把好东西都藏到了一个地方。而聪明的人类却拆穿了上帝的心机，像当初夏娃发现并食用智慧树上的果子一样，发现并充分利用了这种黑色能源。从此世界的秩序和人们的生活，发生了不可逆转的改变，奖赏与惩罚，获得与失去，快乐与悲伤，像一根绳子中的两股一样紧紧地纽结到一起，须臾不得分离。

最有力量的石油工人开着大卡车，碾过田垄，碾过草甸，也碾碎了草原鹨、赤麻鸭、沙鸡的巢穴和刚刚出生的幼崽，在湿地与天空之间树起高高的井架，向以往的历史和原有的一切秩序宣告湿地的新主宰再一次诞生。这时，连那些庄稼主人的声音也微弱得难以听到了。于是，如同钻石一样坚硬的钻头，比若耶溪水剑还要挺拔的钻杆紧密衔接，突突地一直刺向湿地的胸膛，一下子就击中了要害，从此湿地就如一个流血不止的伤兵，一分一秒地等待着最后时刻的到来。而鸟儿们就是那湿地的气息，一点点地变得稀薄和微弱下去。

我们终于明白，为什么鸟儿日日哀鸣，是因为它们深深地知道地球与生命的秘密，它们也深深地知道这秘密与它们的命运紧密关联。

假如时光像戴在腕上的一块手表或摆在桌上的一个闹钟，可以随意拨弄，那么我一定要冒一次时间倒错的风险，把指针拨回到20世纪的六七十年代，和人们共同回望查干湖湖底的大面积龟裂、瘦弱得目不忍睹的湖水以及天地之间无鸥无鸟、死寂无声的苍凉。我要和人们穿过时光的隧道共同感知，如果地球上最后只剩下了人类，而没有了湖泊、草原和湿地，或者只有湿地而没有了给其带来动感的鸟兽在其间穿行，这世界还会有什么生机和乐趣？

当你的手已经不再洁净，及时地把手收回就是爱，就是责任。查干湖，这片鸟儿与人类共同的乐园，共同的"伊甸"，谁在那里犯了罪，谁必受到自然的诅咒；谁在那里犯了罪，谁就应当自觉地离开。

所幸，20世纪80年代因为开出了新的水源，查干湖重获新生，并从20世纪初，沿岸的乾安和前郭等县又全面推行了退耕种草政策，在查干湖周边的草地上大面积禁牧，人、农机以及牲畜全线从湿地向后撤退。在人们退去的地方，绿色的草线，像绿墨水在宣纸上的洇散一样，开始扩展、移动，覆盖了那些白花花的碱地，覆盖了牛羊践踏过的斑斑驳驳的黑土，重新抵到了农民的田地。

又是一个层林尽染的秋日，我随"中国吉林国际文学写作营"再一次来到查干湖，感受查干湖周边的生态，也重温湖区民众的生活。去看开满鲜花的野鸭岛，去看碧水蓝天映衬下的红船，去看神秘而美好的"三湖映日"，去看烟波深处的打鱼人……一路走来，渐行渐远，一幅美丽的画卷又一次在视野中展开——无边无际的芦苇荡和金色的草场紧密衔接，在太阳下闪烁出明艳的光泽；草丛深处隐隐传来山鸡或鹌鹑咕咕的叫声；一只伯劳站在草库伦边缘的木桩上沉默不语，此时它已经用不着担心饥饿的问题，但必须要防范着头顶盘旋的鹞鹰；百灵鸟可是这片草地上最受宠的明星，虽然已经不像盛夏时那么兴高采烈地鸣叫，但偶一出口的啼鸣仍然甜美动人；水边的泥泞上，那些单单细细的脚印则已经证明，有一群红脚鹬或小水鸡刚刚离开这里……而那些鹤呢？马可·波罗曾提到过的那些鹤呢？经过了一个时期的销声匿迹之后，重新回到了湿地，它们的身影先是在查干湖湖区闪闪烁烁地出现，后来队伍也在逐年扩大，又一点点飞向更远的地方。仙风道骨的鹤，从来不听人们到底在说些什么，更不相信那些空洞的宣传和许诺，它们只相信田地里的庄稼和水里的鱼。

生命和生态从来都是自然中不可破解的秘密，就像你不知道哪片土地下埋着什么样的种子一样，人们从来也无法知道哪片水域下藏着什么样的鱼卵；但是阳光知道，水知道，那些和我们持有不同语言的鸟儿们知道。它们慢慢地徜徉在春天的水边，只轻轻一叫，那道门就开了，植物放出了叶子，鱼儿游出了水面……但人类却听不明白，也许那就是天机。

一春一夏的雨水过后，水塘和低洼的田地里到处都有青蛙和鱼。我在久违的故乡的土地上，再一次听见了苍鹭们低婉的歌唱。这个几乎和湿地一样古老的物种，吉祥与和顺的预言家，有骨无肉的先哲，已经优美地提起一条腿，神清气定，在湿地的某一浅水处站稳，等待着自然之神把湿地的魔轮转回到那些生机勃勃的年代，化被草木，鳞潜羽翔。

查干湖从此一定不会再寂寞了。当一只苍鹭静静地站在水里时，让人想到的是鱼；当许多只苍鹭同时沉默着站在水里时，让人想到的是思想，是有关水、有关湿地、有关生态的哲学，是有关美好未来的向往和期待。

我久久站在向晚的湖岸，在如火的夕照里，瞩望远方，目光飞越那片苍苍茫茫的大水和大水一样苍苍茫茫的岁月，又看见了多年前那一场弥漫四野的大雾。但此时，我心清明，不再迷茫，我已经知道有一种机缘如生命本身一样幽深，就算你有意逃避，它也会一路尾随而来；命里注定有一片热土，纵然，我已经离去千里万里，纵然回首时又有千万重夜幕与雾霭挡在眼前，我也还是能够看到、看清那湖，因为它已经深深印在我的心里。

此时，就算我闭上双眼，也能看到它一望无边的芦苇荡；芦苇荡里衔鱼疾飞的天蓝色翠鸟；水巷里慢悠悠行进的小木船和岸边躲在大阳伞下像苍鹭一样等待时机的垂钓者；还有放网捕鱼的壮观场面；还有骑马在草原上奔跑的牧民，一路惊起躲在草丛中午睡的鸥、雀……

大安，我那有母无父的故乡

那一年的杏花，不知道为什么开得那么灿烂，仿佛满世界都是它们怒放的芳姿，一棵棵一片片，或零星或满园，雪白而香郁，近似于某种说不清的忧伤。

那时，也正是燕子回归，寻找旧人家的时候，而我却不能再去乾安的老家了，我得从读书的长春赶往大安，按照一个模糊的线索，顺藤摸瓜，去寻找我的新家。

火车到大安的时间大约在下午三点钟，我得坐公交车去弟弟工作的木器厂。那时的通讯手段十分落后，人与人之间的联系基本上靠信件，特急的事情发个电报，一般急的事情发个快信，不急的事情就发平信；而电话基本上是单位与单位之间联系公事才可以打的。

回来前，我收到爸爸写来的一封信，说弟弟已经在木器厂上班，全家人都随弟弟搬到了大安，以后有事或放假就得到大安这边来了。但爸爸信中并没有告诉我，临时租赁的房子坐落在什么地方，可能那个临时住处很不稳定，就算告诉了我，也说不定哪天又得搬迁变动。

我先是去了弟弟工作的木器厂。弟弟不在，弟弟的师傅也不在。弟弟的同事告诉我，他可能有了女朋友，或许，找到他女朋友的家，就能找到我的家。就这样，我顺着那人指点的大概方位去找弟弟的女朋友家。

拐过一条大街，就是几条相似的小巷，我在小巷里不断询问，每经过一户人家，就会经过一棵或几棵杏树，那几条巷子里的人家，不知为什么似乎家家都种了杏树，于是小巷的空气里到处都弥漫了杏花的苦香。

多年后，再想起初入大安的情形，肺腑间似乎仍然残留着杏树花丝丝袅袅的气息。记忆中不仅仅是那些街巷和街巷里的人们，甚至那整个黄昏，黄昏后迷蒙的灯光，灯光下专心为建设新家而劳作的父亲，无一不被那无所不在的苦香缠绕着。

无论如何，那时我心中是充满了快乐的，毕竟一家人全部从乡下迁到了城市，圆了爸爸一个人生的梦想。从此，他也可以不再受那风吹日晒、霜来雨去的农耕劳作之苦。

然而，让人难以接受的是，两个月以后的一天，突然传来了爸爸意外逝去的噩耗。掐指算来，爸爸在大安生活的时间总共不到四个月；当他去世的时候，新家还没有最后建成；大安对于他来说，并不能算作是家，他只是来此客居或仅仅是为了完成一个使命——护送一家人走出那片让人不堪其苦的土地。

父亲去世后很久，我都无法接受他已离世的事实，总是认为他不过是暂时去了一个不再属于我们的地方，比如说乾安老家。爸爸这一生也许与那片土地的恩怨太深了，尽管他们之间有着太多的怨恨，但从骨子里他们之间却谁也不愿意离弃谁。如果说，当初父亲带着家小离开老家那片土地是为了成全自己一生的梦想；那么这一次他离开他爱着的亲人，却完全可能是为了慰藉自己那份难解的乡愁。

但从此，大安却实实在在地成了我们的第二故乡。我们那只有母亲而不再有父亲的故乡啊。

从此，我们在母亲的带领下像燕子衔泥那样，一点点垒起我们的家。然后，我们几个兄弟仍然像燕子一样秋去春归地在一条牵着亲情和血脉的回归线上年年往返。如今，母亲不再是往返奔波的劳燕，她是供我们的心做窝栖息的老房子。

从此，大安和母亲在我们心里便成为同义词。

然而，在最初的几年里，一提起大安这两个字，我心底仍然会泛起那种空荡而又落寞的情感，毕竟在那里，我失去了我的父亲。每年数次节日，虽然我会如期回到大安，但每一次都是把自己关在屋里，只是陪母亲说说话，哪里也不去，不上街，不见人，尤其不能路过那座曾经停放过父亲的医院。内心烦闷时，便一个人去老坎子码头，站在岸边呆望着一江浑水由北向南浩浩荡荡地流，江上的船只日夜奔忙，有的顺流而下，有的逆水上行，一条高高的铁路桥从江上横跨而过，似乎倏地一下子就伸向了遥远的对岸。偶尔会有一声低回凄怆的汽笛响起，提醒我从无边无际的远处把思绪拉回。我不知道父亲所去的天堂到底在哪里，在那江的上游，在那江的下游，还是在江桥的尽头。

再后来，便自然而然地接受了已有的事实，顺便也把那些令人不快的往事一点点地淡忘了。这才能够心平气和地观察和品味与自己已经有了千丝万缕联系的这座城市。于是便发觉大安本是一个充满阴柔之气的城市。

在平原，如果土地属阳的话，那么地上的水便属阴。而大安几乎被各种各样的水所围绕，南有查干湖，北有月亮湖，中间则是星罗棋布的各种泡沼，那条闻名遐迩的嫩江就如一条银质的彩练从它的腰间辗转而过。在十年九旱的白城地区，大安却因了那些水，少受了不少干旱之苦。但是那些散漫的水，也有不足之处，一旦收束不住便会泛滥成灾。

据上了一些年纪的老人讲，大安自古以来就是人所称颂的鱼米之乡，有水就有鱼虾，有草就有雉兔，有田就有丰收。很多发生在大安的渔猎故事，生动有趣，令人咂舌，件件让人难以忘怀。说起来，那些也算是陈年旧账了，不说也罢，因为在现在的大安去寻找那些，无疑是自寻烦恼；时代变了，生态变了，那些美好的往事便成了旧梦。

但大安的人，似乎依旧是那副古道热肠，至今没有变更原先的本色和品质。在这些年的辗转往来之中，也断续地接触了很多的大安人。这其中有一些相互帮衬的本族或亲属，有旧日的朋友、同学，有文学上的朋友，有事业上的同伴，有慕名而相识的乡党，也有母亲这些年日积月累积攒下来的众多教友……正是这些人，让我们在凄凉困顿的日子里感受到了人间的温暖和来自于同一块土地上的亲情。一个人的心，一个人的魂，只有在这些情分里才能扎下根来；也只有让灵魂扎下根系的土地才可以真正地唤作故乡啊。

我心中的这些曲曲弯弯的感触和想法，在母亲那里似乎从来也没有发生过。自从母亲到了大安,我就没有听她说过大安不好或不适应。她就像当初从娘家只身嫁到父亲家一样,脚一迈进门槛儿,就埋下头来一心一意地过日子,从不左顾右盼,也不怨天尤人。就这样一去多年,大安便成了她不离不弃的家园。现在,除了大安她似乎哪里也不想去了。

年前,我好说歹说,才把母亲动员到我现在的家里来,想让她在这里安心地住几天,换一换环境和心情。没想到,她只住了一个整天,到了第三天的早晨就说什么也住不下去了。母亲说,你快把我送回去吧,在你这里就像蹲监狱一样,再不走我会急出病的。我知道,这里是我的家,并不是她的家,这里没有她的邻居,没有她的教友,也没有她从容不迫的好心情以及那些被某种无言的承诺所环绕的感觉。

我一边送母亲往回走,一边回想着这些年我们在大安的生活。平心而论,自父亲过世后的几年里,我们的生活便开始逐步好转。两个弟弟先后从大安出发,迈出了人生的第一步,升了学或找到了更好的生路;两个妹妹也在那里成家立业并把母亲照看得顺心顺意。是啊,这些年下来,不知不觉之间,从点滴开始,我们的确已经从那个城市承受了很多很多的恩情。人与人之间要讲感恩,人与一个地方、一座城市之间也是会有感情、感激和感恩的。

然而,我能够对那城市做点什么呢?想来想去,实在也是没有什么了。只不过在我孤单失意的时候,会不自觉地想起它的名字,会下意识地向它所在的方位望一眼,因为那里是我母亲的城,是我最根本的家,那里有不改变的温暖和期许。

玉　米 (《玉米大地》节选)

　　一棵玉米的叶子在风中舞动起来，许多玉米的叶子在风中舞动起来。叶片与叶片之间摩擦发出的沙沙声，每一棵玉米自身在风中摇动时躯干与叶根之间的扭动声，关节与关节之间的错动声，玉米与玉米之间的敲叩声，以及声音与声音之间的共振声，连成一片，雄浑、深厚、汹涌澎湃，如正在涨潮的大海。

　　此起彼伏的浪涛，如熊熊燃烧的绿色火焰，从眼前滚向遥远，又从遥远回到眼前。仿佛这一望无际的玉米地就是风的源头，许许多多的风蕴藏其间，并被它们像舞动自己的袖子一样挥来挥去。没有人确切地知道，玉米们这种无法止息的涌动是源于风的驱使，还是玉米们借助风力而进行的一种宣泄与抒发；没有人知道这是玉米在尽情地舞蹈，还是玉米们在放声歌唱。热烈的情绪四处传播，从土地到村庄，从村庄到人群，从植物到大地，从大地到天空。

　　这是一种言说的植物、倾诉的植物和歌唱的植物。

在那些风平浪静的日子里，玉米们显得很安静，像那些做完祷告围在餐桌进食的人们，小声地交流着自己的境遇和感受，关于阳光，关于土地，关于走过玉米的人们、小鸟与兽类。玉米的叶片很舒展地摊开，朝向天空或身边的同伴，像远古部落中的人们相遇时那样坦诚地张开臂膀和手掌，以示友好，以示接纳或信任。从这一点上说，生于土地上的庄稼和人们似乎都有着相同的禀赋。玉米们毫无戒备毫无设防地与同伴站在一起，叶片似动非动，以一种无声的手势或语言，传达着来自心灵的信息。

一只喜鹊从天空落到了一棵玉米的茎秆之上，细细的茎秆由于难以承受，向下弯了又弯，这种变形的站姿，也许是一种躲避，也许是一种反抗的示意。喜鹊并没有把自己的体重继续压向玉米，翅膀在空中扑打，在与玉米的叶子碰撞时发出一阵剧烈的噼啪声，然后兀自飞走了。玉米的茎秆摇了又摇，躁动一点点平息。

雨落在玉米地，小雨窸窣，大雨噼啪，并不是雨的声音，而是玉米的声音，雨并没有声音，雨是通过别人的声音证明自己的存在。而玉米则对每一样经过它们的事物，用不同的声音和姿态进行描述，温柔的、粗野的、谨慎的、惊恐的、善意的、可恶的，每一个举动、每一个细节它们都会一一复录，并在转述中加载自己的情绪。

玉米是一个有着自己语言的部落。每一个宁静的夜晚，当它们不需要向人类传达自己信息时，便会进入到仅属于同类之间的密语，那是另一种频道、另一种波段，而只有用细胞才能倾听的波长。玉米们就这样静谧地交谈，神秘的心语如天上的星象一样难以破解。不知道这个时候它们是不是在倾谈成长的艰辛、爱的愉悦、生命的尊贵、上天的恩情，等等。当一个人和玉米一样久久地站在植物中间，站在土地之上，站在无人的夏夜，一种难以言说的愉悦和快感将如夜晚的露水一样，一层层把你湿透。也只有此时，一个人才会认识到人类自身的粗糙、狂妄、愚顽和混浊，我们在漫长的征服自然的过程中，几乎丧失了与自然交流的所有能力；很多的时候，当我们面对动物、面对植物、面对自然的时候，如盲如哑如痴。

在一些风雨交加的夜晚，人们纷纷躲在自己的蜗居里，守住自己的安宁进入深深的睡眠。而此时的玉米却要在自己的世界里进入狂欢。风不停地吹，玉米的叶片在尽情地挥舞，整个玉米的植株在激情与喜悦中不停地战栗。雨水流过玉米雄健的花茎，流过它微吐璎珞般美丽雌蕊，顺着叶根一直流到深入大地的根系。在大地与天空、大地与植物、植物与植物的狂欢里，玉米们尽情地体味着生命的真义。一梦醒来，如泪的露珠挂在玉米的叶片之上，仍让人们分辨不出发生过的一切到底包含了多少激情、多少悲欢，到底有多少难忘的体验与记忆珍存在玉米的生命里。

从春到秋，玉米们用它的叶子，用它的花穗，用它的雌蕊甚至用它的根系不停地言说。即便最终被季节遗弃，它们仍会用已经枯黄的叶片陈述自己一生的沧桑。

秋天总是会从天而降。曾经与大地很亲很近的云，倏地就站到了很远很远的天边，像一个陌路人一样自顾走自己的路。

而太阳则像一个负心的汉子，把热情转移到别的土地上去。候鸟们的短暂驻足，不过是临时解决一下饥饿或疲劳问题，所谓的回归与眷恋不过是为自己令人伤感的行径找到了一个温情的借口。

土地的主人们终于赤裸裸地摊开了底牌。收割和收获的季节到了，大地上洋溢着末日情绪。有的要收紧手中的绞索；有的要奉献出自己的生命；有的要挥动手里的镰刀；有的则要流尽自己的血；有的要满斗、满仓；有的则要荡然如洗。几乎是一夜之间，玉米们纷纷枯黄老去，原本飒爽英姿纷纷指向天空的果穗，如今却无力地垂落下来，颓然地朝向大地。这是一种意味深长的，带有浓重的宿命色彩的指向，也许玉米们非常清楚自己的归宿。

人们终于又来到玉米面前，索要他们一年的付出应得的酬劳。人们很有耐性地从玉米的身体上掰走它最珍贵的一个部分。当每一个穗子被揪下时，玉米的身体都要剧烈地颤抖一次，这最后的战栗、最后的疼痛、最后的呻吟、最后的诉说，有如灵魂出窍前的触目惊心。

此时，草木已经枯死；树上的叶子如折断了翅膀的蝴蝶一样，纷纷从空中跌落下来，种种迹象已经表明，这片土地上的绿色生命已经进入了谢幕的季节，葬礼与庆典要同时举行。一切都如喜乐，一切都如悲泣，没有谁能够违拗这早已注定的天命，没有谁能够逃脱这如铁的规则。

但是玉米，这种就算死去也决不倒下的植物，仍然不屈不挠地挺立在田地之上，以枯萎的生命唱着最后的挽歌。一段段已经损毁的玉米叶片，半悬于冷冷的秋空之中，有如残破的窗纸垂悬于窗棂之间，风吹过，枯焦、空落的玉米们仍在发出时而低沉时而尖啸的呜咽，那种金属质感的、时断时续、时高时低的鸣响，让人一下子就想起了大地的风笛。如今，玉米们是以一种乐器的方式在歌唱，在回忆。

凌晨三点钟的声音（《粮道》节选之一）

　　……地必为你的缘故受诅咒。你必终身劳苦，才能从地里得吃的。地必给你长出荆棘和蒺藜来，你也要吃田间的菜蔬。你必汗流满面才得糊口，直到你归了土；因为你是从土而出的。

　　　　　　　　　　　　　　　　——《圣经·创世纪》

　　凌晨三点的时候，我被窗外的噪声吵醒。

　　我的房间正临着马路。那是一条车与人的河流，噪声如潮，一阵阵猛烈地撞击着排列于马路"两岸"的每一个窗口。

　　大概是因为我出生于一个很寂静的地方，那个偏远的小村，所以便对各种声音格外敏感。我曾经能够闭着眼睛分辨出各种鸟类或蛙类的鸣叫声，并很轻松地根据它们的鸣叫声想象出它们静止、跳跃或飞行时的样子。

　　这个季节的凌晨三点。在遥远的乡下，应该是曙光到来前最后的宁静，就连在夜里伸展腰身的庄稼们都止息了拔节的声音。而此时，我却被窗外那个从来也不入眠的城市吵得毫无睡意。于是我便如小时候分辨鸟叫、蛙鸣一样，鬼使神差地辨认起窗外的各种声音。

很显然，那些由远而近，又由近而远，迅速移动的声音，是小汽车的声音。它们轮胎与马路摩擦的声音以及引擎转动的声音稳定而均匀，因为它们的速度，更因为它们的身价，当然也因为它们主人的身份，决定了它们理所当然要运行在那条"河流"的最中间。一般地，它们并不需要用耳所能闻的声音证明自己的存在和实力，所以有时它们可以低调得近于无声，但巨大的能量却让它们来去自如。它们可以在转眼间从你眼前隐去，又转眼间骄傲地挡住你的目光，让你无法绕开，无法回避。

偏离马路中心，靠近边缘一些，是大型车和公交车的运行区域。这些车辆因为造价的低廉和功能的简单，往往会发出一些让人很不愉快的声音。一般地，那些载重车上往往装载着满满一车建筑材料或生活垃圾，而大型公交车里则装满了一个挤着一个买不起小汽车的平民。根本不用细想，我就能想象出它们在马路上行走时那种笨拙而又横冲直撞的样子，所以它们发出的声音常常是粗重而沉闷的，如喘息如低吼……

突然，耳边传来了嗒嗒嗒不连贯的喧哗。在各种声音中，那声音显得尤其突兀，笨拙而又有一些滑稽，仿佛天鹅群里突然奔出一只鸭子。但我知道，那是带着拖斗的三轮摩托或四轮农用车们发出的声音，它们虽然也是负荷沉重，但却体型弱小，一点儿没有"大卡"们的霸道与威风。它们走起路来，总是一蹾一蹾的。但这样一蹾一蹾地前行并不是它们的意愿，因为它们的存在本来就处于一种上气不接下气的状态，只有努力着一蹿一蹿地向前移动，来自于它们生命内部的能量才能接续和维持住踉跄的前进。它们并没有多少剩余能量可供支配，它们无力更无法顾及生存姿态的优美。

在日夜不息的车流里，它们往往是灰暗的和卑微的。然而，这些连尾灯都没有的家伙，却常常运来我们赖以维系生命与生活的必需品——粮食或蔬菜。它们的主人大都有一个共同的名字：农民。它们往往要比那些大型车更靠边缘，只能在凌晨五点之前行进在人行道上。原则上说，在城市里根本就没它们行走的道路，所以它们就不得不在行人稀少的时候，暂时挤用一下人行道。

在喧闹的现代化城市里，人们一般很少能够听到它们的声音，并不是因为它们有多么的稀少，恰恰相反，它们的数量相当庞大。没有谁统计过这些发声主体在一个国家里所拥有的数量，因为这种数据几乎没有什么用途。但拥有这些发声体的人群规模却有案可查，大约占我们国家人口总数的 8/13 左右，这是一个相当巨大的数字。只是因为它们没有足够的能力和机会传递出自己的声音，所以它们的声音，对于我们这些远离泥土、远离地面，住在高处的人来说，偶尔才能够听到，只是偶尔，在这样无眠的夜晚或整个世界仍然沉睡的凌晨。

但这偶尔来临的声音，却让我再一次怀念起那广阔的原野、茂盛的农田、农田里高高的能够隐没很多事物的庄稼。在那里，来自于大地和天空的美意，阳光、雨露以及由阳光雨露所衍生出的一切可知和不可知的，看得见和看不见的恩赐，正由一只至高无上的手,向广阔的大地慷慨地布施着。那里,正是这些小动物一样的机械藏身并发挥作用的地方。同时,也是一部分特殊身份的人及其历史和命运的收藏之地。

　　面对着这样的背景,我很愿意把自己的生命看作是时间河流上偶尔落下的一滴水,事实上我们只是一滴水。当我从空中落下时,偶尔撞上了某一片绿色的叶子,我便意外地变成了很多滴更小的水,自由的水,沿着时间之轴四处飞溅。于是,我看到了很久以前的那些春天,也看到了很久以后的那些秋天,看到了春秋之间的那些冷暖、炎凉。

上帝怀里的解药 （《粮道》节选之二）

魔鬼又领他上了高山，霎时间把天下的万国都指给他看，对他说："这一切权柄、荣华我都要给你，因为这原是交付我的，我愿意给谁就给谁。你若在我面前下拜，这都要归你。"

——《圣经·路加福音》

"撒但退去吧！"耶稣说。

因为耶稣坚信，人活着不一定单靠食物，所以他在禁食40天之后仍然有足够的力量，抵御魔鬼的任何试探。

然而，人做不到。人不是神也不是神的儿子，人一天都不能离开食物。人是一部事先被装好了程序的机器。一顿不吃饭，这部靠血气运行的机器就会发出饥饿的信号；一天不吃饭，这信号就会频频闪耀；三天不吃饭，生命的警示系统就会"声音"大作；七天不吃饭，两眼就变成了充溢着血色的红灯。千百年的人类生活史告诉我们，脆弱的人性一定会在失去食物的某一个时间里，骤然发生变化。人可能对什么都不屈服，但却无法不屈服于安放在生命内部的程序。《圣经》上只说神造了人，但并没有说魔鬼有没有插手人类的程序设置。

人到底是什么呢？

不过是魔鬼与上帝打赌时的一副赌具、骰子或筹码。上帝说，人啊，你们不能离弃造你们的神；魔鬼便在一旁冷笑说，我看未必。于是人们便在漫长的岁月里，不断地被看不见的手掷来掷去，一会儿脸朝天堂，一会儿面向地狱。

我们不过是一个场所。执掌天地的大能者依次走过，黑夜或白昼，严寒或酷暑，细雨或狂飙，干旱或洪水，恩典或灾难……上帝刚刚离开，魔鬼就已经在某一个角落里站定，我们不知道这一切由谁施与，我们也不知道这一切都意味着什么，我们更不知道后来是一个什么样的结局，这结局会在何时因何而来。

我们不过是一座房子、一座殿堂、一个道场。

也许当我们一生下来，或还没有生下来时，一个魔鬼和一个上帝就已经在我们的身体里相对而坐，摆下了彼此对垒的阵势。我们以为自己一生都在成长，都在发生着变化，但我们实际上从来也没有过什么本质的改变。我们依然是那座房子，依然是那座殿堂，依然是那个道场，我们一生都在感受或体会着发生在我们自己内部的那场从未停息的战争。

上帝说你要有爱、怜悯和恩慈，要洁净，要成为"我"的样式。于是，我们内部的血便开始汹涌澎湃，似有巨大的声音从暗处发出，为我们欢呼，从我们看不到、摸不着的内部把一种神圣的情感和气氛推向高潮。我们觉得自己本来就是神的儿女，应该和神一样崇高、圣洁，完全可以战胜躲在暗处的那些欲望。

然而，魔鬼并不搭言，他只是微笑，十分俊美又十分狰狞，十分体贴、慈祥又十分恶毒。他轻轻地向暗处招手，便有两样古老的"生物"从无依无凭的"空"与完全空洞的黑暗里一点点现出轮廓。中国两千多年前的一位圣人曾清晰地看到过它们的面容，并一语道出本质，他说"食色，性也"。一开始，这两样东西都如柔顺的小猫小狗一样，让我们喜爱，让我们快慰，让我们在它们的陪伴下体验到生命的甜美。不知不觉地，它们就变得异常活跃，开始在屋子里和场地上到处乱跑；不知不觉地，它们就一点点长大，大到严严地挡住了我们的视线，大到我们自己无法把它们赶出场地。这时我们才发现，它们的出现，并不是为了取悦我们。它们并不是我们的宠物，而是我们生命的占领者。

可是，可以果腹的粮食在哪里？可以抚慰心灵与肉体的异性之爱在哪里？原来，欲望的食物就是我们自己的食物，我们被欲望充满时就会与欲望一同疯狂，一同咆哮。难以抵御的痛苦、折磨与恐惧会让我们死死地抱住魔鬼的大腿，因为这时我们会认为，我们原本来自于黑暗，是他把我们唤醒，他本来就是我们的主人，他会从死与冰冷的恐惧中把我们救起。

突然想起存在于人类间的另一些行径，比如严刑逼供，给同类喝辣椒水、坐老虎凳、斩指、冰冻、电击、吊飞机……据说现代刑讯里还有隔着钢盔砸头等数不胜数的花样。虽然这些手段都是魔鬼的手段，但实施者却并不是魔鬼，他们在冒充魔鬼。如果论级别，他们不过是小学文凭，太直接、太低级。所以，尽管残酷，尽管惨不忍睹，毕竟还是有人能够挺过来。真正的魔鬼是那种比最甜的"食"还香甜千倍，比最销魂的"色"还销魂百倍的存在。真正的魔鬼所做的功，世间恐怕没有人能够抵挡。能敌过的人都不是人，而是神。

然而，上帝造人并不想让人在很短的时间里就纷纷败坏或死去的。谁造了房子都会让那房子存在下去，并实现其功能。所以，人的基本欲求在一定界限内总是被许可的；所以，我们说上帝是仁慈的。当基本欲求得到满足之后，人们又重新获得了力量，又能够抬起沉重的头颅仰望星空，面对着上帝，微笑、忏悔、祷告或祈求。原来，这个时间轮到了上帝发言。于是，住在我们里边的另一方获得了胜利。当我们迎着阳光的时候，便暂时忘记了背后的黑影。

曾有人说，我们一生与自己战斗，终究难以战胜自己。是啊，你并不是自己的主宰，而是一座供人主宰的房子，怎么能够决定成败呢？

现在我们还是来说粮食吧。

其实，那就是一种介质，一种保持和摧毁人性的介质。吃饱的时候，我们的血是红色的，尽管我们依然不够完美，但大致上说，我们还能够自觉恪守着人性的基本界限，向爱、向美，粗识感恩，并做着抑恶扬善的种种努力。有时，甚至能够很"过火儿"地鄙夷一下吃喝拉撒那样低俗的事物，并扬言此生"不为稻粱谋"。但真有那么一天，把粮食从我们的视野和生活里撤去，让它变得无影无踪，如渗进泥土里的水，那时的人类，便会轻而易举地背离神圣，血会变成黑色，或停止流动。历次大饥荒来临的时候，人间都是一片地狱景象，人类以自己发明的文字这样记录着："饿殍遍野""人相食""易子而食"……

粮食，悬在人类头上的一把双刃剑。

既是上帝给人类的祝福，同时也是魔鬼对人类的诅咒；既是魔鬼以营养品的名义卖给人类的毒品，同时也是上帝怀里的解药。

大凡毒品都有一个共同特点——依赖性。有一种东西，一旦吃上，人们就会终生依赖，一天不吃或一顿不吃都想，果真吃不到时，则浑身上下，不管是精神还是肉体哪里都会感到痛苦，并且这种痛苦最终可以演变、升级为不可忍受之痛苦。这种东西，一旦稀缺或难以得到，就会变得十分昂贵，你说金子值钱，有时它比金子更贵重百倍。对于需要它的人来说，它是无价的，只要能获得少许，要什么他就会给什么。归根到底，这是一种要命的东西。不管一个人失去了这种东西的供给之后，会变得多么萎靡不振、昏昏欲睡或垂垂欲死，一旦吃上，一切不良的感受便顿时烟消云散。但这种东西的存在，并不像人们的欲望一样恒定和长久，想有就有，想没有就没有。它常常会因为某一些人为的或客观的因素被控制在少数人手里，甚至干脆就无法得到。它的毒就毒在这里，千日的丰饶都不能把人真的送上天堂，而一日匮乏就会把人实实在在地送进地狱。这种东西，如果我们不把它说成"东西"，而说成大烟、海洛因或粮食，前面的那段话读起来都合情合理。换句话说，它们都有着毒品所具有的某些主要的和共同的特点。它们让我们钟情与向往的同时，总是心怀忧虑和恐惧。

然而，它们自身也有着解药的一切特性。因为某一种药力或魔力的作用，使你无力，使你痛苦，使你疯狂或使你生命垂危、奄奄一息；但只要你把一种有效的解药吃下，很短时间之内，人就变得正常，和好人一样。不过，当解药的药力过后，人又会变得如先前一样；然后，这种解药将再一次被强烈地渴望、强烈地需求……

在不知不觉之中，人类便迷恋上了粮食，但人们并不愿意承认对粮食这种疗饥的"药"已经产生了难以解脱的依赖性，只知道并承认吃下粮食的时候，饥饿的症状会从身体上褪去。

那些有粮食的日子或丰饶的日子，总是一些幸福和快乐的时光。

从春到夏，从秋到冬，人们的身边总是不断地传来粮食的消息，而各种形态和颜色的粮食也总是从这里或那里不间断地传递出来自天国的微笑。

每一年的春天，当农民们把种子撒向土地，很快就会有一些绿色的消息破土而出，那些无声的许诺总是让人心生喜悦。不管生活到底有多么艰难和辛苦，这时从人类眼里折射出的光都是平和与充满希望的。有人吟咏"谁知盘中餐，粒粒皆辛苦"，正是因为他们还有吟咏的力量和心情，他们知道粮食并没有消失，只要经过努力，粮食还会像被不经意扯得稍远一点儿的话题，重新回到盘中，它们并没有被暗中的执掌者彻底藏匿起来。上帝说："你必终身劳苦，才能从地里得吃的。"尽管汗水和粮食的对话，十分艰难又十分漫长，但毕竟在不断地进行着，并互有承兑。

然后是夏天。随着阳光和雨水的恣肆，庄稼开始茁壮生长，拔节长高，如越来越大的声音，如越来越清晰的祝福。尽管其间也有一些令人不快的声音横插进来，如冰雹般的寒冷，如干旱般的灼热，如洪涝般的混浊可怖……但那些噪音常常会很快消失，被淹没在更加广大的祝福声里。人类的心被悬在半空然后又平稳落地的过程，已经反复演练许许多多个世纪了，但在反反复复剧烈的弹跳中，却生出了不会轻易改变的信念：天无绝人之路。

秋天终于来临。

为我们把粮食放在地上的那人，已经悄悄地走远了，但我们却从来没有眺望到他伟岸的身影。从南方到北方，从山地到平原，麦浪刚刚停止了不息的波动；稻谷随即便展开了它们金色的铺排；一望无际的豆菽脱去掩藏着丰富细节的叶片；阳光下的高粱便将酝酿了一个夏天的心愿举过头顶……遍地的金黄和火红，只等着我们去一一收取。但秋天的美好却始终没有人能够准确地进行命名和形容，刚说出灿烂，却发现似有悦耳的声音回荡其间；刚说出嘹亮，又发现有一些静谧而又深邃的意味默然隐藏……秋天所呈现和蕴含的一切，远远比季节本身更加绵长悠远。那是铺满了大地的心愿，那是来自高处的情感。

不管那些粮食最终在哪条路上行走，去了哪里，被装进了口袋，被载运在路上，或被储藏于仓廪之中，实际上，它们都在受命于一种暗示的力量：传递，不断地向远方传递。那是施予者的旨意。这旨意一直像一种生命的基因一样，藏在每一粒粮食之中并通过粮食传输给吃粮食的人们。它们必如阳光、空气和水一样，均匀散布于所有的时间和所有的地点。

此时，一个农民正在场院上攒集和分配着他的粮食，有一些将运往别处或更远的地方，运往那些不生长粮食的城市或一些荒芜、凄凉的地方；有一些则要留给即将到来的冬天，在那些漫长而又寒冷的日子里用以补充生命的能量，维持人类内心的温暖与坚强。这时，给予和分享的快乐在这个劳碌之人的心里油然而生，并一点点充实着他的信心和情感，这正好与远方那些隐约的期盼形成完美的契合。

各种各样为储存粮食而开辟的空间，广布于人群聚集的所有地方，这种自然而然的强调，让粮食看起来已经有了几分不露声色的尊贵。一些身居高位的人，也把目光投向秋天，投向广阔的田野，他们看到了那些劳碌的身影和正在发生的一切。从秋天而来的美丽风景，让他们的脸上和眼中同时流露出欣慰与赞赏的光泽。而更多已经忘记了粮食的人们，却因为不需要想起粮食而显得悠然自得……人们埋头于另一些重要或不重要，有意义或无意义的事情,学习、工作、恋爱、吵闹、竞争或打斗……生活，在粮食的润滑下匀速运转，但一切都看似与粮食无关。此时，粮食正躲在暗处就如经常躲在我们身后的父母，因为他们没有任何问题，好好地"呆"在那里，并一直以一种关切的目光在默默地盯着我们，无声地祝福着我们，所以才让我们不用刻意地想起他们，有时甚至忘却。

但我们的心是安稳的。我们可以暂时放下本不安稳的身体，想一些更加遥远的事情，白云苍狗或夜晚的星星。想一想时间两端的那些人和事，我们有没有愧对过去和将来，有没有亏欠下一些必要的敬畏和感恩？到底是谁，赐予我们这些粮食，医治了我们生命里定期复发的病痛？

好多时候，我们能够想到，要去关心我们的同类，因为粮食在我们身体里所发生的一系列化学反应让我们无法不像粮食一样，对一切生命心怀悲悯。拥有着阳光一样色泽的粮食照亮了我们的血液和灵魂，让我们能够看到我们的同类与自己一样，是那么脆弱，那样需要慰藉和关怀。我们愿意拿出自己的快乐与他们分享，我们也愿意将他们的痛苦拿来与他们分担。我们不但有能力关心他们的饱暖，把剩余的食物赠予他们，我们还有剩余的心思和力量关心他们的心灵与情感，关心他们灵魂内部的苦楚与快慰。

粮食以融化自己的方式进入我们的血液，我们也以融化自己的方式融入人群和这个世界。我们会和坐在我们内部的神一样，谈论起那崇高的爱。我们无声地做很多事情，让我们之外的那些存在因为我们的存在而感到安慰和快乐。让生命成为一种诗意的礼赞，并不是我们自己的想法，而是因为某些元素在我们体内得到了意外的激发。融化了的粮食在我们体内灼热地燃烧之后，把我们的灵魂加热到可以飞翔的温度，我们生命里的冰，便融解于一片金色的光里。我们不再寒冷，不再阴郁，并神奇地拥有了融化自己和以自己融化一切的愿望。于是，便有春天的风在我们内心吹拂，和煦而又柔软。

比我们更强的强者以及比我们更弱的弱者，都在某些时刻学会了彼此的善待和宽容。因为共同的粮食让人们拥有了共同的"血缘"和共同的生命印证。人们以慈善或以尊严的名义，生活在同一片天空下面的同一个殿堂里，或走在同一条路上，彼此谦让，相安无事。虽然人性里的骄傲、自私等诸多黑暗，总会如天空里的云朵，偶尔在大地上投下阴影，但更多的时候只是一掠而过，即使有难免的狂风暴雨，终究还会有雨过天晴，一切都在我们能够忍受的边线之内。是粮食，为我们提供了醒悟和悔改的力量。

因为人类的宽容，牛马牲畜们受到了非比寻常的善待，它们或得到了更加丰富的草料，或被允许自由散漫地游荡在收割过后的农田里，一整天不用去想着肩上的轭、身后的犁以及不停回响在耳边的鞭声，它们不经意甩动着尾巴的时候，常常让人们想起在人类头脑中变得越来越抽象的自由。

一只红着脸庞的鸡，这时成为秋天乐章里一个必不可少的音符。它突然从场院外边大摇大摆地踱入场内，泰然自若地开始了频率很高地啄食。农民信手抓起身边的农具向它挥舞，它便张开翅膀跳出一段距离，紧接着又回到了场中，于是农民再一次挥舞手里的农具……一次次的反复让农民无可奈何地摇了摇头，脸上露出一丝宽厚而大度的微笑。这丰收给了他难得的好心情，于是他决定不再去驱赶它，而是停下手里的活儿，欣赏起那只意外得宠的鸡。这是他自己的鸡。也许一开始它就有享受这些粮食的权利，这是丰收的年景，它要在上帝的祝福声里，尽情享受属于它那短暂的幸福。这祝福一旦停息下来，一切都有可能不复存在，包括它卑微的生命。

在此之前，那些不耕不种的野生鸟兽们，已经理直气壮地飞临或光顾了人类的农田，没有征求任何人的同意，也很少遇到人类任何形式的反对或抗议，它们像遵照某种旨意或某种秩序的安排一样，在农田里把嗉囊或胃口填满，领取了自己应得的那份，然后各自回到洞穴或飞向远方。望着那些远去的凌乱的身影，守在田里的农民或田园之外的人们纷纷眯起追寻的眼睛，让目光久久地徜徉在越来越透彻的蓝天和白云之间。因为天空湛蓝、高远，人们的心，也倏地随之变得高渺、旷远起来。

因为粮食的承诺和兑现，人们不再急匆匆地奔跑或赶往那些陌生的地点，不再忧虑冬天的苦寒和未来那些莫测的时光。这时，如果站在很高的高处看没有饥饿之虞的人类，一定像饱食的羊群一样，温和、平静、安稳、柔顺，眼神里闪烁着悲天悯人的光芒。

这时，让我们顺便翻开一本《本草纲目》，看一看我们所熟悉的粮食，就会发现，任何一种粮食其实都是一种"药"，而它们的药性又几乎都是高度统一的"味甘性平"——

"大米又名粳米，味甘性平，具有补中益气、健脾和胃、除烦渴的功效"；

"小米又名粟米，味甘性平，有健脾和胃的作用，适用于脾胃虚热、反胃呕吐、腹泻及产后"；

"玉米味甘性平，具有健脾利湿、开胃益智、宁心活血的作用"；

"黄豆性平味甘，有健脾益气的作用，脾胃虚弱者宜常吃"……

正是因为这些天性平和、甘醇的事物，我们的生命与情怀才得到了某种恒定的滋养。

长春的雪

长春的雪，从来都不像某种物质或介质，而更像一种精神，所以，它降临的方式就不是庸常的飘落，而是弥漫——无边无际的弥漫。

洁白的雪花飞满苍穹，天地之间就没有了界限。苍茫里，是谁在飞针走线？一针紧似一针，反复牵引着人的目光，直把人穿梭得神魂颠倒，一时竟分不清天和地哪个在上边，哪个在下边，也不知雪花儿从天上落下，还是从地上飞起。街道、河流、田野、房屋，等等，地上一应事物之间的边界和轮廓尽皆消失，统归于同一的起伏和波动。

在这一片纯白的混沌之中，仿佛时间也因为迷失了方向而停止流动，就像我这颗经常会在岁月里迷失方向的心。对长春的每一场落雪，我都会把它认定为四十年前的那一场。

四十年前的 1978 年 10 月，我还未满 16 岁，拿着一张迟到的录取通知书，第一次地走在长春的大街上。那时，年少懵懂，刚从一个偏远的小村庄出来，不知道要怎样应对这样一个高楼林立的城市和城市里熙熙攘攘的人群。好在，这个城市已经给我预备了可以把头深深埋入的书桌及书，还有，可以倒上去做梦或沉睡的床铺。

仿佛一夜之间，一眨眼，我就遇到了那场雪。那是一场全新的雪，寒风退避，雪落无声，有几分暖意，有几分温柔，温柔得让人心软。过去，我是经常站在乡村的雪中向往城市的；如今，我开始站在城市的雪中幻想未来。

天已经断续下了两日的雪，仍无意停止。我和相识不久的同学们，手拉手走在雪中。积雪在我们的脚下吱吱呀呀，传达出时缓时急快乐的声音。

我们从长春电力学校的东门出发，穿过平阳街，穿过解放大路，一直向春城电影院进发。那天晚上要上演的电影我至今记得清清楚楚，名字叫《吉鸿昌》，因为是长期阶级斗争背景下第一部英雄主义叙事的艺术电影，各大中专院校和企事业单位竞相包场，一票难求，长春市仅有的几家电影院需要24小时不间断放映。因为我所在的学校在院校里排位并不靠前，所以场次就排到了子夜一点。

时值午夜，市内的公交车已经全部"下班"停运，而那个年代，出租车、"滴滴"等交通方式还没有出现，几公里的路程，只能靠双脚一步步丈量。从开放的儿童公园东门进入，西门穿出，进入最负盛名的斯大林大街，右行800米就到了最负盛名的人民广场。广场上的纪念碑看起来巍峨、高大，塔顶那架苏式战斗机雕塑，雄风依旧。夜晚宁静异常，只有我们一行人脚下发出的沙沙踏雪声，和广场的长椅上偶尔传来的窃窃私语。

那个年代，由于没有更多的消遣渠道和更好的容身之所，对于青年人过剩的青春活力和荷尔蒙，最浪漫的消耗方式便只有两种，一是看午夜电影，一是去公园或广场谈恋爱。可喜，我们刚进长春城，就占据了其中之一。现在的人们回头看那时候的我们，一定会觉得很"奇葩"，其实我们和任何一个年代里诞生的"青春"一样，就是一些应时、应运而生的"奇葩"。那天，回来的路上，大家毫无睡意，每个人都很兴奋，情不自禁地唱起了另一部电影的主题曲："红岩上红梅开，千里冰霜脚下踩，三九严寒何所惧，一片丹心向阳开……"

转眼三十年过去，中间相隔多少坎坷与周折，又相隔多少场风霜雨雪，已经无法准确统计。当我再一次走在一场纷飞的雪中，长春这个让我一度成为过客的城市，慷慨地许给我一个可以躲避风雨的蜗居，我已在其间定居多年。我不再青春年少，也早没有了往日吐艳流芳的梦幻，但却如一棵把根扎得很深的树，感受到了这片土地之下一米、十米、百米的温度。

也是午夜，当初的斯大林大街已经更名为人民大街，大街两侧高楼林立，各种各样的机构和娱乐休闲场所把夜晚的街区装扮得五光十色，大街上的车流拖着一条光的尾巴往来穿梭，将整条街道描述成一条色彩的河流。然而，随意拐入一条小街或小巷，人们都可能找到属于自己的独立、私密空间，生活变得开阔而又隐秘，华丽而又安宁。如今，公园和广场上的长椅，早已经卸掉了身上的责任和使命，只是偶尔会有一位过路歇脚的行人暂时坐坐，或有两只恋爱中的猫用以消磨一段缱绻的时光。人们借助现代的科技和建筑理念把零至一百米的高空加以分层、分区利用，一下子把城市设计成立体、繁复的现代或后现代迷宫。

那个晚上，我和曲有源老师在他的家中秉烛长谈。也许是因为我的新书《玉米大地》终于出版；也许因为有源老师的新诗集即将付梓；也许是因为多年来的彼此相互关注、关心；也许因为那份与文学并无关联的情同父子的情谊；也许，只是因为前生今世的一段缘分。我静静地聆听着他对我的叮嘱，从生活到修身，从工作到文学，从文学到未来，从理想到信念……他让我清楚地看到了自己的局限和优长，懂得了放弃与坚守，学会了敬畏和勇敢。

我深深地知道，此夜不同寻常，但却不知道窗外正无声地下着一场大雪。当我深夜离去时，有源老师一反常态，执意要出门送我，并执意要站在大雪中陪我候车。雪花大朵大朵地落在他已经不再浓密的头发上，落在他已经微驼的背上和他表情凝重的脸上。那情景，让我感觉我可能正面对一次隆重的远行，或者，我们只是初次相识。但我心里想得更多的，是多年之后，当我回想起那天那晚雪中的情景，我的心会涌起怎样的波澜。

转眼又是十年，城市仍然像一张没有画完的图画，在长大，在扩展，在丰富，在变化，虽然还没有最后完成，但却比以往更加丰满、充盈、绚丽。而我却单单因为它的雪，因为它单一的、纯净的白色而心怀依恋和感恩。从最初的雪，到后来许多场雪，种种的情景、种种的经历、种种的故事，已经让我深深认定，长春的雪就是一种无法回避的美好机缘。

我在雪中沉静下来，紧紧握住渐渐增长的年轮，细数如风的岁月里凋零而去的叶子以及来了又去的快乐、忧伤、繁荣、凋敝、感念和期盼。

冬天再来的时候，我突然发现，一棵树如果在一个地方把根系扎得太深时，就已经不再是一棵树，而是城市的一处风景，是城市固有的一个部分。它在岁月中汲取的一切，如今都要反哺给岁月；它在城市中所得的一切馈赠，如今也将回馈给城市。

那天，突然接到老友的电话，不为别事，就是一种关切和担忧。因为相隔很久没有见面，不知道冬天刮来的寒风有没有伤害到我；面对那些有形和无形的重压，我有没有因为承受过多，而致枝残丫断，或被压抑得直不起腰来。我说我已经老到皮糙骨硬，不害怕也不在意那些无事生非的风来风往啦！他就在电话那端开怀大笑，虽然我无法看见他的表情，但我能够想象得出，他的笑容灿若春天的阳光。

我一时内心软弱，有泪水如春潮从心底涌起。抬眼，又是一场纷飞的大雪，从天空飘向大地，又从窗外飘到窗里，在我的身前、身后、头顶和发际以及生命深处——弥漫。

千帆之外

读洛夫的诗，最喜欢的就是那句"在涛声中呼唤你的名字——而你的名字 / 已在千帆之外"。只轻轻淡淡的一句，便说尽了人生境界的苍茫悠远和无处不在的淡淡怅惘。

时光如逝水流帆，转眼间到了 2001 年的 8 月。8 月里与我们相逢相聚的诗人洛夫以及发生在那个 8 月里的种种际遇与感念，俱如海天之间那朵飘逝的白云，消隐于风烟之外、远天之外。用诗人自己的话说就是千帆之外。

2001 年 8 月，第六届国际诗人笔会在大连召开，参加笔会的洛夫同夫人以及韩国的汉学家许世旭、美籍诗人潘郁琦女士，便于会议之后结伴来吉林。

本来吉林并没有太多好看的，作为大师级的诗人来说，去一个地方总该有一个有力的由头，就算对于移民加拿大的洛夫来说，每一寸故国河山都独具魅力，偌大一个中国也不一定非要到吉林来吧。那么该是诗人曲有源的缘故了，是为那份相知，为了那份热忱，还是为了那个不能回拒的邀约？总之，洛夫一行还是来了，带着对诗的感悟，带着对友情的珍重，也带着难以抚慰的那一缕淡淡的乡愁。

在我，则是一个意外、一个惊喜。在世界范围内的华文诗人中，虽精英辈出，各领风骚，但就我个人的看法，在群雄之中，能称得高深奇绝，并在几十年漫长的岁月里，坚持不断地突破自己，一浪接一浪地超越自己的"常青树"型的诗人，却要首选洛夫。

洛夫的本名叫莫洛夫。从1954年与张默、痖弦共同创办《创世纪》开始，写诗、编诗、教诗、译诗四十多年，先后出过26部诗集、5部散文集、4部诗歌评论，并有《石室之死亡》《血的再版》《时间之伤》《魔歌》等诗集多次获得大奖，在华文界引起强烈反响。但非常遗憾的是，由于大陆与台湾长期阻隔，致使我们对洛夫的全面了解较晚，在某种程度上大大地影响了广大诗作者对洛夫的研究、学习和借鉴。

关于这一点，一直对诗歌创作技艺进行着深层探索的著名诗人曲有源也有同感。每当朋友们聚在一起谈诗时，有源都忍不住对洛夫的诗痛痛快快地赞叹一回。至于能有机会与洛夫谋面聚首，共畅诗话，更是大家神往已久的事情。

多年之前，洛夫曾在一首题为《蟋蟀之歌》的诗中写下："那鸣叫／如嘉陵江蜿蜒于我的枕边／深夜无处雇舟／只好逆流而上……"便知诗人的心与中华大地上的水系是相连相通的。于是，我们就按照诗意的路径和他一同"逆流"而上，去看看东北的松花江吧！

没测量过从嘉陵江岸到松花江边中间相隔几千里，也不知嘉陵江当年的潮涌与松花江今日的涛声中间相距多少年，但从诗人结成诗句的心路看，中国北方的这片黑土地，于他其实也并不遥远，不过是一片故土的两个名字。想来，也仍旧是"三张犁巷子里，那声最轻最亲"的呼唤；也仍旧是在温哥华的家中夜不成眠的理由。

人生不过是亦虚亦实的一场奔波，但那个夜晚的一切都不在虚幻之中。松花江边那清清亮亮的蟋蟀的鸣叫，只一声便轻而易举地化解了弥漫于诗人心中数十载的浓重的乡愁；黑土地上那用粮食酿出的醇醇厚厚的老酒，只一杯就治愈了诗人那年"边界望乡"时，被"飞"来的"远山"撞成的"严重的内伤"。

是因为"台湾在这头，大陆在那头"，我在这头，亲人在那头的缘故吧，台湾诗人中多有游子情结，所以这么多年，写乡愁的诗和诗人还是见识过一些的。其中自然有余光中的精致、痖弦的机巧、郑愁予的婉约，但能够像洛夫一样把乡愁写得那么惊世骇俗的，却少见。

看看这些诗句吧："……而这时，鹧鸪以火发音／那冒烟的啼声／一句句／穿透异地三月的春寒／我被烧得双目尽赤，血脉偾张……"（《边界望乡》）；"……老乡／我曾是／一尾涸辙的鱼／一度变成作茧的蚕／如今又化作一只老蜘蛛／悬在一根残丝上／注定在风中摆荡一生……"这字字给我们以强烈震动的诗句，到底凭借了诗人在诗歌方面的才华呢，还是因为诗人胸中原来存储着比别人更加浓烈的情感？

望着诗人厚实的身影和凝重的表情，怎么也想不出那些如花如虹的词语、那些如水晶如钻石一般闪光的思想到底是怎样诞生在他那双鬓已白的头脑之中，又是怎样星星般落到他面前的纸张之上的。

至今还清晰地记得，在去松花湖的路上，洛夫与有源谈作为一个诗人对神、对人、对自身三种言说方式时的表情；也还记得，他曾肃穆说起《蚯蚓一节节丈量大地的悲情》。当反复吟咏"……节节逼向一个蜿蜒的黑梦，一寸一丈地，穿透坚如岩石的时间……"时，总不由自主地要感慨生命的黯然与悲怆。也不由自主地想诗人洛夫——那条蚯蚓的发现者和命名者，他自己这许多年来穿越茫茫时空，由中国台湾而加拿大，由加拿大而中国大陆，再由大陆而台湾地四处奔波，也是在一节节地丈量着什么吗？

现在才有一点明白，那天大家在参观吉林市的陨石雨展览馆时，他为什么表情庄严，一语不发，临了却要执意在一号陨石前留影。大概这就是一个大诗人所应该具有的悲悯的生命意识和深邃的宇宙意识吧。

1928 年生于湖南衡阳的洛夫，那时已经是 75 岁的老人了，但除了关节有一些毛病和身体有一点发胖，致使行动显得不够灵活外，其思维、谈吐、神情、精力、精神状态等各方面依然不带老态。让人想不到的是，那么大年纪的人了，白天坐了大半天的船，晚上用了几个小时的酒饭，他居然还能兴致勃勃地同大家一起唱歌，一起聊天到很晚。

在洛夫的诗中，有一首叫《与李贺共饮》，后边的一段是这样写的："……来来请坐，我要与你共饮 / 这历史中最黑的一夜 / 你我显非等闲人物 / 岂能因不入唐诗三百首而相对发愁 / 从九品奉礼郎是什么官 / 这都不必去管它 / 当年你还不是在大醉后 /

把诗句呕吐在豪门的玉阶上／喝酒呀喝酒／今晚的月大概不会为我们／这千古一聚而亮了／我要趁黑为你写一首晦涩的诗／不懂就让他们不懂去／不懂／为何我们读后相视大笑"。诗写得大气而狂放，读来真如一杯美酒在口，甘洌醇厚、意味深长。本想洛夫定是酒家饮者，却不料那时的洛夫已经很少喝酒了。一杯啤酒应付了半个饭局，并非是"老爷子"不够真诚，实在是生命可贵，不能枉自作践。人老智慧多呀！

　　没见洛夫之前，只知他是个诗人，却不知他近年来沉醉于书法，经过潜心研究和实践已经成为一个很有名气的书法家了。大概艺术是相通的吧，仅仅是没有多少年的功夫，洛夫在魏碑、汉隶，特别是行草书法上已经自成一家。他的书法作品，曾多次应邀在中国台北、台中，菲律宾、马来西亚、加拿大、美国等地区和国家展出。曾有行家评论他的书法灵动潇洒，境界高远。那天用餐时谈得高兴，洛夫的夫人及时提醒我们，为什么不留一副洛夫的字做纪念呢？是呀，为什么呢？没想到呗。多亏了莫夫人的提醒，我们才手忙脚乱地为他准备了纸、笔。临池挥毫的洛夫神气活现，宛如指点江山的大帅，笔走龙蛇，一鼓作气就是十来副字。那天我得的两副，一副是"说服命运"，后来，我做了一本散文集的书名；一副是"花落无声人淡如菊"的条幅，我用其做了座右铭，时刻提醒自己要保持菊一样的低调和淡雅。

　　一个伟大的人，有时从表面看来并没有特殊的伟大之处，真正的大师看起来也并没有大师的架子。也许，他们与常人不同的，只是他们能够始终如一地坚守着内心的信念和品格。聚会时我顺便说了一句想要一本他的诗集，说过也就淡忘了。偶尔想起，便觉得先生的事情太多，可能也和我一样把这件小事淡忘了。可是洛夫没有，他说回去后一定要寄一本书给我，结果他真的就话复前言，给我寄一本题字的诗集来。其实，伟大的人只是不借助任何外部动力，就能管好自己；只是能够自己给自己当上帝。

最初的几年，我和先生一直保持着联系的热情，在中国东北和加拿大温哥华之间，鸿雁往来，传信寄书。我出了一本散文集，迫不及待地寄给先生，希望得到几句他的鼓励或指正；先生很少写散文，那年却出了一本随笔集，也从温哥华给我寄来，随后又来信说："此地初冬，日短夜长，颇为寂寞……"后来，彼此的联系却莫名其妙地少了淡了。那年国内的一个《回家》栏目组跟踪先生在湖南拍片子，他意外得到了我的电话，彼此畅谈了一次。当时由于手头有一些琐事缠绕不得脱身，我便只能乘兴承诺，等下次他再回国，不管他在哪里，都会去看他。但那之后，虽然先生也回来几次，却都阴差阳错没能谋面。我当初那看起来十分郑重的承诺，也成了一句没有价值的空话。

"潮来潮去，左边的鞋印才下午，右边的鞋印已黄昏了"。在匆匆而过的时光之中，我们到底能够挽留住什么？

如今先生已然驾鹤西去，于千帆之外，做了永不再见的古人。我却只能在人群之外、喧嚣之外，默读着他的诗句，独自度过一个悲伤的下午。当读到他这样的诗句"……你能不能为我／在藤椅中的一千种睡姿／各起一个名字……"时，泪水止不住流下来。

这一次，您决意长眠不醒，再不换睡姿，并且不是睡在藤椅里，先生啊！我可怎么陪你完成这场生命的游戏？

岳　桦

　　第一次去长白山，是 1995 年的夏天。也只有从那时起，才知道有一种树的名字叫岳桦。

　　虽然我从小就一直对各种植物特别是各种树木感兴趣，但那之前，在身边、在旅途以及能看到的各种读物上，却从来没有发现过那种名叫岳桦的树。后来知道，那是一种只在长白山上才有的树。在树的典籍里，它原来是一个不常见的冷僻词。

　　那时的长白山，还没有进行大规模的旅游开发，所以并没有什么所谓的"景点"，许多人去长白山，似乎就只有一个目的，那就是去看天池。那时，我们大概也是那种目的，所以一爬上汽车，人们的心和飞旋的汽车轮就达成高度的默契，从山脚下的白河镇出发后，就再也没有一刻停息，一路盘旋而上，直奔顶峰。

　　尽管一路上的好花、好树、好景色层出不穷，似乎都与我们无关。我们的心在远处，在一个远远高于那些花草树木的高远之处，所以我们对眼前的景物视而不见。我们以无序而杂乱的交谈填充着从清晨直至午后的宽阔时段。过后，当我重新翻阅那天的记忆时，除太阳未出时的美人松剪影和最后的那泓天池水还算清晰，中间大部分片段都是些红绿交错、模模糊糊的虚影，如一张对焦不准的拙劣照片。

然而，那些岳桦树对于我来说，却是一个意外，也是一个惊奇。

接近山顶时，我无意地将疲惫的目光从嘈杂的人群转向车外，突然，我感觉到，有什么我不知道的事情正在发生或已经发生。那些树，纷纷沿着山体将身躯匍匐下去，并在斜上方把树梢吃力地翘起。在透明的、微微颤抖的空气里，我仿佛看到一种神秘的力量或意志，正加到这些树的躯干之上，使这些倔强的生命在挣扎中发出了粗重的喘息和尖厉的叫喊。

是一场正在行进的飓风吗？然而，从树叶和草丛的状态看，车窗外却是一片的风平浪静，前面汽车走过时蹚起来的烟尘，正笔直向上升起。那么是一种来自地下的强大引力在发生作用吗？然而，一切似乎都在空中轻盈地往来，一只无名的小鸟，正展开它小巧的翅膀，在那些半倾半倒的树梢头悠然滑过……

分明，一切都已经成为过去，呈现在我们眼前的只是凝固于时间另一端的一个难以忘却的记忆，或一种难以复原的姿态。

这些树的名字，就叫作岳桦。

本来，树与树并立于一处时应该叫作林或森林，但许许多多的岳桦树并存一处时，我们却无法以"林"这个象形字来定义这个集体。因为它们并不是站立，而是匍匐，像一些藏在掩体下准备冲锋或被火力压制于某一高地之下的士兵那样，集体卧伏于长白山靠近天池的北坡。如果非给它们一个词语不可的话，或许叫作"阵"及"阵营"更合适一些。

那么，构成这个巨大阵营的，到底是怎样的一支队伍？它们到底肩负着怎样的使命？它们是怀着一颗不屈服的心在日日翘望着高高的长白之巅，并时刻准备着冲上峰顶吗？它们是以一种屈辱的形态时刻铭记并控诉着记忆中那一场凶狂的暴力吗？或许，它们仅仅因为生存的需要，仅仅因为对环境的顺应，才让自己活成了风的形态？在所有的可能之外，也许还存在着另外一种可能，那就是它们在很久以前就已经不是树了，而是风，是浩浩荡荡的风行至天池边时望而却步，就这么停了下来，因为停留得太久太久，便站成了风的标本，生下根，长成了树，但它们的心、它们的魂，仍旧是风。

后来，我又数次从长白山的西坡去看天池，并在那里遇上一些同样叫作岳桦的树，但那些树在我的眼里却不再是岳桦，因为它们除了树干并不那么洁白、笔直外，其他的方面与普通的白桦树并没有多大的区别。每一次，当我看到长白西坡的那些岳桦树时，都会不知不觉想起北坡那些真正的岳桦。它们那令人惊异的形态以及无以复加的悲壮神情，似乎永远都能够给我的内心带来难以平复的震撼。这是一种让人难以忘怀的树。许多年以来，虽然我再也没有见过那些岳桦树，但总会在一些意想不到的时候突然想起它们。

我不知道白桦和岳桦在血缘上有什么联系，不知道它们到底是不是同一种植物，直到现在，我也没有找到能够明确它们之间关系的有力佐证。但我却坚信，它们彼此是迥然不同的，就算当初它们生命的基因都来自于同一棵白桦树上的同一颗种子，到了今天，它们也不会是相同的品类了，因为它们的生命已经在漫漫岁月的冶炼之中，拥有了不同的质感和成色，拥有了不同的性格和形态。

白桦树生在山下，与溪水、红枫相伴，过着养尊处优、风流浪漫的日子。风来起舞，雨来婆娑，春天一顶翠绿的冠，秋日满头金色的发，享尽人间艳羡，占尽色彩的风流，如幸运的富家子弟，如万人追捧的明星。而岳桦却命里注定难逃绝境，放眼身前身后的路，回首一生的境遇，却是道不尽的苍茫、苍凉与沧桑。

曾有人下过一个断言："性格决定命运。"暂不说这句话用在人际上是否准确，但用到树上，肯定是不准确的；实在讲，应该是命运决定了性格。岳桦，之所以看起来倔强而壮烈，正是由于它们所处的环境与命运决定的。

想当初，所有的桦都是长白森林里白衣白马的少年，峰顶谷底任由驰骋。后来，那场声势浩大的火山喷发，将所有的树逼下峰顶，就在向下奔逃的过程中，命运伸出了它无形的脚，一部分桦便应声跌倒。一个跟头跌下去，就掉入了时间的陷阱，再爬起来，一切都不似从前，前边已经是郁郁葱葱的一片，每一种树都沿着山坡占据了自己的有利地形，没有了空间，没有了去路；而后面，却是火山喷发后留下的遍地疮痍与废墟，以及高海拔的寒冷；但那里却有着绝地求生的巨大空间，尽管那里有风、有雪、有雷电、有滚烫的岩石和冰冷的水；最后，它们还是选择了掉头向上。

　　而一旦选择了返身向上，桦就变成了岳桦。不管我们把怎样的情感与心愿给予岳桦，岳桦也不可能变成那些明快而轻松的白桦了，如同山下的白桦永远也不能够站到它们这个高度一样，它们再也不可能回到最初的平凡与平淡。因为从白桦到岳桦，作为一种树已经完成了对树本身或者对森林的超越，它们的生命已经发生了某种质变。

　　而今，与山中的那些树相比，岳桦看起来却更像一场风；与那些各种形态的物质存在比，它们看起来却更像一种抽象的精神。

米易的时光

阳光越过安宁河右岸的山头，似乎忘记了原有的路线和行进方式，一改直通通的照耀为漫溢，呈液态或气态状，顺山势而下，汹涌而又轻柔，无声地注满了蜿蜒逶迤的安宁河以及整个攀西大裂谷——

清晨，我站在米易县城的颛顼龙桥之上，沐浴着这惬意而柔美的天光，并与我眼所能见和不可见的山水、空气、植物以及所有生命，一同领受正在悄然发生的微妙变化。

仿佛感官和精神系统被一个神秘的程序从内到外同时改写，不知不觉，整个人已变得愉悦、轻松、灵动和充盈起来。心中无限的感念和感激之情，像河面上轻扬的薄雾，随风飘荡、游弋，但却找不到生发的缘由和具体的倾诉方向。

这里是攀西大裂谷的主干地段。在地质学上，十分著名，与东非大裂谷并称为地球造山运动所遗留的两处罕见奇迹。

说奇迹，并不仅指地貌上的奇伟险峻和变化多端，更多是指这里独特的气候条件，以及在这样的条件下所呈现出来的完美生态结构和生物多样性。全年 20.5℃的平均气温，2700 小时的平均日照，300 天以上无霜期，使这个地域成为一个冬季温暖，夏季凉爽，宜人、宜生的巨大恒温箱体。

奇特的地势、温度、湿度和光照度，赋予了这个地域以强大的滋养和孕育之功。且不说此地覆盖全境的茂密森林——云南松、云南油杉、黄杉、云杉、木棉，等等，还有很多我叫不出名字的树；也不说山上的几百种庸常和珍稀的野生动物——小熊猫、山鹧鸪、黑头角雉、红胸角雉、细嘴松鸡、穿山甲、棕熊等；更不说林间各种野生食用菌类——松露、鸡枞、羊肚菌……单说四时不衰的水果和蔬菜，就已经让人赞叹不已。由于热量丰富、日照充足、雨量充沛，昼夜温差大于 13℃，使这里全年季季有绿色的蔬菜生长，月月有新鲜的水果上市，且蔬菜、水果等种种农产品一直拥有着早、稀、特、优的禀赋。

只要什么东西加上了米易的前缀，就陡然变成了一种可心又可口的美味。水果中的杧果、枇杷、石榴、雪梨、苹果、樱桃、莲雾、葡萄、火龙果……蔬菜中的番茄、豇豆、苦瓜、辣椒、胡萝卜……不论它们的原籍属于哪里，只要再次从米易的土里长出一次，吃起来就变成了另一种口味、另一种感觉。米易，就像上帝遗落在地上的一个生命宝匣，虽鲜为人知，却奇妙异常。曾有人生动地描述："在这片适于生存、生长的土地上，插一根扁担都会长成一棵大树。"

突然有微风挟裹着神秘的幽香，一阵阵，轻轻拂过脸庞。我环顾四周，寻找幽香的出处。但见远山如黛，近树苍青，时节已近"立秋"，早已过了桃花如火、油菜似金、梨花赛雪的花季。香，却一定不是花的味道；此季，倒是硕果累累，雪梨青翠、杧果金黄，但总有坚韧的果皮紧紧地护住自己羞涩的体香，绝不许风儿任性地传来传去。香，也不是来自林间的果子。

眼前，便只剩下了流淌的河水、在水面上和植物叶片上跳来跳去的阳光；再有，就是永远都保持着无形也无踪的时光。我早就听说，阳光无味、真水无香，看来这神秘的幽香，也与阳光、水无关，而就是时光的味道。

这时，有农妇手提一筐石榴，叫卖着，从我的身边走过。我望一望那一篮粉红的秋色，再望一望远山峰顶上隐隐的雪痕和近处草地上葳蕤的生机，便突然忍不住会心一笑。我发现，时光已然在米易停了下来，它竟然狡猾地把推转四季的天职交托给了垂直的空间，一甩手把春夏秋冬挂在了安宁河畔的同一座山上。只是它仍然隐藏着形态或身影，让人看不到、猜不着它究竟隐身何处。

米易，古称迷易。按字面破解，大约就是"容易迷失"或"迷失是件轻而易举的事情"。想必，时光走到了这个"天设"的秘境之后，也像中了咒语一样，迷失了自己，忘记了不舍昼夜地奔跑，索性就滞留下来，做永日的盘桓与流连；或者，只在某处原地打起了旋涡，而旋涡打久了，竟成了一种固定的运行方式，自然也就哪里也不想去、去不了啦！若如此，来米易的人，无疑都幸运地拥有了一寸米易的时光或叫作光阴。

既来之则安之。于是，我沉静下来，像鱼在水里那样，不再想很多的事情，也不再猜测时光的去向，只专心地从容感悟、享受呈现于眼前的一切。

我开始怀着美好的情感和人们一同观看米易的男孩、女孩们唱歌跳舞，在美妙的身姿和歌声中忘记了此身所来和明天的去向。但就在他们转身离去的瞬间，我仿佛还是看到了时光的影子——转瞬即逝，这是时光最显著的性格和表现。美好自不必说，但只是太过短暂。

我们还要继续流连，和瞩望山间久久不愿意落去的太阳一样。

我们到山上去。在大片的梨园里穿行，任压弯枝头的梨儿频频触碰着额头，也不忍伸手摘下一枚，怕那些甜蜜的时光就隐身于多汁多水的梨子里，被我不经意的贪婪一口吞没了。我们还去山间的杧果园，看金灿灿的阳光凝成了一枚枚流线型的固体，密密麻麻地垂挂于枝头。我心怀敬畏地摘下一枚，小心地放在一个纸袋里。

在颠簸的山路上，我时不时打开纸袋察看，怕一不小心那枚太阳之果会在纸袋里因为忍受不了黑暗，兀自燃烧起来。蓦然回首，鳞次栉比的金色光点儿在视野中闪闪烁烁，像一排排点燃的灯笼布满山坡。如果在夜晚，很可能半个天空都被照得通明。

如果事实真如想象的那样，便是一个太阳落下去，千万个太阳从地上升起，米易的时光定然没有"老"期。此时，我的心已经迷失得彻底忘记了回头，和着车轮的节奏，继续奔向大山的深处，一直攀上坐落于高山之巅的新山村。去阿考广场，兴高采烈地加入那里傈僳族青年男女的集体舞"斑鸠吃水"，让情感和心念化作一曲曲激越的芦笙，在远古和未来之间颤动、震荡。

　　忽听骏马嘶鸣，原来是先祖阿考骑乘的那匹威风凛凛的铜马，正四蹄凌空，载着它的主人向远方跃出最初的一步……

　　天色暗了下来，广场上篝火燃起。天空里开始有星星闪现，一颗、两颗、三颗……一个接着一个，一阵急似一阵，像一个个雪亮的音符，从纯黑的天幕跳出来。传说，当那些音符连成一片时，就构成了种种天象，像语言一样昭然写在天空。悟性超然的人，可以从中读出某种预示和天机，但我不能，我只听到自己的内部出现了令人不安的异响。可能，是早就安放在我心中的那个"律"，拉响了铃声。

　　我该回去啦！也许每个人天生都有命定的位置和使命，就像天上那些不可随意窜动的星星。休说背负着沉重人生负累的我，就是《桃花源记》里那个优哉游哉的武陵人，偶入桃花源之后，也还是记得要原路返回的。也许，人生中那些不可把握的机遇都可以称作"天命"吧？那么，知道顺应"天命"的人，终究可以少言遗憾！

　　临行的那个晚上，我一边躲在房间里吃一枚白天自己亲手摘下的金花雪梨，一边生出了隐隐的担忧。"山中方一日，世上已千年。"记得东晋虞喜的《志林》记载了这样一个故事："信安山有石室，王质入其室，见二童子对弈，看之。局未终，视其所执伐薪柯已烂朽，遂归，乡里已非矣。"真害怕我躲在米易的这几天里，山之外那狂风般呼啸的时光洗劫了故地，再回到几千里之遥的家，一切都已面目皆非——旧屋已空，小院荒芜，亲人们纷纷终老、离去……

葡萄园月令

1. 孟春之月

黄河以南的大部分地区已然迈过冬天的门槛儿，草木之气开始萌动，有一些性躁心急的主儿，已经抢先一步在地表吐绿，或在枝头绽红，而此时的东北大地仍旧在皑皑的白雪覆盖之下，悄无声息地沉睡着。

昨夜一场大雪刚刚落下，纷纷扬扬，又在原来的铺盖上加了一层新被。这让我想起多年以前，在那些寒冷的早晨，母亲随手所做的一个惯常的动作。似乎有一双眼睛，一直站在高处把望着，将地上的一切尽收眼底——春天的脚步还远着呢！但左思右想，终不忍把睡在雪里的生灵们唤醒。仰望天空或放眼四野，我能够感觉到，冥冥中有一颗慈母之心，原如雪一样的纯净晶莹和雪一样的广阔无边！

是月也，立春。时间乘坐着阳历的马车正喊着字号进入二月，但我们完全可以不予理会，任它多么湍急的辚辚之声也只能顺着雪的裂隙或破洞，抵达被文化"污染、腐蚀"的城市。这里是雪野，这里是山间，华龙山庄5000亩葡萄在厚厚的积雪下躬身而伏，紧贴着大地的胸膛，除了地心的跳动和春天的脚步，什么声音都无法将它们打扰。

雪，白得如凝固的光芒，堆积在山谷。一群乌鸦从山的那边无声地飞来，几度盘旋，终于还是找不到落脚之地，无奈，只能又飞向远方。在它们眼里，这是一片汪洋恣肆的大水，但它们却无法判断这水是不是在流动，会不会流动起来。其实，这漫无边际的白，也是会流动的，不过它们只在那些葡萄树幽暗的梦里，以水的形态不停地流，不停地洗濯。

北方的雪是肩负着某种使命的，它要一直把那些幽暗冰冷的梦洗得洁白、透亮和温暖时，才会悄然离去。

但凡事皆有利弊，如此洁净的雪，醒时梦里的呵护、净化，竟宠得这些葡萄有了洁癖。据说，有几个葡萄品种只"认"这里的山水，虽在本地表现优异，则无法适应其他地域的环境。强移，则不活；有勉强成活者，则无果；有勉强挂果者，则质次。

是月也，雨水接踵而至。这个节令之所以叫雨水，有令词如此描述："东风既解冻，则散而为雨水矣！"但在正月未尽的北方，即便如此令人振奋的消息，仍不可信以为真，更不可据此有所行动，否则定要为此而付出沉重的代价。传说中的雨水，此时也许正驮在北归大雁的背上，飞行在三千里之外的天空。它真正地到来，时日尚早。身处如此这般的苦寒之地，不但要懂得盼望，更要学会冷静、隐忍、等待和坚信。

2. 仲春之月

握着彩笔不停书写季节的那只手，已然把"冬"字写完，现在正应该写到春。但春天从哪里起笔，又在哪里收官，如今写到了哪笔哪画，仍然很难判断。说到，也可能骤如一场春雨，猝不及防，"唰"的一下就到了。

二月初二，"龙抬头"，华龙山谷的主人孙广辉带人特意去了一趟大雪覆盖的葡萄园，亲手扶一扶葡萄里的长者——拥有几十年树龄的老藤。人老为"贼"，树老成精，几十年的树在灵性上，估计还成不了什么气候，但也堪称镇园之宝，见证了葡萄园的历史，所以，孙广辉对它们自有一份特殊的情感和心愿。

葡萄属龙，能潜隐，能升腾，能入地，能凌空。《吕氏春秋·仲春纪》说，农历二月，鱼龙之类的鳞族正逢天时，"其音角，律中夹钟，其数八，其味酸"。葡萄是植物里的龙，当然，二月的天时也合于葡萄的运官。按照古礼，这样的月份、这样的日子，应该为"龙族"安排一场隆重的祭祀，但民间并没有那么多的排场，一切从简。简化来简化去，简到了关起门在自家吃一顿猪头肉，就算举行了一场"祭祀"仪式。

从前，也有人在二月初二早晨，用长杆敲打自家的房梁，以此仪式把蛰伏着的"潜龙"唤醒，让它出渊，让它"在田"，让它一跃飞天，行云施雨，润泽万物。孙广辉的葡萄园之行，并不是祭祀，但以他温热的手扶一扶葡萄园中的老藤，它们就被唤醒了。老藤一醒，年轻的葡萄们也都接到并交换了醒来的信息，但它们都不作声，只是在暗中让芽苞一点点膨胀起来，就等着春风从远处赶来，为它们掀去那层厚重的雪。

　　一行人沿着自己在雪地里蹚出的小路鱼贯而返时，发现小路边缘的雪已经开始融化，但他们不知道热量从哪里而来，是从地下？还是从天空？抬头望一望远方，明亮的阳光、洁白的雪和天地间蒸蒸腾腾的水汽融为一片，谁先谁后，谁主谁次，更是让人难以辨别。突然，远方隐约传来隆隆的响声，立即有人停下来竖起耳朵，凝神聆听。

　　"是月也，日夜分，雷乃发声，始电，蛰虫咸动。"日夜中分，阴阳力均，两种力量在不可知的暗处较劲，争夺领地，所以青天白日也时有异音，但那还不是真正的雷声。孙广辉向同行的人们挥了挥手，示意他们少安毋躁，继续前行。此地的司雨之龙刚刚抬起头来，腰肢还没来得及伸展，哪个雷公敢贸然挥锤？哪个电母敢擅秉天火？哪个虫儿敢乱喊乱动？

　　然而，春天的脚步确实在一天天逼近。远雷如鼓，所有的草木都感知到了空气中那隐隐的震动。趁雷声未起，抓紧把春天里应该做的一切事情做好，备耕、备肥，修理农具……适当，也可以先播下生命的种子。等玄鸟至，雷声起，就只能日夜为山上的葡萄奔忙和操劳，除此，什么也干不成，什么也不能干，保持充沛的体力和精力要紧。若是在古代，就会由国家出面提醒："雷将发声，有不戒其容止者，生子不备，必有凶灾。"打雷时，不可以行房事，否则，生子会落下先天缺陷。这虽然有一点恐吓的意味，但用意还是慈善的，有利百姓身心健康和生命安全。

　　世间万物，相互感应，相互制衡，莫不为利，莫不为害。到了该侍弄出产粮食和果子的土地时，就只能专心侍弄这种土地。

3. 季春之月

三月里的清明是一场盛大而又纷乱的集市。宋代的《清明上河图》只用简洁的线条勾勒了挑担、拉车和闲逛的男女，并没有画出天风、地气和原野上自由交配的牛马，更没有画出盛装而至的玄鸟和戴胜。大雁在河边鸣叫，身前是水，身后是冰。三三两两或三五成群结伴郊游的人们，既为扫墓，也为踏青；既为怀念，也为道别，忧伤与喜悦如影随形，如在天空里奋力拍打着光阴的白鹤之翼。

突然有西洋的"天籁"之音，隔空而来，名《斯卡布罗集市》。歌里有痴情的女子思念远方在或已不在的爱人，柔肠百结之际，突然想起拜托那些被贩运到集市的花儿：鼠尾草、迷迭香和百里香——如果在集市上遇到了他，请告诉他一声，他曾经是她深爱的人——唉！逝者如斯夫，错过的机缘哪肯轻易回头？但执着的思念和无悔的深情，总是让人心动、心疼，真情的泪就如春天的雨水，比金子还贵啊！春雨即降，万物化育，这个春天就开了一个有情有义的好头，杨柳的枝条，很快便泛起了绿色。

三月的阳光持续照在地上，连淅淅沥沥的春雨也有了阳光的温度和质感。一个个寒冷的日子相继融化，某一个夜晚过后，曾独霸一方的冬天突然消逝得无影无踪。华龙山庄的葡萄们，足足忍受了一个冬天的寒冷、寂寞和死神的威胁，满怀的苦情，还没来得及控诉和清算，冰冷的身子就被春风稳稳地抱在怀中，冷透了的心和僵硬的腰肢便无端地在春天里融化了、酥软了。

"是月也，生气方盛，阳气发泄，句者毕出，萌者尽达。"来自季节和生命内部的冲动和力量已不可遏制。葡萄藤上一天天膨大的芽苞，向园丁们暗示，一种植物的体内正在发生着奇妙的变化，成长和绽放的欲望随着树液流速的加快而愈显急切。

从下一个月起，华龙山庄几百亩葡萄园里的葡萄将陆续上架，孙广辉抛开手头的事情，来到葡萄园，与作业的员工们一同感受春天的情绪。他们的身影在阳光下移动、变化，由长而短，又由短而长；最后，终于与大地融为一体，不分彼此。于是，孙广辉在一点点变黑变冷的春天夜晚，又回想起那些严冬一样的艰难岁月。

2004 年春，眼看着一个曾如日中天的企业滑出了健康发展的轨道，他狠狠心，咬咬牙，张开双臂，将一个正在惯性坠落的"星体"接在手中。因为他觉得几代人花心血打造的一个高端葡萄酒酿造和进出口企业，在自己这一代人手里葬送掉，是一种不可饶恕的罪过和耻辱。但当这个巨大的球体落到手中，经过仔细盘点才发现，这原是个千疮百孔的烫手山芋，呈现在眼前的"溃疡"远比他的光晕多得多。巨大的债务、每况愈下的经营状态和几十号生活没有着落的员工，如千斤大石压在他的胸口。虽然他也感到了"体力"不支，"嗓子发咸"，但他还是坚持着没有倒下。他认了一个死理，男子大丈夫就要一诺千金，愿赌服输，不能只要权利而不要责任和包袱。债务要还，员工要养，经营也要重新起步。于是，他把自己家里所有的钱都拿出来，并卖掉了自己的房子，到外边租便宜的房子住。虽然最多的时候一年搬了五次家，他仍没有动摇过自己的信念。除了自己，他不得不动员几个贴心朋友也拿出自己的全部家当，押在这个他坚定看好的企业和事业上。最艰难的时候，与这个事业相关的所有人——自己、妻子和孩子、亲人、朋友们、朋友们的妻子……每个人都把身上的钱，包括买衣服、买书本、买"胭脂"的零用钱都奉献出来。

当岳母将自己攒下的一元、一角、五元、十元面额的零钱装了满满一"方便袋"交到他手里的时候，他忍不住流了泪。他感动、感慨，不仅仅因为友情和亲情，而是觉得人之为人，就是要懂得同情和信任，在别人危难、危急的时候伸出援手。从此，在他公司服务过的员工，他一个也不让走，并且宁可自己一分钱不花，也得保证他们的工资。想到这里，他情不自禁地回头望了一眼，员工们此时正无声地跟在他的身后，脚印踩着脚印。

是月也，树木始华，云霓始灿，此后，应该不会再有寒冷的日子了。

4. 孟夏之月

此月，滋养万物的"生气"盛在南方。五行中，南方属火，也是太阳履职尽责的方位，所以，古代的皇帝在这个月要住在正向朝南的房子里，出行则要乘坐朱红色的车，驾着红色的马，打着红色的旗帜，身着红色的衣服，佩戴着红色的饰玉……一片如火如荼的颜色。而北方的原野上，此时却遍开低矮、无香的迎春花。一朵朵小而细碎的花儿，密密地挤在一起，色泽明黄、炽热；成簇，成团，成片。如果春天是一朵火焰，它们就安静地燃烧在春天的底部，像黄得发白的焰心。以这个颜色为根本的季节，势必会越来越热烈，越来越鲜艳。

是月也，"为天子劳农劝民，毋或失时"。各级政府、官员、主管以至于戴胜、布谷纷纷都忙碌起来，发文的发文，动员的动员，提醒的提醒，鸣叫的鸣叫。清明忙种麦，谷雨种大田。其实，到了这个时节，就算是北纬40度至50度之间的北方，应该下地的种子也已经基本播完。布谷们急忙急火地鸣叫时，农人们已经荷锄从田里归来，在心里暗暗地核计起下一个节气的事情。此时，唯有田间水稻的秧还没有插，唯有山上的葡萄还没有正式上架。华龙山庄的葡萄园里，果农们正在紧锣密鼓地忙着两件事——

一是为葡萄们加肥。肥是秋天之前已经发酵好了的农家肥，农历二月、三月运送到位，四月挑沟埋肥。因为山坡路陡，各种农机一概无法使用，就只能靠人工作业，一锹一镐地挖，一锹一镐地埋，好在灌溉用水可以靠电动机从低处提上来。

二是赶在葡萄上架之前，为葡萄打几遍波尔多液和石硫剂进行防护。这是一种由石灰、白矾和硫酸铜按一定比例勾兑出的混合溶液，因为对人来说没有毒性，所以不算农药，但这种液体却具有很好的杀菌防病作用。葡萄开花前后多打几遍这种溶液，葡萄就不会得"双霉"和"黑霉"等常见果病，也就免得预防不够，发病后再施洒农药。

十天后，华龙山庄数千亩的葡萄园中，葡萄纷纷上架，横的是线，竖的是藤，中间星星点点的淡绿与鹅黄是刚刚迸发出来的葡萄嫩芽，它们像五线谱中间跳跃的音符，无声，却以不断变化着的色彩和形态，演绎着一场春天的交响。

就在这时，日本间松商社的人像是收到了定时的指令一样，从国外赶过来参与华龙的生产和管理。北方的农民淳朴憨厚，凡事以情义为先，所以总觉得那些日本人不是平常人，更像是一些有着人类形体的机器，觉得他们的心肠不是肉长的而是程序做的，他们只按程序办事，凡事不因为情感所改变，也没有任何商量余地。

从 20 世纪 90 年代中期开始，华龙山庄就一直与日本间松商社合作，为他们提供浓缩葡萄原汁，所以他们最了解日本人的禀性。日本人进口华龙的葡萄汁，并不是华龙出去找市场找到了日本，而是日本人满世界寻找他们想要的东西，一路找到了中国的东北，东北的通化，通化的柳河，柳河的华龙。

中国古代称日本人为倭人或倭寇，抗日战争时称其为"鬼子"，其中自有一些仇视和贬损的意味；但这一"鬼"字确实敲中了日本人心性的命门。他们的"鬼"，不仅仅表现在专门能发现世界上什么东西好，而且也总能千方百计让最好的东西为自己所用或想方设法拥有。其他的就不再说了，但说与葡萄有关的话题——葡萄汁或葡萄酒。自 20 世纪 30 年代在通化建立葡萄酒厂以来，他们就没有忘记过这个地区的野生山葡萄资源。在他们搜集到的资料中，这一资源是世界上独一无二的，所以几十年来，保持了不间断的需求。

需求，自然也不是无条件需求，而是要苛刻地控制产品的品质。春天，他们要到柳河及周边市场调查政府对化肥、农药的监管情况和违禁农药的去向，确保供应基地所用的农资安全可靠；夏季，他们要到葡萄园里进行实地调查，发现违规行为立即采取处理和惩戒措施；秋天，他们不仅要对产品的"农残"和重金属含量进行 270 项检测，还要突击检查华龙的生产设备和生产流程是否存在污染。

20 年间，华龙人在和日本客商打交道的过程中，以对手为师，从抵触到自强，从愤怒到平和，从处处受制到牢牢掌握主动，终于练就了靠自身素质维护自己尊严，靠质量和信誉征服对手的本领。日本公司要求绿色无公害种植，华龙已经逐步推行有机种植；日本公司要求"农残"和重金属含量不超标，实行 270 项检测，而华龙，对出口和国内消化的葡萄原汁一视同仁，每年要自己检测 533 项。20 年的隐忍和修炼，成就了华龙稳固的品质和价值体系，当初的土蛹终于化成彩蝶，当初的种种束缚，终于化为一种自由的境界。

是月也，蝼蝈鸣，蚯蚓出；其虫羽，其音徵。当我们又听到了那些曾经一度沉寂的声音，当我们又看到了那些曾一度消失了的色彩和飞翔，我们才有理由相信，沉默与蛰伏，并不意味着消失与消亡，而是孕育着重生，或悄悄地积蓄着更大的能量。

5. 仲夏之月

是月也，草长莺飞，花香蝶舞。这是北方四时中最有生机和活力的季节，百念萌动，万物生发，欣欣向荣。先贤说，人在这个季节充分享受季节给我们带来的恩惠："可以远眺望，可以升山陵，可以处台榭。"但同时也是一个最应该注意静心、反省和收敛的季节。"游牝别其群，则絷腾驹。"华龙山庄的果农们开始忙着为葡萄做着除芽、定位的工作。

事物、人生、社会处于低级阶段、低级形态时，一般都是在"做加法"，以积累和聚敛为本事，追求速度，追求产量，追求财富，追求尽可能多的拥有；但进入高级阶段以后，则必须要做减法，只有冷静、警醒、克制、自律、收敛、简化、舍得，才能滋养自己的品格，才能提升自己的品位。

华龙山庄的葡萄种植技师宋士忠，从小与土地和葡萄打交道，没念过太多的书，不懂得那么多的大道理，但他却知道，葡萄的产量一高，再好的葡萄品种品质都会打去一定的折扣。所以，他最近几年一直在孜孜以求的并不是提高葡萄产量，而是如何合理限产。所谓的合理，就是在产量和品质之间找到一个平衡点，既满足人们对品质和效益的双重心愿，又要猜准某一年上天的心意和想法，在诸多不确定性中寻找一个确定性，在不可兼顾中寻求兼顾，为难为之事，或为不可为之事。

宋士忠带领果农们面朝黄土，背朝天空，一直保持着一种近似于朝拜的姿势。他们要把葡萄树上多余的芽苞用指甲一个个剔除，行话叫"抠冬芽"或"抹芽"，每棵葡萄树只保留两个枝条，每一个枝条上只保留一个芽眼。如此一来，葡萄园中的葡萄在一个生长期里，就会一直保持着不枝不蔓，不过量结果，更没有多余的枝叶和果穗与结果枝争阳光、争养分。

阳光如灼热而透明的潮水，从人们的背后一浪接一浪地打过来，又在他们的身体上凝结成了水滴，人们惯常称谓的汗水，便顺着他们的脖颈和脸庞一滴滴滴下来。落到土地上的时候，很快便无声地化作了气体，返回空中，然后再乘着阳光返回到人们的背上。像一次接一次打滑梯的淘气小丑，不断地重复着前一次循环。

一转眼，两个古老的"节"，相继到来了。一个是芒种，与植物有关的节；一个是端午，与人有关的节，经常在五月初相遇，到来的时间最多差不过一周。因此，它们就经常被人们过到一起，渐渐地，都把原有的意义也过丢了。城里的人，吃完粽子去划龙舟；乡下的人，吃完粽子去干农活。芒种，芒种，就是有芒的庄稼即将开始播种的意思。比如说，东北的水稻这时应该插秧了。葡萄不是庄稼，也无芒，但会在这个月里开花挂果，也是一个重要的节气。

是月也，螳螂生，鵙始鸣。古书里叫鵙，现在叫伯劳，北方叫胡伯劳的鸟儿，开始出现在葡萄园里。小时候我经常与这种鸟儿打交道，因为其性情暴烈，每每捉到，怒而大叫，一整天不吃不喝，不停地表达愤怒，过夜即死。但我一直不太知道应该怎样评价这种鸟儿，应该叫作刚烈，还是叫作粗莽、愚笨。这鸟儿也着实奇怪，飞行时如蜻蜓一般，直直地拍打翅膀，根本不会那种富有节奏的翱翔，飞一阵，找一根倒插在田里很突兀的木棍落下，一待就是半晌，定定地。

现在，伯劳就落在离人们不远处的木桩上，侧着头，好奇地望着葡萄园里的人们忙来忙去，就像我从来猜不透它在做什么，可能，它永远也猜不到人们在那里挥汗如雨究竟是为的哪般。

6. 季夏之月

说话间，北方已经进入真正的雨季。北方的雨季，很奇特，不同于南方的阴雨连绵，往往，白天艳阳高照，晒得人睁不开眼睛，夜晚却雷雨交加。雨水和阳光各自占据着固定的时段，你来我往地拉着锯，乐此不疲。更乐的却是草木和庄稼，白天"充电"，晚上"加油"，没有谁愿意放弃这个可以疯长的机会。于是，树木抓紧抽条、放叶；庄稼比赛似的扎根、拔节；田地里的野草们则像杀不绝的鬼子兵，撂倒了一茬又长出了一茬。

只几天的工夫，华龙山庄的葡萄园就有了一些"荒"的迹象。葡萄园的荒，完全不同于普通农田，土地上野草的伺机疯长和同根同藤上的新生枝叶，似乎都能对正在生长着的葡萄构成影响或威胁。因为，华龙的葡萄园里不允许打除草剂，所以，他们就只能加大人工投入，组织人力进行一轮轮的人工除草和打"水杈"。

此时，葡萄树上小葡萄粒儿就像一个个小气球，像是被谁手执小果梗悄悄地吹着气，就一天天膨胀起来，样子飘逸轻盈。前些天，它们还只是死死硬硬的一小粒儿，如化不开、碾不碎的石子；现在却一点点柔软起来，晶莹起来，像一枚枚半透明的玻璃珠子，表面也添了许多光亮。如果那吹气的不肯停下来，还不知它们最终要膨胀到多大。然而，承载着它们的果穗却一天天沉实起来，尽管果穗上的主梗在不停地变粗，但其弯度却越来越大，越来越坚决地垂向大地。

除罢"荒"，紧接着就要为葡萄测肥。葡萄如人，春风得意马蹄疾的时候，可以靠着惯性一个劲儿地往前跑，想停都停不下来，但跑着跑着就跑不动了，原来身体内缺欠了好几种必要的养分和元素。葡萄们在阳光和雨水的刺激下，在盛夏季节疯长，很容易掩盖它们营养上的失衡，如果不及时监测、调整，到了采摘季节发现品质欠佳，再怎么努力也来不及了。特别是磷肥、钾肥，如果缺失，葡萄就可能靠氮肥的"吹嘘"长成不甜不酸没滋味的"傻大个儿"，产量是虚高起来了，可是品质却一下子"水"了下去。

华龙山庄虽然一直注意养护他们葡萄园的地，每年春天和秋天都续加大量的农家肥，园里的葡萄一般不会营养失衡，但他们还是要坚持定期监测，适当补充。他们心里十分清楚，如果有一年因为不可预测的原因造成葡萄品质大面积下降，十年的苦心经营就会毁于一旦。他们从来不敢在品质上打一分一毫的折，冒一分一毫的险。

农历六月的葡萄园，不仅仅需要阳光和雨水，更需要它的主人向它们倾注全部的心思和美好的情感。葡萄们也会把感受到的一切都储存在它们通透和多味的心里。

是月也，腐草为萤。流萤在夜晚的草丛中纷纷升起。仿佛黑暗而柔软的湖底被什么尖利之物刺了一下，便有无数明亮的气泡溢出来。我们并不知道这一湖水到底有多深，也不知道下边的流萤和高处的星星有什么关系。有一些明亮的气泡飞着飞着就在黑暗中熄灭了；有一些却在上升的过程中，突然拐了一个弯儿，开始了起起伏伏、幽幽闪闪的平行移动，似乎有一个看不清面容的人在黑夜的葡萄园里提着一盏发着微光的小灯在四处巡察……所到之处，有一些不知名的虫儿开始鸣叫起来，像是问候，又像就一些问题进行着交流。

7. 孟秋之月

不知不觉地，天就起了凉风。但那风里面夹带着的凉，并不是来自于清早的白露，也不是来自于昨夜的幽暗，而是来自一个更加遥远、神秘的居所。从立秋的那一天开始，天空里的凉意就不可逆转地一天天明晰起来，纵使艳阳依旧如火，还是驱不散那忧愁一样丝丝袅袅的凉。

凉风一起，葡萄园里的葡萄就变了颜色。对于从前那种结结实实的翠绿，应该怎么理解呢？叫少不更事吧！秋水因冷而净，而澄澈透明，但也因此而透射出忧郁的况味。然而，葡萄的心境却是很难猜测的。每一粒葡萄脸上初露的酡红，不知道是源于对夏日阳光刻骨铭心的记忆，还是源于对未来某一时刻的畏惧。也许，这是一个生命进入成熟期的必然表现——有渴望，也有羞怯；有透彻，也有暗昧；有留恋，也有忘却；有袒露，也有设防；有勇气，也有恐惧……对于葡萄来说，越来越大的昼夜温差，就相当于人生中的冷暖炎凉和起落波折，预料到了生命进入"老境"后的苦涩，便开始拼命地吸纳营养，积累糖分，让生命变得甜一点儿，再甜一点儿，是为抵御，是为冲淡。

其实，不事收敛的腾云致雨和一往无前的甜甜腻腻，都不是生命的本意和应有的况味。可靠的品质和成色无不来自于反与正、阴与阳、逆与顺、难与易的博弈与制衡。谁敢相信不是为了抵御热而生的冷和不是为了抵御冷而生的热？谁敢相信不是为了平衡苦涩而积蓄的甜和不是为了消解疼痛而施行的抚慰？谁又敢相信不经过煎熬、挣扎和抗争而得来的愉悦和自由？

持续的秋旱降临在罗通山区，华龙山庄的数千亩葡萄开始
以植物特有的方式忍受着干旱的煎熬。白天的酷热和夜晚的低
温，像两把鞭子一样轮番抽打着它们，让它们不得不将根系扎
得更深，更紧更牢地"攥紧"大地。深深地呼吸，一口冰冷，一
口灼热，在它们没有被这温柔的苦难摧毁之前，完全可以理解
成为一种生命淬火的必要程序。它们被绑在棚架上的叶子，如
十字架上的头颅，不管是垂下还是昂起，都是高傲和有信心的。
光从它们的叶脉上折射出来，仿佛一个神秘的微笑，一闪即逝。
也许它们心里是清楚的，它们生命的价值不仅限于这一世，此
季过后，它们还会有另一次的复活和另一程的生命里程。此时，
它们只需要满怀柔情和怜悯地计数着这一世的苦、这一世的痛、
这一世的诱惑与迷茫，以及这一世的遭际。默默地忍耐着，等
待着最后时刻的到来，然后，无声而又庄严地对天空和大地宣告：
"成了！"

8. 仲秋之月

北雁南飞。苍凉的鸣叫，划过长空，如看不见的手，直抵苍穹，
轻轻一撩，曾经天天飘来飘去的那些浮云，就被拂得干干净净，
一丝不剩。天，湛蓝，幽深，像海一样，深得无底；像没有杂
念的心一样，空旷而宁静。实际上，夜晚的天空，从来都很热闹，
只是在那些有云有雾的季节里，我们的目光经常被遮断。现在，
更有一番别样的光景。月亮会离我们很近，一推窗，似乎就有
一张明媚的脸，老早候在那里，等着与我们说话。而星星则一
直是比较自我和比较贪玩的，它们总是三三两两或三五成群在

面对面闲聊，手拉手散步，或围成一圈儿在跳着一种队形奇异的舞。

一到秋收季节，华龙庄主孙广辉就不是坐在办公室里指挥若定的"老板"，而是一个普通的技术人员或果农。他曾给自己做了一个规定：每年要参加一个月的田间劳动，均分两期，一期是在春天，半个月；一期是在秋天，半个月，都是一年中最繁忙的时候。通过两季的劳动，他便可以对自己的葡萄园、园里的葡萄、侍弄葡萄的果农、生产、管理过程以及其中的快乐、艰辛和可能出现的问题了如指掌。其实，没有这个"冠冕堂皇"的理由，他也一样会不管是黑夜白天，在他的葡萄园里转悠。有时，他什么都不为，什么目的都没有，一身土、一身泥地转，就是为了心中那份放不下的惦记，叫热爱也行。

孙广辉只身走在夜晚的葡萄园，周身的感觉是沁凉的。如果不是时时有葡萄的芳香从暗影中阵阵传来，肯定会在某一时刻产生错觉，以为自己被浸泡在冷冷的水中。

"夜凉如水"，在这个时节可不是虚饰之词。尽管这里的山间已日久无雨，但一到了夜晚，也不知从哪里聚集来这么多的水汽，每一片树叶和草叶上都均匀地布满一层细密的水珠。人走过，鞋子、衣服甚至头发，统统都被打湿。

中秋节前后，华龙山庄进入了葡萄采摘季节。早熟的"公酿一号"和"左优红"亟待收采，再迟，就可能造成葡萄的脱粒儿和破损。如果是在国外，也许三个工人开三台机器，在葡萄园里往返穿梭十次、二十次，葡萄就直接变成了葡萄汁运回酿造基地；但这里不行，因为国内还没有这种自动化程度很高的机器，就是有，华龙庄园的葡萄园也用不了。他们的大多数葡萄都生长在坡度接近45度的山地，机器根本上不去，上去了也无法正常作业。整个采收季节，华龙的果农们坚持手工采摘，手抬肩扛把一筐筐葡萄运送下山。

另外，华龙的经营理念也让他们从一开始就拒绝考虑机械化作业的可能。华龙的几个主要葡萄品种："公酿一号""左优红""公主白""北冰红"都属于山葡萄品系，虽然经过多年的驯化升级，在生长适应性和品质特性上已经不同于野生山葡萄，但毕竟它们是来自大自然的精灵，坚持还原原始生长条件，坚持有机种植和手工采摘、手工清洗，对于保持和发挥它们的天然特性仍然有明确的效果和现实意义。孙广辉说，这才是对自己那些葡萄的尊重和善待。

八月里最后一个节气是秋分，经过了一个夏天的较量，阴阳二气再一次打出平局，地支均分，昼夜等长。转眼，梁间已悄然不见了燕子的身影，甜言蜜语终于敌不住寒意的逼迫，"伊人"已乘秋风而去也。

是月也，雷始收声，入地，则万物循之而遁。但人不能走，人是季节的更夫，苦乐炎凉都得坚守。《礼记》里说，这个月份可以建都邑，可以挖地窖，可以修粮仓，但华龙庄园只肯把全部心思用于他们的葡萄原汁上。

9. 季秋之月

节气到了寒露，春夏秋冬"四幕话剧"已完成三幕，到了更换背景的时候。首先，舞台上的雁叫、虫鸣等一应伴奏都已经停止，就连"七月在野，八月在宇，九月在户"，叫起来不知疲倦的蟋蟀都已经不再发声。仿佛有一个可以控制的开关，被谁咔嚓一声关掉了，季节突然就进入沉寂状态。

接下来，最后一批"演员"匆匆而又无声地离场。晚归的大雁，飞得更高了，它们在天空中的影像已经缩成隐约的一串黑点儿，转眼已无踪影。秋雨来临，却下得无声，竟连敲打屋瓦的声音也显出几分遥远。夜色里，成千上万只"长白山林蛙"，趁着冰凉的秋雨，往山下迁徙，它们成群结队地越过华龙山庄的葡萄园，一跃一跃地奋力前行，向低处的河谷移动、进发。

这个月，孙广辉把注意力全部集中到了葡萄的榨汁环节。从葡萄的清洗、压榨，到去离子处理、沉降处理、热浸处理以及装罐储存，等等，几十道工序，他一道不落地巡视、监查。经过十几年的积累，华龙山庄已经建立了从种植到加工、储存、酿造等一系列严格的管理体系，每一道工序的工艺标准孙广辉都了然于胸。其实，标准的建立或照搬并没什么了不起，了不起的是，孙广辉把标准当成企业的"命"。他心里最清楚，如果自己哪项标准没有严格执行，就可能造成严重的后果。一旦产品的质量上出现些许的纰漏，就可能遭到第一大客户——日本间松公司的索赔。千万元级的索赔，相当于"一棒子"让企业毙命。这是对弈，是生死攸关的战斗！虽然，他平时对自己的员工关爱有加，如同家人；但在管理上，从来不看哪个人的面孔，只用标准说话。谁没有认真执行华龙制定的标准，谁就是陷华龙于困境或死地的"仇人"。

冬日将近，长白山区的智者和策略家——亚洲黑熊，开始大量进食，为度过这个冬天而积累体内的能量。之后，它将寻找一个安全可靠的地方开始长达近 6 个月的蛰伏。期间，它将根据生存的需要自动调节自己的身体，降低体温，降低心率，降低新陈代谢，一直到翌年三四月份复出。而此时，它们正在抓紧最后的时机，武装自己，见到什么吃什么，只要能为自己增添营养和力量，来者不惧——各种植物的芽、叶、茎、根、果实，以及蘑菇、鱼虾、林蛙、野鸟，有时也会挖到一窝蚂蚁或得到一巢蜂蜜。

是月也，草木黄落，乃伐薪为炭。树木的叶子先是黄了，有些还红了，如火，如血，那是它们对生它们、养它们的树木的最后誓言。然后，它们也会学着候鸟的样子，飞离，只因为没有翱翔的翅膀，纷纷飘落到地上。无所谓忠诚，无所谓背叛，生命的本质里含有太多的无奈。如今，只有那些失去了叶子的树木如一个个深陷重围的英雄，一动不动地恪守着初衷，它们光秃的枝干突兀而倔强，在苍天的映衬之下，显得有一些孤独，有一些悲怆。但我一直坚信，繁荣再现于另一次轮回的春天，那些叶儿、鸟儿仍会回到它们的怀抱。

是月也，寒气总至，民力不堪。秋天差不多已经失去了最后的领地。空中的水汽落到大地和草木之上，直接凝成了白花花的霜，但山上仍有雾缠绕，那是阴阳二气较力时，战场上留下的最后一缕"硝烟"。

10. 孟冬之月

天还是原来的天，地也还是原来的地，却因为"天气"上腾，"地气"下降，天地间气息难以通达，季节才进入了不同的状态，有了不同的命名。人活一口气，天地之间也是一口气，不交则不合，不合则不通，不通则闭塞，闭塞而成冬。原本情投意合、如胶似漆的一对好夫妻，如今却互不相扰，各复本位，一个脸朝东，一个脸朝西。天地间充盈着无法驱遣的寒冷之气。风，依然无形，但却成了一只愤怒的手，走到哪里就撕扯到哪里，脆弱的事物被它们撕裂，能够发声的事物发出呻吟，生有感知神经系统的事物感觉到了疼痛。"是月也，天子始裘。"堪称"人精"的古代帝王率先用动物的皮毛把自己包裹起来，他应该最知道，不管世道、人心还是变来变去的情感，一进入冬天都会给人带来痛苦的感觉。

刚刚入冬的冷，往往让人难以忍受。之所以难以忍受，并不是因为温度有多低，而是因为它在人们还没有思想和情感准备的情况下，搞了突然袭击。很多人记忆和感觉里仍满是温暖，便被冷猝不及防地攫住，于是就难免本能地把脖子缩进衣领，用单薄的衣衫裹紧自己和自己那颗颤抖的心。只有华龙山庄的葡萄们，还坦坦然然地悬挂在枝头，仿佛寒冷对它们并没有太大的影响。第一场霜冻之后，葡萄树上的树叶已经落得干干净净，而那些葡萄却依然饱满、润泽，像某种生命的图腾一样，被藤蔓高高地擎在空中。

也许，这是一群贪玩儿的孩子，因为太过贪图枝叶间的嬉戏和欢愉而忽略了节令，索性就将错就错，权当季节未曾变更；也许，这是一群大意的乘客，因为沉浸于对往昔的回忆或对未来的向往，而错过了远行的列车，那就在幻想中再加上一个没有指向的期待吧！事已至此，又何惧他光阴荏苒、地老天荒；也许，这是一些忠贞的情侣，因为太过留恋和珍重与藤蔓之间的生死相依而拒绝离弃，那就矢志不移，恪守尘缘吧！宁愿在共同厮守中相拥而成冰；也许，这是一群顽强的战士，因为心里暗暗地铭记着某个指令而不敢懈怠，此时的坚守或坚持，与使命有关，与信念有关。

其实，最后的结局终究还是要到来的。小雪的节令一过，天空果然飘下了雪花。自此，天空将不再有彩虹出现，不再有洁白的云朵翻卷飘移，也不再有雨水落下，天空的心情郁结时，看起来就像在高处铺了一片没有缝隙和边际的雾，雪花，则是一些忧愁的碎片。但对于葡萄园里的葡萄来说，雪倒像是一种神圣的仪式。雪一下，暗棕色的葡萄藤和油黑油黑的冰葡萄就如围上了白色的围巾或披肩，俊俊俏俏的，样子又美丽又忧伤。半个月或 20 天以后，它们将被"冬采"的果农们采下，运走，远嫁天涯。此一去，不屑说山重水复，前路茫茫，再相见，已然是经历过几遭几劫之后的另一世尘缘。

11. 仲冬之月

终于，华龙山庄的葡萄在滴水成冰的隆冬季节被采摘完毕。如今的葡萄园是彻底空了，光秃秃的架杆、光秃秃的拉线、光秃秃的葡萄藤在无云的天空下纵横交叉，形成一个个、一排排的"十"字，但放眼偌大的葡萄园，却让人想不到"物"的存在。是月也，冰益壮，地始坼。寂静中，山下河谷中的冰面绽开了裂隙，远远地传来惊心动魄的脆响。季节已经到了六阴寒极之时，地下的蚯蚓交相缠结，如绳。因为阳气始生，尚未运动，所以它们暂时还只能屈首下向，静静地规避着最后、也最嚣张的严寒。

这是一年中白天最短、夜晚最长的月份。古历里说，此月最宜于砍伐树木和割取箭竹，因为此时的树液停止了流动，神经传导组织也处于关闭状态。这时砍伐树木，它们不会感觉到疼痛，这个时候砍伐树木，按理说也不应该算作"杀伐"。华龙山庄的技师们，要趁这个难得的时机抓紧时间给葡萄剪枝。紧随其后的，是本应该躲在屋子里"猫冬"的果农们。他们要冒着严寒小心地把绑在架子上的葡萄解下来放到地面，浅浅地压上一层土。雪一下，就会把葡萄们严严实实地掩藏起来，免得它们暴露在寒风里被意外冻伤。

最肃杀的季节，最可能、也最有必要向往和期盼一些美好的事情。在古代的这个月份，国家就会发布命令，让负责酿酒的官员抓紧监督酿酒。因为所酿之酒要用来祭祀，从事的是一种最为神圣的事情，所以酿酒时必须怀着敬畏之心，凡事慎之又慎，精益求精："秫稻必齐，曲蘖必时，湛炽必洁，水泉必香，陶器必良，火齐必得，兼用六物。"这是酿酒的好时节，华龙山庄也在怀着敬畏之心着手酿制自己的"华龙一号"。精选葡萄，清洗设备，优化流程，严格标准……凡事尽心，但他们酿酒并不是为了祭祀，而是为了四方的黎民苍生拥有一种阐释生命的味道。

葡萄从藤上摘下来后，已经是一串串深紫色的冰珠。告别母本，被运回华龙的加工基地之后，立即进入了清洗和压榨流程。一串串完整的葡萄从机器的一端进入，历经一系列程序后，汁液从另一端流出来，红得鲜艳，如血。望着从输送管道流走的红色液体，突然觉得，有件事情我暂时还没有想明白——这鲜红的浆汁是葡萄的血液还是葡萄的另一种生命形态？记得《圣经》里曾有这样的话："这是我立约的血，为你们流出来的。"为此，这鲜红的汁液让我内心生出了莫名的敬畏。虽然，我并不知道这话的确切含义，但我却因此而知道，数千年以来，葡萄就一直在以它们的血液或浆汁，或者以这浆汁酿成的酒，滋养着我们的身体和精神。

是月也，阴阳争，诸生荡。

先哲告诉我们，当事物正处于运动和变化之中，要懂得静虚守元，审时度势。君子之行要更加中正得当，要深居简出，修养身心，摒弃声色娱乐，禁止嗜好和欲望，不可妄动、妄为，耐心等待着阴阳争斗的局势平定。

12. 季冬之月

雪花儿从天空汹涌澎湃地落下来，其情其势，似乎比以往任何时候都更加疯狂。冬天的气数已尽，即将与岁同终。大寒一过，天地间的阳气便一点点恢复和强盛起来，但冬天却并不甘心就此偃旗息鼓，无声地退出依然占领着的舞台，还要借助手中的余威、余力和已到极致的寒冷，壮一壮已经需要支撑、渲染的声势。说来，这已是最后的宣泄、最后的高潮、最后的狂欢、最后的尊严或最后的愤怒。一支蜡烛燃烧到最后的时候，总是要跳一跳火焰，忽忽悠悠地跳跃、闪动几次，似乎依然能放出大光明；一个行将灭亡的帝国，在即将破裂的时候，总是

要发出巨大的声音，放射出耀眼的光芒，炫示出最后的繁荣和奢华，仿佛它依然如日中天。

有一只野兔从山上的树丛跑进了葡萄园，它可能是迷了路，找不到以往觅食或经常出没的路径。雪太大、太厚了，弥合得沟壑与壕堑看起来都像平坦的路。这一地一望无际，平坦如毡的大雪，让野兔感到十分茫然。它向南跑了一会儿，停下来，伫立许久；换个方向，再向西跑一会儿，再停下来，像是在思考，像是在选择。看起来，到处都有路的时候，选择走哪一条路确实是一个不小的问题。

然而，当同样被大雪"压"得透不过气来的人们，正在阳历的元旦和农历的春节之间感慨冬天的漫长和煎熬时，客居南方的大雁已经嗅到了春天的气息，在遥远的洞庭之滨悄然动身，开始一站站向北回归；蛰伏于泥土深处的蚯蚓，也察觉到了大地深处的阳气已动，开始回首上向，一分一寸地向地表靠近。

华龙庄主孙广辉站在大雪中瞭望他自己的葡萄园，心里突然生出了很多的感念。他在想，如果没有这片山、这道水，没有这漫长的冬天和漫天的大雪，还会不会有长白山的山葡萄？没有山葡萄还会不会有他的葡萄园和冰红酒？这一系列的关系理完之后，他又往回想，他的"华龙一号"不正是这北方大山和北方大雪的抽象或象征嘛！

于是，孙广辉想到了要以他的葡萄酒承载、传递长白山的精神品质和长白山的味道。他似乎在弥漫的雪原上看清了一条属于自己的路。从这个月开始，他要在自己的企业里全面推行那套他从前持怀疑态度的日本管理认证体系，在种植、加工和酿造环节创造人与自然的和谐。不管是什么工作,不用童工,不用老人,不用身有残疾和患有疾病的人,要通过这套新的管理理念和管理体系的实施,让葡萄园里工作的人和葡萄都能受到最好的照料,都能够快乐幸福,也要让他的酒里除了美好的味道之外还多出一种元素——情义。

孙广辉走在正午的街上,此时太阳刚好运行至女宿的位置,地上的影子黝黑,色如身上的棉衣,但颀长,长于自己的身体。如果他只是在这一天里走,那黑暗的影子必定是越走越长的;但他如果在一个月、一年或更加久远的时间里行走,那影子很可能会越来越短。对这些,孙广辉心里有一些好奇,也有些不很在意,他只是感觉在这四野皆白的冬天里,脚踩在黑而坚硬的路面上,向前走,心是踏实的。

是月也,数将几终,岁且更始。旧事已过,一切都将是新的了。其实,人并不需要刻意走向未来;未来,从来都是自己走来的。